# UN CHÂTEAU EN PROVENCE

Ce médecin de formation est l'auteur de romans régionaux qui ont tous connu un beau succès. Parallèlement, il excelle dans les « polars » de terroir, à travers le personnage sympathique de Franck Maréchal, un romancier bien tranquille qui se trouve confronté à d'étranges histoires criminelles.

*Paru dans Le Livre de Poche :*

LES BELLES DU MIDI

LES CENDRES DE JUIN

LES GARRIGUES ROUGES

HAUTES TERRES

LES HOMMES DU CANAL

LES LARMES DE LA VIGNE

MALETERRE

LE MAS DES PEURS

VENGEANCE D'AUTOMNE

JEAN-LOUIS MAGNON

# *Un château en Provence*

ROMAN

ALBIN MICHEL

© Éditions Albin Michel, 2005.
ISBN : 978-2-253-12145-9 – 1ʳᵉ publication LGF

« Est-il seulement encore possible ici d'être passionné pour les sentiments les plus purs ? Y a-t-il même encore des sentiments ? N'ont-ils pas tout tué avec leurs sarcasmes ? »

Jean GIONO, *Angelo*.

*Première partie*

# LES CHEMINS

# 1

Florent passa le Rhône un peu en dessous d'Arles dans les premiers jours de décembre 1853, le 5 exactement, un mardi.

Le soir venait dans les frémissements des feuilles des frênes alignés le long d'espèces de jardins qui descendaient en pente douce vers le fleuve. Ces feuilles paraissaient briller dans les derniers feux du soleil qui posait quelques touches jaune jonquille sur les collines qu'on apercevait au loin et dont Florent pensa que ce devait être les premiers contreforts du Lubéron. Soleil qui avait d'ailleurs paresseusement traversé le ciel depuis le matin, disque à peine marqué derrière la grisaille amenée par le petit jour, parfois invisible derrière les gros nuages montés des Cévennes d'où lui-même venait. Poussés par le vent d'ouest, ceux-ci avaient établi pendant la moitié du jour, avant que le ciel ne se dégage brutalement, un écran noirâtre, pommelé de sale, dont les pelotes sombres roulaient sur elles-mêmes, recouvrant le monde que Florent traversait d'une ambiance d'hiver dont la mélancolie, contre toute attente, l'avait réjoui.

À sept heures du soir il commença d'avoir faim. Tout en continuant à descendre le long des jardins sur un chemin pavé de gros galets, il fouilla dans sa sacoche, découvrit un quignon et le dévora. C'était tout ce qui restait de ses provisions. Une fois traversé le fleuve, il lui faudrait trouver de la nourriture.

Il passa devant une maison qui brûlait de l'intérieur. Il lui fallut quelques secondes pour admettre que seuls les feux du couchant allumaient ainsi les ouvertures sans fenêtres de cette ruine. Juste après, il sentit un parfum de menthe très agréable puis, sans transition et alors qu'il s'empêtrait dans un roncier, une nauséabonde odeur de pourriture et de vase. Il était au bord du Rhône. Il se dégagea des épines et s'avança sur la rive. Dans la lumière rasante qui flottait à la surface de l'eau voletaient des nuées de moustiques, ce qui l'étonna à cause de la saison. L'eau avait le brillant du mercure. Elle formait des rouleaux qui se poursuivaient en jouant et venaient se défaire contre les berges couvertes d'herbe sèche, piquées de tiges de massettes et envahies de bois flotté.

Le fleuve paraissait immense, comme une vaste couverture déroulée loin en avant, ornementée de reflets métalliques. C'est à peine si sur l'autre rive Florent pouvait distinguer les légers décrochements des cimes d'une ligne de peupliers d'Italie, se dessinant sur le ciel encore un peu clair malgré la nuit qui venait rapidement.

Recru de fatigue, il s'allongea sur un carré d'herbe suspendu entre les racines enchevêtrées d'un aulne dominant une crique couverte d'innombrables galets blancs. Sur le dos, il cligna des yeux en voyant apparaître une grosse étoile. Il avait marché depuis le matin. Il s'endormit.

Il s'éveilla vers minuit. L'étoile avait disparu. À sa place, une myriade de minuscules points pétillaient comme de la mousse. On aurait cru le printemps. En abaissant le regard, il voyait que le ciel s'arrêtait bien au-dessus de l'horizon. Des collines noires assez élevées se profilaient vers l'est et le sud.

À côté de lui le fleuve roulait paisiblement avec de temps en temps un petit bruit de vagues. Le ciel farci d'étoiles paraissait rempli de conversations à cause du vent de nord qui s'était mis à souffler pendant son sommeil. Il faisait froid et il boutonna le col de sa chemise. La lune s'était levée. Ronde, très blanche, presque pleine, elle montait au-dessus du Lubéron en creusant sa trace dans l'épaisseur laineuse de la nuit. Dans un bosquet qui se trouvait sur sa droite, on entendait babiller des oiseaux, comme dans un jardin d'enfants.

À cet instant il nota un autre bruit, une dissonance discrète mais réelle. Il ferma les yeux pour mieux écouter. Quelques secondes plus tard il identifia un cliquetis de mors. Puis des fers claquèrent sur les pierres du chemin que lui-même avait abandonné un peu plus tôt en descendant vers la berge. Qui venait ? Il ne mit guère de temps à répondre à cette question. C'étaient *eux*. Il s'efforça au calme malgré la surprise. Ils étaient si proches que tout mouvement brusque le dénoncerait immédiatement. Ce n'était pas le moment de se demander comment ils avaient fait pour combler ainsi la demi-journée de retard qu'ils avaient sur lui avant-hier à l'Hospitalet, ni où ni comment ils avaient trouvé ces chevaux. Sa seule force, son unique avantage, c'était la nuit noire et profonde, du moins tant que la lune restait encore là-bas vers les collines. Il rampa sur le dos à travers l'herbe et se laissa glisser vers la crique en se retenant aux racines de l'aulne. Il évita autant que possible de marcher sur les galets et suivit la rive en posant les pieds sur la terre éboulée accumulée le long de la berge. Il se jugea stupide et totalement inconscient en remarquant la satisfaction que leur arrivée provoquait en lui. Après tout, cela valait mieux que l'incertitude. Et maintenant il avait un but précis et immédiat qui atténuait au moins pour un moment la responsabilité de la lettre qu'il avait dans sa poche, protégée par une enveloppe en toile cirée, et de la mission : leur échapper...

Une fois passé la crique, il se trouva à l'abri d'une haie. Le chemin sous la berge continuait en s'éloignant des jardins. Il n'entendit plus rien. Peut-être les autres étaient-ils partis à l'opposé. Ce silence le lui laissa espérer quelques secondes. Mais presque aussitôt un hululement d'effraie retentit au-dessus de la haie, suffisamment mal imité pour qu'il n'ait aucun doute sur son origine. Un cri identique répondit, suivi d'un bruit sourd. Florent plaqua son oreille contre le talus et reconnut le trot d'un cheval qui s'éloignait. En tout cas, ces types n'avaient pas fait une affaire en choisissant leurs montures, à entendre la lourdeur du pas du trotteur. Il avait un moment de répit, les autres semblaient s'être rassemblés loin de l'endroit où il était. Toutefois, rien ne les empêchait de revenir. « Raison de plus de faire fissa ! » se dit-il en suivant de nouveau la rive sous le talus. Là où il se tenait l'obscurité était totale, même si la lune commençait à poser sur l'eau un voile de lait qui chassait peu à peu les plaques de mercure. Il devait trouver un moyen de traverser avant que cette lumière de bal ne vienne tout compliquer. Si ses calculs étaient bons, il se trouvait à quatre lieues d'un pont sur le Rhône. Il était peu réaliste d'imaginer arriver là-bas avant le jour sans se laisser prendre par les trois autres qui allaient patrouiller le long de la rive jusqu'au matin. Restait la chance ; il poussa vers l'avant. À un moment la berge s'interrompit. Un gros ruisseau venait se jeter dans le fleuve juste là.

À une dizaine de mètres, plusieurs longues perches sortaient de l'eau et un carrelet de pêcheur était pendu à l'une d'elles. Il aperçut une cabane qui paraissait inhabitée. La barque ne devait pas être bien loin. Il la découvrit presque aussitôt attachée à un des pieux qui soutenaient un ponton devant la cabane. L'eau, à l'écart du courant, dégageait une forte odeur de vase.

La lune s'était levée, inondant de sa clarté la surface du fleuve d'où le miroitement de métal avait disparu, remplacé par une lumière très blanche qui dessinait des rides à la surface de l'eau, fines et serrées au bord de l'anse où se nichait la cabane du pêcheur, plus larges en plein courant et même couvertes d'écume comme au franchissement de rapides à l'endroit situé à une centaine de mètres du rivage où le fleuve venait lécher avec une sorte de rage les bords d'une île festonnée d'arbres. S'il parvenait jusque-là sans se faire repérer, ce serait un jeu d'enfant de passer sur l'autre rive. On n'entendait aucun bruit dans la direction des autres. Il fallait en profiter. Il s'accroupit sur le ponton pour détacher la barque après s'être assuré qu'il y avait une rame au fond du bateau. Celui-ci était retenu par une longue chaîne passée dans un anneau à la proue et bouclée par une manille qu'il dévissa en veillant à éviter tout cliquetis. Il attira la barque et en se baissant le plus possible il posa un pied à l'intérieur. Le tout sans aucun bruit. De la main il poussa sur les planches humides du ponton pour lancer la barque. Le courant la prit au bout de l'anse. Florent saisit l'aviron, le fit basculer par-dessus bord et s'en servit comme d'un gouvernail en godillant. Il réussit à s'engager dans un gros courant qui revenait sans cesse sur lui-même dans des remous mais finissait par tendre dans la direction de l'île. En jetant un coup d'œil vers la rive et la cabane de pêcheur il distingua deux hautes silhouettes de cavaliers que la lumière de la lune projetait comme une lanterne magique sur le fond de nuit. Le troisième apparut bientôt. Il sortait d'un bosquet d'yeuses dont Florent avait tout à l'heure senti l'odeur printanière et rejoignit ses compagnons. Florent eut l'impression d'entendre leur conversation, animée selon toute apparence. Les trois hommes se dirigeaient vers la cabane. L'un d'eux mit pied à terre, s'avança sur le ponton et Florent distingua l'écho du vilain juron qu'il lança en découvrant la chaîne orpheline. Son collègue était lui aussi descendu de cheval. Le troisième leur cria quelque chose et Florent vit son bras tendu dans sa direction. Deux secondes plus tard une balle de carabine vint claquer à la surface de l'eau, à plus de cinq mètres de la barque. « Maladroit ! » pensa Florent. Mais deux autres coups de feu retentirent et cette fois l'eau se souleva nettement plus près du plat-bord. Par chance le courant qui portait vers l'île, et dans lequel il s'efforçait de se maintenir grâce à la godille, était loin d'être régulier et faisait tanguer la barque. Deux nouveaux coups, de pistolet cette fois, se perdirent beaucoup plus loin.

L'écume devenait de plus en plus mousseuse à l'avant du bateau. Sur la gauche une plage de sable, toute blanche sous la lune, occupait un gros morceau du rivage de l'île entre des bosquets qui moutonnaient au-dessus de l'eau avant de paraître s'y précipiter. Il parvint à infléchir suffisamment la course de la barque. Au moment précis où l'avant venait s'échouer sur le sable, une balle se ficha dans le bois à dix centimètres de la main de Florent. Il sauta à terre en se courbant et, à quatre pattes, tira le bateau sur la plage. S'il le perdait, cette île se refermerait sur lui comme un piège. Pour l'heure il s'agissait avant tout de se mettre à l'abri car tôt ou tard les maladroits ont leur jour de chance. Il courut vers les bosquets. Comme il s'en approchait, il sentit une odeur de feuilles sèches qui chassait celle pourtant tenace du fleuve. Il se redressa et regarda entre les fourrés vers la rive qu'il venait de quitter. Les trois autres étaient parfaitement visibles sous la clarté très pure de la lune. Ils avaient abaissé leurs armes et semblaient en grand conciliabule. Ils n'avaient que deux solutions : soit trouver une autre barque, soit rejoindre aussi vite que possible le pont sur le Rhône. Cela représentait quatre lieues au moins et pendant ce temps il pouvait se passer des tas de choses. Florent y comptait bien. Par contre, s'ils trouvaient un bateau il était fait comme un rat.

Malgré cette situation compliquée il ressentait une étrange allégresse. À vrai dire elle ne l'avait pas quitté depuis son départ de Beaumont. Cependant il n'avait aucun droit à l'erreur. Le moindre faux pas serait fatal. Pour lui mais aussi pour d'autres. Son engagement impliquait une grosse responsabilité. Il ne le perdait pas de vue. Quand il avait accepté il connaissait les risques, tous les risques. Ça s'était décidé un mois plus tôt à Alès dans la cuisine de l'Auberge du Désert d'où l'on pouvait en cas de besoin filer vers les bois sans être vu de la grand-route de Nîmes. Ses amis républicains y avaient tenu une réunion exceptionnelle. Le Cercle des Aigles – c'était le nom qu'ils s'étaient donné car ils aimaient les mots... – se devait d'aider un autre groupe qui, en Provence, pas loin de Sisteron, avait eu des ennuis. Deux de ses membres étaient en prison et le procureur de Digne allait prochainement requérir contre eux avec la sévérité proverbiale qui avait fait galoper sa carrière. Ces deux hommes en étaient là à cause d'un Italien, un certain Domenico

Lombardi, qui avait forgé contre eux un faux témoignage. Il les avait « fait tomber » pour malversations, alors qu'ils étaient blancs comme la farine du grain qu'ils vendaient. La mission dont Florent avait été chargé à Alès était double. D'abord il devait porter une lettre à une des « têtes » du mouvement républicain qui se trouvait à Saint-Rémy-de-Provence, lettre suffisamment compromettante au plan personnel pour le procureur de Digne pour qu'il fasse cette fois preuve de mansuétude. Après Saint-Rémy, il irait jusqu'à Sisteron menacer l'Italien, lui faire peur, l'obliger à ne plus se mêler d'attaquer des républicains, bref : s'occuper uniquement de ses affaires, prospères au demeurant. Pour Florent, c'était la partie délicate. Avant tout en raison du flou qui entourait les termes « faire peur à l'Italien ». Qu'est-ce que cela signifiait ? Il n'avait pu obtenir de réponse à la réunion d'Alès. En outre, Lombardi avait placé des sbires à sa solde sur deux départements au moins. Pour parvenir jusqu'à lui, Florent devrait déjouer leur surveillance. Et comme, à côté de ça, et davantage encore depuis le coup d'État du 2 décembre, la police secrète et la police tout court s'acharnaient contre les républicains, cela faisait beaucoup de monde à éviter entre le Rhône et Sisteron. L'idée de défendre une cause juste et qu'il chérissait n'était pas pour rien dans l'élan de Florent. Le fait qu'il y risque sa vie ajoutait à sa mission une espèce de grandeur qui l'enchantait.

Le grondement du fleuve était plus marqué dans l'île que tout à l'heure sur la rive. De temps en temps un cri perçant traversait la nuit plus haut que la rumeur sourde des eaux. Les nocturnes avaient lancé leur chasse. Florent songea avec ironie que lui-même, depuis son départ de Beaumont, était devenu un gibier comme un autre. Pour l'heure les trois types revenaient bredouilles depuis la cabane. Sans bateau il ne leur restait qu'une chose à faire : tenter de rejoindre l'autre rive par le pont sur le Rhône et rattraper Florent au sud d'Arles. Il les entendit houspiller leurs chevaux et s'éloigner. Tandis qu'ils escaladaient une petite crête, leurs silhouettes se découpèrent sur le ciel du couchant. Puis la nuit se referma sur eux.

Florent entreprit la traversée de l'île. Il fit environ deux cents mètres entre les troncs des trembles qui formaient un véritable bois. Les crues avaient abandonné là quantité de souches et de branches enchevêtrées. Il suivit une sorte de piste qui s'enfonçait comme un tunnel. Sans doute un sentier de pêcheurs. Au bout il parvint à une petite prairie. La clarté de la lune lui permit de distinguer le second bras du fleuve. Il était très large, mais hormis un secteur assez éloigné où l'eau bouillonnait autour de rochers, la surface paraissait lisse et parfaitement praticable avec la barque. Au-dessus de l'autre rive les feux d'un village brûlaient dans la nuit.

Il entra dans l'eau après avoir dégagé la barque du sable de la plage et la tira le long de l'île. À l'extrémité de cette dernière il dépassa un cap où était planté un énorme peuplier incliné vers le fleuve. Puis il remonta l'autre berge dans le but de se donner le maximum d'erre pour attraper les courants les plus proches et rejoindre la rive opposée du fleuve à une distance raisonnable. Plus courte serait la traversée, moins elle l'entraînerait vers le sud et mieux cela vaudrait. Malgré la douceur de la nuit et l'impression de paix, les trois autres galopaient en ce moment vers le pont du Rhône. Il lui fallait prendre du champ sans tarder. Il traversa finalement sans encombre et atterrit dans un potager. Les carrés de choux touchaient presque l'eau dont on entendait le froissement à travers les terres éboulées de la berge. Il poussa l'altruisme jusqu'à tirer la barque sur cette plage de terreau en se disant que le propriétaire serait content de la retrouver là plutôt que brisée sur les rochers à fleur d'eau qui formaient à cent mètres de là des rapides dont il discernait parfaitement les moutons blancs sous la lune à laquelle il trouva un aspect cruel. Mais ce n'était point l'heure de philosopher sur la froideur de l'astre de la nuit... Les trois autres devaient mener grand train dans les faubourgs d'Arles.

Après avoir longé une allée délimitée par de gros plants de chrysanthèmes, il sortit du potager par un portillon dont le grincement déclencha un aboiement brutal dans la cour d'une maison isolée, tellement basse qu'il ne l'avait pas remarquée. Il s'immobilisa mais le chien ne broncha plus. Il se trouvait sur une petite route de gravier blanc qui formait un ruban presque droit au début mais qui, après la maison au chien, remontait vers le nord par de multiples lacets vers des bosquets et le village dont il avait aperçu les feux tout à l'heure. La clarté du ciel était telle qu'il évita de marcher au milieu de cette bande de cailloux étincelants où il aurait été visible comme en plein jour. Il préféra le bas-côté gauche, le long de grands buissons dans l'ombre desquels la sienne se fondait assez bien. Le chemin grimpait peu à peu. Florent parcourut ainsi une lieue avant d'atteindre les premières maisons. Il s'agissait de grosses bâtisses ventrues dont les porches ouvraient sur de vastes cours. On n'entendait aucun bruit, en dehors des cris espacés et légèrement étouffés des nocturnes remontant de la vallée.

Le village n'était pas très haut mais assez sans doute pour offrir en plein jour un vaste panorama. Pour l'heure la lumière trop blanche de la lune écrasait toutes les perspectives. Mais il n'était pas venu ici pour profiter du paysage. D'après ses calculs, ce bourg s'appelait Saint-Paul et c'était pour Florent le point de passage le plus évident pour rejoindre la plaine potagère des environs d'Arles puis les Alpilles dont il distinguait vaguement les moutonnements vers le nord-est. Aussi discrètement qu'il s'efforçât de marcher, il fut surpris de ne pas déclencher les nouveaux aboiements de quelque molosse. Peut-être ceux d'ici étaient-ils trop bien nourris. C'était d'ailleurs l'impression qui se dégageait de Saint-Paul, songea-t-il en atteignant les dernières maisons après avoir traversé une place où seul le clocher de l'église paraissait monter la garde. Une impression de grosse nourriture et de bonne conscience...

À la sortie du bourg la route redescendait vers la plaine à travers des éteules rases parfaitement nettes et pour la plupart déjà labourées. Elle traversait plusieurs bosquets de pins dans lesquels l'odeur de la résine semblait s'être conservée après l'été. Plus il allait, plus la chaussée s'élargissait. Jusqu'au moment où elle atteignit la grand-route de la Crau avant de s'y perdre aussitôt. À ce carrefour Florent décida de s'octroyer une pause et s'assit sur une grosse pierre noyée au milieu des herbes sèches. De l'autre côté s'étendait un immense champ très plat dont il était impossible de distinguer les limites sauf peut-être vers l'ouest où il lui sembla apercevoir des bâtiments. C'était ici, sur des lieues et des lieues, le pays des grands domaines. Sa route à lui ne faisait que le traverser. C'était heureux car en plein jour bien davantage encore que sous cette lumière blafarde, on devait de la plus petite éminence voir un piéton sur des distances incroyables. Il avait pas mal d'avance sur les trois cavaliers, à condition de sortir avant le jour de ce tapis de billard où il apparaîtrait bientôt comme le nez au milieu de la figure. Pour rejoindre le plus vite possible les Alpilles qui se dressaient maintenant au nord-est, il lui fallait non pas emprunter la grand-route vers Salon et Aix mais trouver au plus vite un chemin vers les premiers contreforts des collines. Il le découvrit bientôt, calé entre des mûriers sur un quart de lieue puis se perdant à travers des pinèdes traversées de hulottes et qui dégageaient une odeur de résine et d'encens encore plus prégnante qu'à la sortie de Saint-Paul.

L'aube le surprit alors qu'il avançait machinalement, dormant presque. La lumière clignota plusieurs fois à l'est au milieu d'un amoncellement de rochers très blancs qui jonchaient la pente depuis un moment et autour desquels le chemin s'enroulait, longeant de gros pins pansus et chargés d'odeurs. Juste après que les premiers rayons eurent traversé les millions d'aiguilles d'un arbre particulièrement épais, il se trouva sur une corniche surplombant la vallée où se vautrait un gros bourg aplati par la distance et qu'il estima être Maussanne. Il serait bien allé là-bas quérir un peu de nourriture. Il avait la bouche pâteuse et déglutissait avec difficulté ; même l'eau de la source où il avait bu une heure auparavant n'avait pu lui adoucir bien longtemps la gorge. Il s'efforça de ne pas trop penser à la nourriture et regarda vers la vallée. À peine bornée au nord par les collines basses sous Fontvieille, elle rejoignait celle d'Arles d'où il venait et plus bas vers la mer la Crau, plus loin encore la Camargue. Avec le jour qui approchait, le voile de brume qui avait recouvert les lointains à la fin de la nuit se dissipait avec la même rapidité que dans un matin de printemps auquel d'ailleurs l'extrême douceur de l'air de cette aube faisait invinciblement penser.

C'était bien l'automne, cependant. En témoignaient les grosses taches jaunes des arbres de Judée qui ressemblaient à autant de bijoux, broches et épingles, agrafés sur la fourrure vert sombre des pinèdes. Quelques acacias lançaient aussi des éclairs d'or à travers les bois. Il n'y avait pas vraiment de vent en dehors de celui, léger, qui accompagne l'aube.

Peu après, Florent parvint dans un secteur où l'air réchauffé brusquement autour des pins parut se dilater dans l'herbe sèche et les chardons bleus couvrant le bas-côté de la route. La marche était facile à présent qu'il faisait jour. Le crépitement de chaleur faisait s'envoler des centaines de sauterelles au milieu de la poussière blanche où il piétinait un peu à cause de la fatigue.

Ce chemin tout blanc monta encore, passa au travers d'un éboulis dans lequel s'accrochaient quelques jeunes pins tordus sur eux-mêmes dans leur effort pour se hisser vers le ciel. Après une sorte de col traversant une prairie rase jonchée de touffes de thym sur lesquelles le matin faisait lever des parfums d'église, Florent fut stupéfait de voir devant lui, frappée brutalement par les rayons du soleil, une masse de feuillages d'or très pur, presque transparent. Cet or était beaucoup plus éblouissant que celui des robiniers, des arbres de Judée et même des érables qu'il avait vus dans la vallée. En approchant il constata qu'il s'agissait seulement d'un immense verger d'abricotiers. La banalité de cette découverte le déçut. Il mit cela sur le compte de la fatigue, de la faim et de la soif qui le tenaillaient.

Alors qu'il émergeait de tout cet or, il aperçut une maison et entendit une fontaine. Cette dernière coulait à deux pas du chemin, dans une auge de pierre plâtrée de mousses blanchâtres. Le filet d'eau s'écoulait par un canon en bronze d'un dessin parfait, ornementé d'une rosace de feuilles d'acanthe, magnifique mais totalement déplacé à cet endroit qui par ailleurs respirait la plus grande pauvreté. La maison, un peu en retrait, était minuscule. Plus loin un potager, maigre mais très bien tenu, tranchait lui aussi sur un arrière-plan de ronces serrées comme une cotte de mailles contre les rochers au fond du petit vallon.

S'imaginant observé de la maison, Florent s'efforça de ne pas courir jusqu'à la fontaine malgré la soif qui lui asséchait la gorge. En approchant il ressentit l'extraordinaire fraîcheur qui régnait autour de cette eau courante tombant du canon dans l'auge et dont le trop-plein s'écoulait sur un carré d'herbe tendre, gonflé comme une éponge. Mettant sous l'eau ses mains réunies en coupe il se pencha et but longuement. La tête encore inclinée, il leva les yeux. Quelqu'un sortait de la maison. Sans quitter sa position et tout en continuant à se délecter du goût légèrement acide de cette eau si pure, Florent vit que l'homme regardait dans sa direction. Il avait dû l'apercevoir depuis la petite fenêtre carrée qui surveillait le chemin. La cheminée de la maisonnette fumait. Un filet gris montait vers le ciel désormais parfaitement bleu. Vers l'est une grande lueur marquait l'endroit où le soleil devait en ce moment inonder la plaine de l'autre côté des collines dont ce versant-ci était encore plongé dans l'ombre des sous-bois, même si la maison apparaissait maintenant dans le jour. Il ne pouvait ainsi indéfiniment faire mine de boire. L'autre s'approcha, passa la clôture légère à un portillon en bois, se planta devant Florent et déclara : « Eh bien, vous alors ! Vous avez l'air de mourir de soif ! »

Pour éviter de répondre tout de suite, Florent fit un salut de la tête et s'essuya les lèvres du dos de la main.

« Bonjour ! » lança encore l'autre dont le ton de la voix révélait une faconde et une joie de vivre qui, à n'en pas douter, devaient former le fond de son caractère.

Florent répondit de la même façon. L'homme était gros, de taille moyenne, âgé de cinquante ans tout au plus. Il avait une figure en pleine lune aux lèvres épaisses et des yeux marron clair pétillants de bonne humeur. Vêtu d'un bourgeron grisâtre de paysan, il passait régulièrement sa main boudinée dans une chevelure poivre et sel plutôt clairsemée. Il ne posa aucune question mais Florent le sentait dévoré de curiosité. Devançant l'interrogatoire, il raconta sa petite histoire.

« J'ai surtout soif à cause du salé de porc qu'on m'a servi hier à l'auberge de Mouriès ! Un délice mais une vraie mine de sel ! J'ai marché une partie de la nuit.

– Vous allez où ? demanda l'autre.

– Avignon ! » mentit Florent, qui jugea bon aussitôt de s'inventer un point de départ qu'on ne lui avait pas encore demandé : « Je viens de Salon...

– Pouah ! fit l'homme. La ville, quelle horreur ! » Il n'en dit pas davantage mais resta un long moment l'air vague en tournant légèrement la tête comme si, contemplant son domaine, il en comparait intérieurement avec Salon et les autres « capitales » les avantages et les inconvénients. Les premiers durent l'emporter car il réitéra : « Pouah ! On est tellement mieux ici ! »

Florent, pas contrariant, acquiesça. Cela ne lui coûtait rien et d'ailleurs, dans ce beau matin, ce coin des Alpilles était ravissant.

« Je dois reconnaître, dit-il, que cet endroit est plaisant. La fontaine a l'air ancienne, on ne fait plus de tels canons aujourd'hui.

– Sûr ! dit l'homme. Autrefois, dans les bois que vous voyez ici, il y avait un château. Reste plus que les pierres. C'est avec elles d'ailleurs que mon père a bâti cette maison.

– Vous n'auriez pas une miche de pain à me vendre et un peu de charcuterie ? J'aimerais économiser un peu : encore deux repas comme à l'auberge de Mouriès et je suis sur la paille.

– Sais pas ! peut-être... Faut demander ça à la patronne. Suivez-moi. »

Florent le suivit à travers son potager. Le soleil était plus haut. La lumière commençait à friser au-dessus des pins. Au moment où ils traversaient un carré de salades montées en graine sur un petit chemin de terre impeccablement ratissé, il vit retomber le rideau derrière la vitre de la petite fenêtre.

Le gros ouvrit la porte basse et lança à l'intérieur : « Mauricette ! Viens pour voir ! » Il s'écoula un long moment avant qu'il puisse distinguer la silhouette anguleuse d'une femme entre deux âges dans l'ombre protectrice de son intérieur, qui apparut finalement sur le seuil, vêtue d'une blouse punaise en coton serrée aux poignets et au cou. Son visage était taillé à la serpe, avec une bouche mince en faucille, un nez de fouine et deux yeux ternes sans le moindre pétillement, ne serait-ce que de curiosité. Elle esquissa une vague inclinaison de tête que Florent estima être un salut auquel il répondit de la même façon.

« Dis, Mauricette, est-ce qu'on n'aurait pas un pain d'avance et du saucisson pour monsieur ?

– Je peux payer », s'empressa d'ajouter Florent pour vaincre l'hésitation qu'il avait aussitôt sentie chez la femme anguleuse. Afin d'être encore plus crédible, il sortit de sa poche une bourse en cuir, tout en s'arrangeant pour faire tinter son pécule. Le bruit des jaunets parla un langage suffisamment clair à Mauricette. Elle dit d'une voix aiguë : « Je vais voir. » Et elle disparut dans l'ombre de son ménage.

Elle avait amorcé le geste de refermer la porte

derrière elle. Florent était sûr qu'elle l'aurait fait pour de bon si son homme n'avait pas été là. Ce dernier devait avoir des consignes précises car à aucun moment il ne proposa à Florent d'entrer.

Les oiseaux chantaient joliment dans les bosquets de noisetiers. C'était la seule note gaie car le mari de Mauricette, sans doute dégrisé de sa bonne humeur naturelle par l'âcreté de son épouse, affichait maintenant une mine maussade et répondait par monosyllabes aux compliments de Florent sur son potager. Toute sa joie de vivre paraissait l'avoir abandonné. Cela éclairait d'un jour bien différent les délices de Capoue que son domaine recelait d'après lui au début. Les jours d'hiver en ce lieu, si le mauvais temps obligeait cet homme à les passer entre les murs étroits de la maisonnette en compagnie de sa femme revêche, devaient plutôt ressembler à un purgatoire pénible.

On entendit un cliquetis, un bruit de couteau, une huche qu'on refermait puis un trottinement de souris sur les tomettes et la femme réapparut avec un demi-pain de ménage et un morceau de saucisson ratatiné d'un âge avancé à en juger par l'aspect jaunâtre. Florent se retint de grimacer. La miche avait l'air tendre. Il dut d'abord compter dans sa bourse la somme qu'elle avait annoncée avant qu'elle ne se décide à tendre le pain pour pouvoir s'emparer des sous qu'elle enfouit aussitôt dans la poche de son devantier.

« Si vous aviez en plus une serviette pour envelopper la miche, je vous ajouterais ceci », dit Florent en montrant une pièce.

La femme fit demi-tour et revint aussitôt, une serviette à la main. Florent en était sûr : elle l'avait préparée à l'avance et elle aurait proposé d'elle-même de la lui vendre s'il n'avait pas pris les devants. À voir sa rapidité il se dit que s'il avait attendu, la serviette, d'ailleurs trouée, lui aurait coûté moins cher.

Il devait être dans les huit heures quand il quitta, sans regret, ce couple mal assorti et son illusoire paradis terrestre.

La lumière était devenue si claire qu'on eût dit une pluie de poudre transparente tombant sur les pins très noirs dans la montée du chemin après la maison. Celle-ci avait disparu. Seule la fine colonne de fumée grise en marquait l'emplacement au-dessus des bois. Le chemin s'enfonça dans une combe avant de remonter en s'accrochant à des empierrements de rochers blancs entrelacés d'épines et de petits arbustes coriaces au feuillage rouge sang.

Environ une demi-lieue plus loin, Florent abandonna cette voie paresseuse qui avait fini par rejoindre la grand-route de Saint-Rémy avant de se perdre dans les Alpilles. Il suivit pendant une partie de la matinée des petits sentiers de chasseurs à travers des chênaies faméliques et des pinèdes. Vers midi il passa sous les Baux, le long de grandes carrières de pierre blanche où l'on entendait le grincement des scies. Malgré l'intense lumière qui illuminait le ciel depuis le matin et frisait au sommet des collines, il faisait plutôt sombre dans ces endroits au fond des combes dans lesquels s'annonçaient déjà les frimas de l'hiver. Mais vers le début de l'après-midi, ayant remonté peu à peu tous ces escarpements blanchâtres sur lesquels s'accrochait une végétation pauvre, le chemin déboucha au sommet d'une colline, au-dessus de gorges plus riantes.

Florent découvrit alors, assez loin encore, la petite ville de Saint-Rémy inondée par un soleil très jaune aux reflets presque roux.

Il était hors de question de pénétrer tout de suite en ville. Il était attendu à la nuit tombée ; par ailleurs, rien ne disait que les trois hommes, une fois franchi le Rhône, n'aient pas accouru jusqu'ici dans l'hypothèse, fort envisageable, où ils sauraient à quel endroit il avait rendez-vous. N'avaient-ils pas retrouvé sa trace avec une précision confondante sur plus de cent lieues de la rive du fleuve ?

Il choisit un recoin entre deux rochers à l'écart du chemin. Au-dessous de lui, il voyait la grand-route. Le dos confortablement calé contre les rochers bien chauds, il s'assit sur un tapis de longues aiguilles brun clair et se coupa une tranche du pain de ménage de l'acariâtre qui lui avait semblé tendre comme de la brioche quand il l'avait entamé en montant. Même le saucisson lui parut moins détestable qu'il ne s'y attendait. Il fit ainsi un superbe repas. Il ne lui manquait que la boisson. Heureusement il avait pu se désaltérer en bas des combes sous les Baux. Rassasié et réchauffé par le soleil de l'après-midi, il commença de somnoler et finit par s'endormir pour de bon.

Des cris aigus et des claquements de fouet le réveillèrent. À en juger par la position du soleil déjà bas sur l'horizon, il devait être environ quatre heures. Il se leva avec précaution et regarda en contrebas vers la route d'où venaient les cris. Entre des grandes touffes de sureaux très jaunes, il vit un grand fardier bleu chargé de futailles que tiraient trois couples de chevaux. Le conducteur accompagnait de vigoureux coups de fouet qui claquaient au-dessus des croupes des percherons, sans les toucher, ses encouragements à gravir la pente raide qu'escaladait la route jusqu'à un petit col au-delà duquel, une lieue plus loin, se dressaient les portes de la ville. Un quart d'heure après, le fardier franchit le col. Florent entendit encore un moment les cris de l'homme puis le silence revint, seulement troublé par les croassements de grands freux qui regagnaient à larges coups d'ailes les anfractuosités creusées dans les rochers blancs des falaises dominant l'autre côté de la route.

Vers l'ouest, le ciel se teintait déjà de rose. Ce silence qui avait noyé les cris du charretier s'étendait peu à peu. Il annonçait aussi la venue du soir.

## 2

La lune se leva peu après qu'une grosse étoile – la première et la même que la veille, songea Florent – se fut allumée à l'est. Le silence n'était interrompu que par des crissements d'insectes venus d'une petite prairie d'herbe sèche sur laquelle le soleil avait tapé tout le jour. Il faisait plutôt frais. Le vent s'était levé lui aussi. Léger, sans beaucoup de force, il ne provoquait aucun bruit. Le ciel était noir, sauf à l'ouest où quelques draperies rose orangé pendaient encore sous les étoiles qui maintenant s'allumaient à toute vitesse. L'obscurité recouvrait la plaine où, plus faibles que les amas d'étoiles, les feux des villages ponctuaient la nuit. Assez loin à l'est ils marquaient quelques sommets de collines et semblaient accrochés dans l'air. Devant Florent, au-delà du col que le fardier avait franchi vers quatre heures, ceux de Saint-Rémy faisaient une grosse pelote de pointes jaunes.

Il rejoignit la route à mi-côte, au milieu des buissons et de touffes dont les feuilles dégageaient une odeur âcre quand ses semelles les froissaient. Il lui restait environ une lieue avant d'atteindre la ville. Il la parcourut sans se presser et quitta la route en approchant des premières maisons que signalaient des lanternes au-dessus des portes. Il entendait de l'eau courir tout près. Probablement un canal d'irrigation. Guidé par le bruit il entreprit de le suivre. Malgré l'enjeu et les risques il se sentait tout à fait bien, plutôt sûr de lui, ce qui n'était pas forcément favorable. Mais la beauté de cette nuit d'automne, ce ciel gorgé d'étoiles, ce vent qui avait forci et parlait maintenant avec une tendresse un peu cruelle dans les buissons de viornes, tout cela l'enchantait. Il suivit ainsi un bon moment le canal qui longeait l'arrière des maisons du bourg dont on devinait à l'odeur qu'il était séparé par de grands potagers. Après un quart d'heure le cours d'eau tourna brutalement et s'éloigna de la ville. Florent vit que son trajet avait été coupé par une nouvelle route. Celle-ci, comme venue du fond de la nuit, pénétrait dans Saint-Rémy entre des platanes, éclairée par deux ou trois lanternes. L'endroit était parfaitement désert et le vent qui à présent feulait à travers les ruelles après avoir raboté les toits n'apportait aucun bruit d'origine humaine. Il quitta le ruisseau juste avant une martelière et escalada le talus de la route. Elle s'étirait le long de grandes grilles au-dessus desquelles dépassaient des branches d'arbres jaunes, agités par le vent qui secouait également la lanterne de fer forgé d'un lampadaire dont la lueur vive éclairait par en dessous des murs si hauts qu'ils évoquaient ceux d'un couvent ou d'une prison avec leurs fenêtres grillagées et rébarbatives. Il s'efforçait au maximum de discrétion. Il était peu probable que *les autres* sachent qu'il était en ville, mais on ne savait jamais... Le grand bâtiment s'interrompit brutalement pour laisser place à un jardin bordé par une clôture et une haie de lauriers-tins taillée au cordeau.

Ici aussi, le vent faisait des siennes. Dans un incroyable remue-ménage qui brassait les massifs il soulevait des paquets d'odeurs épaisses que Florent ne réussit pas à identifier. Le jardin était immense, peut-être appartenait-il au bâtiment qu'il avait dépassé ?... Au loin, dans un autre quartier, un chien aboya. Ce cri était porté et amplifié par le vent qui sifflait aussi dans les tuiles et les génoises d'une grande maison située au bout du jardin. Après, il y avait une sorte de boulevard circulaire illuminé a giorno par l'éclairage public.

Au moment où Florent allait déboucher sur le boulevard, il aperçut deux silhouettes qui avançaient lentement sur le trottoir. Il se rencogna derrière l'angle du mur. Il n'avait aucune envie de rebrousser chemin. Il devait traverser pour rejoindre le lacis de ruelles du centre-ville. On lui avait donné une adresse et les indications nécessaires. Avec précaution il risqua un nouveau coup d'œil. Les deux piétons s'étaient arrêtés devant une porte à une dizaine de mètres. Le vent empêchait d'entendre leur conversation. Bientôt l'un d'eux fouilla dans ses poches, en sortit une clé et ils disparurent à l'intérieur. Le boulevard était désert. Sans attendre il le traversa et s'engouffra dans une ruelle très noire où régnait une forte odeur d'urine. Elle débouchait sur une placette éclairée chichement par un quinquet pâle que le vent faisait grincer tout en balançant la lueur qui peinait à percer l'ombre épaisse. La présence au milieu de la placette d'une fontaine coulant dans une vasque de pierre avec un son cristallin lui fit comprendre qu'il était dans la bonne direction ; au-dessus se dressait la statue de saint Roch dont on lui avait parlé. Il emprunta la rue de droite, elle aussi obscure, mais dont l'air était baigné par un intense parfum de renouée qui provenait d'une énorme boule retombant au-dessus d'un mur bas surmonté d'une grille. Il reconnut l'endroit où il devait se rendre. Au milieu de la grille un portillon en fer était entrouvert. Une chaînette pendait à un des piliers. Avant de la tirer

Florent jugea prudent de jeter d'abord un coup d'œil. En espérant que ce geste n'allait pas déclencher un grincement épouvantable, il poussa le portillon qui pivota gentiment en silence. Il monta deux marches et se retrouva dans un jardin peu étendu mais couvert de plantations sur toute sa surface, comme il pouvait le voir grâce à la lune qui venait de basculer au-dessus des toits. Une allée traversait le jardin depuis le portillon jusqu'à une maison beaucoup plus basse que ses voisines dont la toiture était ornementée de gouttières et de chapiteaux en zinc qui luisaient. En suivant l'allée de gazon sans faire de bruit il s'approcha et vit qu'une fenêtre était éclairée. La lumière était tamisée par une tenture tirée à moitié. Florent longea le mur et regarda à l'intérieur.

La pièce était illuminée par une lampe en opaline blanche posée sur un bureau encombré de documents et de dossiers. De longues étagères occupant tout le mur opposé à la fenêtre étaient garnies de livres. Une vitrine remplie de curiosités occupait un autre mur. Devant elle, un homme était assis sur un fauteuil tapissé de reps rouge aux pieds galbés. Il lisait. Florent remarqua l'espèce de redingote noire dont il avait soulevé les pans avant de s'asseoir et qui s'ouvrait sur une chemise claire fermée d'une multitude de petits boutons de nacre ronds et brillants. Il avait une soixantaine d'années. Ses cheveux blancs s'échappaient en toupets sous une coiffe ronde en satinette noire. Il portait une paire de besicles dorés et était absorbé dans la lecture d'un fort volume posé sur ses genoux croisés. Il ne put s'empêcher de penser à Jean-Jacques Rousseau ; tout en se reprochant après coup cette comparaison : il n'ignorait pas le danger à s'inventer *des princes*, fussent-ils des champions de la liberté. Il eut un frisson, comme chaque fois que le mot « liberté » lui venait à l'esprit...

Il toucha du doigt sous sa chemise la lettre cachetée qu'il devait remettre à cet homme. Si toutefois celui-ci était capable de répondre à la question qu'il lui poserait par le mot de passe convenu. Mais Florent en était sûr : celui qui lisait dans cette pièce et la pièce elle-même avec ses livres, ses documents, sans compter l'atmosphère d'étude que renforçaient encore les reflets d'un feu qui devait flamber non loin, tout cela constituait jusqu'à la caricature un portrait parfait de celui que Florent ne connaissait jusque-là que sous le sobriquet de « Bibliothécaire ».

Florent retourna jusqu'au portillon. Il examina la rue éclairée par le quinquet de la placette, mais surtout par la lune qui venait de se glisser entre deux toits. Il n'y avait personne en vue. Il tira sur la chaînette et attendit. Une demi-minute plus tard une porte s'ouvrit et un pas résonna sur les dalles de l'allée que Florent avait évitées plus tôt. Une silhouette assez haute se découpa sur les massifs sombres. L'homme ouvrit le portillon que son visiteur avait soigneusement refermé et demanda : « Oui ? Que désirez-vous ? »

La voix était légère, presque étouffée. Florent dut se résoudre au petit jeu des mots de passe qu'il avait toujours trouvé un peu puéril. Il interrogea : « Justice ? »

La réponse vint aussitôt : « Saint Georges ! »

Cet homme savait peut-être ce que cela signifiait. Florent, lui, l'ignorait. Le bibliothécaire reprit de la même voix à peine plus claire : « Je ne vous attendais que demain ! On m'a dit que vous aviez eu quelques ennuis au bord du Rhône.

— On vous a mal renseigné, monsieur ! répondit Florent un peu piqué. Il ne m'a pas été difficile de semer les trois crétins qu'on a lancés à mes trousses dans les Cévennes.

– Tant mieux, tant mieux ! fit l'homme sans ironie. Mais ne restez donc pas ainsi dans la rue. Entrez, je vous prie. »

Florent le suivit jusqu'à une porte vitrée munie d'une grille ; l'homme s'effaça pour le laisser passer. Le vestibule était lui aussi garni de livres sur tout un mur. De l'autre côté, éclairées par des appliques en pâte de verre, étaient accrochées des gravures romantiques représentant des vues d'Italie. Au fond, un escalier montait à l'étage. Juste derrière, s'ouvrait une porte basse. Florent nota tout ça très vite – une habitude, une seconde nature... En cas de pépin, cela pouvait servir. Face aux livres, une autre porte était ouverte ; sans doute celle du cabinet de travail où il avait vu lire l'homme. Celui-ci la lui désigna de la main : « Si vous voulez bien... »

Florent entra. Le premier geste de son hôte fut de tirer tout à fait la tenture devant la fenêtre.

« Il serait dommage que quelqu'un puisse nous observer comme vous l'avez fait vous-même tout à l'heure.

– Mais croyez, monsieur..., bredouilla Florent stupéfait.

– Je comprends votre curiosité, le coupa le Bibliothécaire. Et puis : un homme qui lit c'est un homme qui lit. Par contre deux hommes ensemble dont un en tenue de voyageur... et à cette heure qui plus est... c'est déjà une réunion et peut-être un complot. Rien ne dit que, par exemple, mon voisin qui a l'habitude à cette heure de promener son chien ne s'imaginera pas, s'il nous voit, avoir mis le nez dans quelque conspiration.

– N'est-ce point la vérité ? » demanda Florent d'un ton sec qu'il regretta aussitôt car, s'il ignorait la signification réelle de quelques mots de passe, il n'ignorait point que le sosie de Jean-Jacques qui se tenait devant lui, et qui présentement ouvrait un coffret en cuir de Cordoue, lui proposait un cigare – qu'il refusa –, en prenait un, le humait avec gourmandise, l'allumait, en tirait quatre ou cinq bouffées avec volupté... bref, il n'ignorait pas que cet homme avait, au cours des dix ans passés, servi la cause de la République non seulement avec désintéressement, ce qui était déjà fort louable, mais aussi avec des succès certains, ce qui, de l'avis de Florent, valait encore mieux. Qu'on parle de la diligence d'Aix, des « suicidés » de Saint-Gilles, ou encore de la libération de deux Lyonnais avant leur départ pour le bagne – libération suivie d'une disparition dans la nature à laquelle ni la police officielle ni la secrète n'avaient compris goutte, un tel « passez muscade » portant la marque d'un authentique génie de l'illusionnisme –, tous ces événements, qui chacun à leur manière servaient la République, avaient été conçus, préparés, exécutés par cet homme ! Cela était connu de tous, et même de Florent pourtant isolé derrière les murs de sa bastide. Le Bibliothécaire en avait d'ailleurs retiré une gloire certaine. On disait que l'hiver précédent, dans une réunion à Remoulins, on avait envisagé de lui confier la haute main sur tous les groupes républicains du sud de la Loire. Offre rejetée aussitôt. Ce refus prouvait un mépris du pouvoir qui détonnait fort, par les temps qui couraient et par les temps en général. Le geste avait beaucoup impressionné Florent. Le lien de tout ceci avec cet homme, qu'il avait au début trouvé un peu popote, résidait dans l'extraordinaire intelligence du regard qui le fixait de ses yeux bleus avec un léger pétillement de malice lorsqu'il répondait après un temps à la question de Florent.

« Certes oui ! Toutefois, sans vous faire l'affront de

vous rappeler que toutes les vérités ne sont pas bonnes à dire, je vous répondrai seulement que je n'ai pas comme vous l'avantage de vivre au milieu de cent lieues carrées de désert montagnard. Cette ville dans laquelle je me trouve est comme un gros tambour, une caisse de résonance. Tapez avec l'ongle sur le coin droit et vous vous abîmerez les tympans. Ici, jeune homme, toutes les gouttes d'eau font déborder les vases. »

Florent, qui n'aimait pas qu'on l'appelle « jeune homme », fit grise mine. Il chercha une réplique, se désola de n'en pas trouver de cinglante, s'en voulut et finit par dire : « Terminons-en avec les bagatelles ! Je suis venu dans un but précis. Vous savez lequel... »

Il glissait déjà la main dans sa chemise pour saisir la lettre. L'autre leva le bras. « Comme vous y allez ! Nous avons tout notre temps. Vous venez à peine d'arriver. Il faut d'abord vous restaurer et vous reposer un peu.

– Mais...

– Il n'y a pas de "mais", mon garçon. »

Il alla vers son bureau, déplaça des livres et des dossiers et finit par extraire du fouillis une petite cloche en bronze au manche de bois ciré. Il l'agita. Quelques secondes plus tard une femme entra par une portière entre deux bibliothèques. Elle était âgée, petite et incroyablement ronde. Elle portait une coiffe bordée de dentelle blanche qui encadrait son visage. La même garniture au point de Malines encerclait ses poignets et son cou autour duquel étaient accrochées une chaînette et une petite croix en or. Le bas de sa robe lui aussi paraissait tuyauté de broderie et Florent remarqua qu'en dépassaient deux pieds immenses logés dans des souliers d'homme à bout carré, astiqués à en briller comme un saint sacrement. Elle salua Florent d'un léger signe de tête.

Le Bibliothécaire dit : « Il doit bien vous rester de quoi restaurer un voyageur qui a fait une route longue et dangereuse. N'est-ce pas, Ursule ?

– Si monsieur veut bien m'accorder un quart d'heure, je pense pouvoir, en effet.

– Il ne faut pas..., commença Florent.

– Ne dites plus rien ! le coupa l'homme. Je me fâcherais si vous refusiez mon hospitalité dont, sans Ursule, je craindrais que votre arrivée inopinée un jour plus tôt que prévu ne la rende mesquine.

– Je servirai ici ? demanda la dénommée Ursule.

– Oui ! Nous arriverons bien à dégager un coin de table pour installer notre visiteur. »

La femme ronde disparut derrière la portière en se dandinant. Pendant qu'elle quittait la pièce, son patron s'était approché du feu qui vivotait sous les cendres. Il y porta quatre ou cinq vigoureux coups de pique avant de poser une bûche à l'écorce claire sur le tas de braises. Une vive flamme orangée monta dans des crépitements. Quelques escarbilles s'élevèrent dans le conduit et une lumière rose baigna la pièce et le visage de l'homme dont Florent venait à l'instant de constater que ses yeux brillaient de la même intelligence dans ces gestes fort banals que dans la conversation. Il reposa le pique-feu et dit en montrant un fauteuil en face de celui où il lisait tout à l'heure : « Asseyez-vous. En attendant le retour d'Ursule avec son frichti, j'aimerais que nous parlions de votre père.

– Vous l'avez donc connu ? » demanda Florent, stupéfait.

En fait cet homme avait non seulement connu François Barthe mais, aux quelques détails qu'il lui donna, il apparut au jeune homme qu'ils avaient été à vingt ans les meilleurs amis du monde. Les quelques mois que son père avait passés à l'Université où ils s'étaient rencontrés avaient été brutalement interrompus lorsqu'il s'était vu obligé de tout quitter pour rentrer à Beaumont afin de prendre la suite, la place... et les lourdes responsabilités de son propre père après la chute de cheval qui avait coûté la vie à ce dernier. Florent savait tout cela mais sans détails, son père n'évoquant jamais facilement cette période de sa vie. Il le dit à son hôte.

« Je le sais. À cette époque, votre père m'a écrit quelques lettres fort amères. Il regrettait l'avenir qui s'était offert à lui un moment. Le devoir l'appelait et il l'accomplit, mais la mort dans l'âme... Toutefois vous connaissez le caractère de votre père, son amertume a peu duré. C'est tout juste s'il a encore exprimé quelque dépit d'avoir dû interrompre ses études que tous prévoyaient brillantes, lorsque je suis allé le voir un certain printemps.

– Vous êtes venu à Beaumont ? s'exclama Florent.

– Oui ! Une seule fois hélas car ensuite la vie, les charges, vous comprenez... Mais de cette visite j'ai gardé un vif souvenir. Je voulais vous demander : les grands chênes sont-ils toujours là devant votre demeure ?

– Bien sûr, répondit Florent, ému à l'évocation des arbres tutélaires de son enfance. D'ailleurs vous savez, je suis certain que Beaumont a peu changé depuis votre venue...

– Sauf qu'à présent mon vieil ami, votre père, ne serait plus là pour m'accueillir comme en ce très ancien jour de printemps. »

Il y avait tout à coup dans sa voix et son regard une grande nostalgie, comme un mouchoir posé sur le brillant des choses. Il dut s'en rendre compte, car il secoua la tête.

« Voici que je m'attendris, dit-il en se moquant. Pourtant, si je venais chez vous une nouvelle fois je suis sûr que votre accueil serait aussi chaleureux que le sien.

– Soyez-en assuré, monsieur, répondit Florent avec sincérité.

– Et votre mère ? Comment va Elvire ?

– Parce que vous connaissez aussi ma mère..., commença Florent.

– Évidemment ! Je vous ai dit que votre père et moi étions très liés. Quand il a rencontré Elvire, il m'a aussitôt fait part de son bonheur. Peu après leur mariage en 1828 ils sont venus me voir. J'habitais alors Avignon. Ils sont restés une semaine. Votre père avait loué une chambre près de chez moi. Je garde de ces jours un souvenir particulièrement vif. Nous avons couru la campagne. Vous savez combien votre père était bon cavalier. Votre mère ne lui cédait en rien. Moi-même à cette époque... C'était un autre printemps et comment oublier cette jeunesse qui nous poussait à chevaucher au milieu des cerisiers en fleur sous le soleil du Comtat. Notre amitié s'enchantait de tout. Je n'ai pas le culte du passé, mon jeune ami. Je crois au présent et un peu à l'avenir pour les autres, mais il est vrai que je donnerais cher pour revivre un seul de ces jours de 1828. À cette époque déjà nous avions tous les deux choisi notre camp depuis longtemps. C'était de la République que nous attendions tout et même si nos chemins se sont un peu séparés par la suite, nous étions heureux de lutter chacun dans notre coin pour la même cause. D'autant que les espoirs de 1830 de voir *notre* République perdurer furent rapidement anéantis. Qu'importe ! Nous y avons cru l'un et l'autre toute notre vie. Sachez que je regrette que votre père n'ait pas connu le nouveau grand espoir de 1848 !

– Il est mort peu avant, acquiesça Florent, nostalgique.

– Mais au moins il n'a pas subi comme nous la désillusion du coup de force de 1851 ni la dictature de Louis Napoléon qui renvoie nos espérances aux calendes ! Heureusement que vous avez repris le flambeau.

– Si mal !

– Ne vous dépréciez pas, mon ami ! Dans ma position je suis bien placé pour savoir que vous êtes une *étoile montante* de la République et pas seulement dans le Cercle des Aigles et le territoire des Cévennes. »

Florent, gêné, changeant de sujet : « Je regrette de devoir tellement attendre pour raconter à ma mère cette rencontre. Pour répondre à votre question, elle va bien. Elle demeure au château de Lavon, sur le plateau de Vaucluse. Je suis certain qu'elle sera émue par tout ce que vous me dites. Mais j'y pense : pourquoi ne pas lui écrire, monsieur ?

– Vous n'y songez pas ! Mon cher Florent – vous permettez que je vous appelle ainsi ? –, soyez assuré que toutes mes lettres sont surveillées et lues ! Et il ne me viendrait pas à l'idée de risquer de compromettre ainsi une vieille amie. Il ne fait pas bon appartenir au cercle de mes intimes. Louis Napoléon a la main lourde ! Vous aussi risquez...

– Je crains, monsieur, de m'être bien compromis moi-même ! dit Florent en riant.

– C'est vrai, admit son hôte. Et votre petite affaire du Rhône ne va pas arranger les choses. Notez : parfois dans la vie il vaut mieux que les situations soient nettes.

– Elles le sont autant pour moi que pour vous, fit Florent calmement. Dans les Cévennes, seule ma position d'héritier de Beaumont m'a épargné jusqu'ici la trop vive curiosité de la police secrète... Ou du moins ses machinations. L'héritier d'un château de cinq métairies et d'un terroir de deux cents hectares ne peut être à leur sens que du côté du manche, c'est-à-dire du pouvoir !

– Remarquez que c'est souvent le cas ! Mais à l'évidence il y a des exceptions. Par contre, vous allez devoir faire très attention, désormais. *Ils* sont lents mais malins et surtout, ne l'oubliez jamais, terriblement opiniâtres.

– Tant que *nous parlons boutique*, dit Florent, et avant que je ne vous interroge encore sur mes parents, je voudrais vous remettre tout de suite ce que je vous ai apporté.

– À votre guise ! Donnez-moi donc cette lettre qui a l'air de vous brûler les poches. Ce qui n'est pas surprenant : elle contient, comme vous le savez certainement, une bombe qui va exploser bientôt sous les basques du procureur Charles, un de nos plus farouches adversaires. Elle...

– Non, monsieur ! le coupa Florent. Je ne veux rien savoir de plus ! Je n'ignore pas qu'il s'agit de compromettre gravement un homme dangereux. Mais ceci sent mauvais, vous en conviendrez, et j'ai décidé une fois pour toutes de fuir les mauvaises odeurs. Bien entendu, vous me rétorquerez que je porte quand même la lettre. Ce n'est que parce qu'on m'a juré que le sort de nos amis de Digne en dépendait. C'est peut-être naïveté de ma part, mais ignorer le contenu exact de cette lettre me permet d'espérer dormir tranquille.

– Je ne vous rétorquerai rien du tout ! Et je dois vous dire en confidence que je regrette beaucoup le temps où j'avais moi-même de tels scrupules. » Il ajouta sur un ton de plus en plus amer : « Gardez les vôtres le plus longtemps possible, mon jeune ami. Peut-être parviendrez-vous à les conserver toujours. » Il parlait maintenant surtout pour lui-même : « À quel moment ai-je abandonné les miens ? »

Il y eut quelques secondes d'un silence pesant. On entendait seulement le tic-tac d'une horloge de cheminée sous son globe de verre et au loin de vagues bruits de casseroles. En contemplant l'homme assis devant lui et qui, depuis qu'il s'était tu, fixait les flammes claires du feu de chêne, Florent lui trouva tout à coup l'air très vieux, comme si un poids immense pesait sur lui. Mais cet homme était un lutteur. Son silence ne dura pas.

« Pardonnez-moi ! dit-il. Parfois le passé est un peu lourd à porter. Mais parlons de vous et de l'avenir...

— D'abord..., le coupa Florent, j'ai une question à vous poser. »

Il s'était efforcé à l'enjouement.

« Laquelle ? lui fut-il répondu sur le même ton.

— Comment dois-je vous appeler ? "Monsieur" me paraît peu convenir envers un vieil ami de mon père et de ma mère. Et, pour ne rien vous cacher, je ne saurais employer un sobriquet, si fondé soit-il... »

De la main, Florent montra les étagères de livres.

« Le Bibliothécaire, voulez-vous dire ?

— Je me doutais que vous étiez au courant, c'est pourquoi je me suis permis cette allusion, rétorqua le jeune homme.

— Oui, je sais ! Je préfère encore celui-ci à d'autres qui circulent entre Var et Drôme depuis quelques années. Après tout, si quelque légende peut servir notre cause... Mais vous, Florent, j'aimerais énormément que vous m'appeliez par mon vrai nom, comme faisait votre père.

— Je m'en ferai un devoir, acquiesça Florent.

– Je m'appelle René Santel. Faites-moi la grâce de n'user que de mon prénom, comme faisait aussi votre père. »

Florent sourit : « Merci de votre confiance. »

L'arrivée d'Ursule, portant un plateau abondamment garni, leur évita la gêne de l'attendrissement. René Santel se précipita. « Nous avons parlé, parlé ! Et je n'ai même pas libéré un coin de table. »

Ce qui fut fait aussitôt... avec pour résultat d'aggraver le désordre sur l'autre moitié du bureau. Ursule posa son plateau tandis que Santel avançait une chaise.

« Asseyez-vous et mangez ! À votre âge...

– Si monsieur en veut davantage, j'ai encore de quoi à la cuisine...

– Grands dieux ! dit Florent en riant. Laissez-moi d'abord finir ceci ! Et merci..., ajouta-t-il en soulevant une cloche d'argent sous laquelle la nourriture fumait. Ce poulet en sauce m'a l'air délicieux. »

Ursule sortit. Santel s'installa dans son fauteuil de lecture et regarda Florent dévorer à belles dents. Ils restèrent un moment silencieux. Puis tout en suçant un os, le jeune homme dit : « Vous n'avez pas ouvert cette lettre.

– Je sais ce qu'elle contient, et je le sais même très précisément, contrairement à vous ! En revanche comme à vous certaines odeurs me répugnent. Pourtant soyez certain que je la lâcherai le moment venu comme la boule dans un jeu de quilles. En espérant qu'elle cassera le plus de jambes possible de l'autre côté ! La vie de nos amis de Digne est à ce prix. Et il ne s'agit pas que d'eux. L'auteur de cette infamie a suffisamment fait souffrir plusieurs autres de nos camarades.

– Je me rends compte qu'il est parfaitement inconvenant de poser une telle question avec un pilon de poulet à la main, mais croyez-vous – j'entends par là vraiment *croire* – que notre lutte pour la République aboutira ? »

René Santel resta silencieux. Il fixait de nouveau le feu, maintenant réduit à un rougeoiement fatigué. Il soupira et dit à mi-voix : « Pour ce qui est d'aboutir, je suis sûr que nous aboutirons. Un jour la liberté régnera dans ce pays, chacun aura droit à la parole. Peut-être même parviendrons-nous à rendre plus doux le sort de la plupart. Cependant...

– Il y a un "cependant" » ? le coupa Florent avant de s'excuser : « Pardon de vous avoir interrompu. »

Santel leva la main. « Voyez-vous, Florent, le plus dur ce sera après. Parce que la liberté aura alors des adversaires beaucoup plus difficiles que le procureur Charles et les siens.

– Qui donc ? demanda Florent.

– Nous-mêmes, mon petit, nous-mêmes. » Il contempla le visage du jeune homme et s'exclama : « Ne faites donc pas cette tête ! Et mangez votre poulet. Ne prêtez pas trop d'attention aux propos pessimistes d'un vieux radoteur comme moi.

– Détrompez-vous..., dit Florent avec conviction, j'essaierai de m'en souvenir longtemps.

– De cela je ne peux vous empêcher. Mais dites-moi : où allez-vous maintenant ? Après m'avoir quitté.

– À condition que la route soit libre, je compte me rendre au château de Lavon. C'est au-dessus de Gordes, sur le plateau du Vaucluse. Je dois retrouver là-bas ma mère et ma demi-sœur. » Devant l'air surpris de Santel, il ajouta : « Vous ignorez sans doute que ma mère s'est remariée après la mort de mon père. Hélas, son nouveau mari est mort à son tour trois ans après la naissance de ma sœur. Je me réjouis de revoir cette dernière qui est quelqu'un de remarquable et cher à mon cœur. Par ailleurs, le château de Lavon est construit au milieu de grandes étendues de bois de chênes très noirs et très romantiques, séparées par des landes de buis.

– Bois, landes... romantiques ! Tout cela aussi est cher à votre cœur, n'est-ce pas ? »

Florent rougit. « Vous m'avez percé à jour, reconnut-il. Je dois vous avouer que c'est seulement à de tels spectacles que mon cœur s'ouvre.

– Le peu de jours pendant lesquels j'ai fréquenté votre mère m'ont laissé le souvenir de quelqu'un qui plaçait aussi très haut ce que le commun méprise souvent.

– Et vous-même ? demanda le jeune homme.

– Ah, moi ? Je suis depuis trop longtemps confronté à la basse besogne de la politique pour laisser à mon cœur la bride sur le cou comme je le voudrais. Par bonheur il me reste les livres. Ils sont le fond de ma vie depuis si longtemps. Parfois même, je me prends à songer : "Depuis *trop* longtemps !" Et à certaines saisons ou certains jours il me vient le désir intense de fuir tout cela pour les grands corridors des montagnes ou les avenues du ciel, pour invoquer cette Nature qui vous est si chère.

– Pourquoi ne le faites-vous pas, alors ? » s'étonna Florent avec beaucoup de naïveté.

René Santel réfléchit. Puis il soupira profondément : « Je devrais vous répondre : "Je l'ignore", mais ce n'est pas vrai : je le sais parfaitement. C'est que je crois encore que je ne puis pas abandonner mon poste. Dans cette région les groupes de républicains ont réussi à conserver une cohésion que beaucoup leur envient. La police de Louis Napoléon se casse régulièrement les dents sur ces os. On dit même que l'ancien Prince-Président a les siennes agacées par les républicains provençaux. Le pouvoir en est réduit à utiliser des gens comme le procureur Charles ! Et à nous poursuivre impitoyablement. Certes, il y a quelques années, je vous aurais soutenu à grand renfort de phrases sublimes que *notre cause* mérite le sacrifice de nos vies. Même si j'en suis moins sûr aujourd'hui, il reste que sans moi – et je dis ceci sans forfanterie –, une bonne partie de ce que nous avons patiemment organisé depuis des années entre Rhône et Alpes s'écroulerait aussitôt. Dans cette chute, plusieurs personnes pour lesquelles j'ai un peu plus que de l'estime seraient emportées et sans doute écrasées. Un jour peut-être, je pourrai laisser ces tâches à d'autres. Souhaitez-moi qu'alors il ne soit pas trop tard pour goûter le grand vent du monde. »

La pointe d'amertume dans le ton de ses dernières paroles laissa supposer à Florent qu'il regrettait ses chaînes. « Soyez assuré que je vous le souhaite du fond du cœur. Confidence pour confidence, si j'ai moi-même refusé il y a quelque temps certaines responsabilités que l'on m'offrait, c'est avant tout pour conserver la liberté de parcourir à ma guise l'espace de ce monde.

– Vous avez bien fait ! Mais laissons ce sujet, cela risquerait de jeter sur ces moments un voile de tristesse. Savourons plutôt les débuts de notre amitié. Avez-vous faim encore ? Voulez-vous que je sonne Ursule ? Cette femme qui est à mon service depuis trente ans est d'une ingéniosité d'intendant général. Elle pourra...

– Non ! Non ! le coupa Florent en levant les bras au ciel. J'ai encore un long chemin à parcourir après vous avoir quitté et je dois être en bonne condition.

– Vous ne comptez tout de même pas vous rendre à pied jusqu'aux monts du Vaucluse ! s'exclama Santel.

– Et comment faire autrement ? J'ai choisi la

manière la plus discrète quand je suis parti et je me vois mal retourner à Beaumont prendre mon cheval !

— Qui vous parle de retourner à Beaumont ? Faites-moi l'amitié de me laisser m'occuper de tout et dans une heure, vous aurez une monture.

— Je ne sais si je peux..., commença Florent.

— Ne vous posez pas ce genre de question ! En tout cas, pas avec moi. Je vous ai parlé d'amitié tout à l'heure. Laissez-moi faire ! »

Il se saisit de la clochette et l'agita. Quelques secondes plus tard, la femme ronde souleva la portière dont à ce moment Florent remarqua qu'elle était en aubusson et représentait Armide et Jonathan. Tout n'était pas si quelconque que cela chez René Santel. Ursule se dirigea vers la table pour desservir.

« Laissez cela ! Nous avons le temps. J'ai besoin de vous pour aller prévenir Ludovic. Il me faut un cheval dans une heure sur la route de Cavaillon. Et un bon cheval.

— Bien, monsieur, j'y vais.

— Et dites-lui bien de se méfier. Il est possible que *certains* individus cherchent mon ami autour de Saint-Rémy. Qu'il prenne garde. »

Elle acquiesça d'un signe de tête et s'en alla.

« Voilà ! Florent, nous avons encore une heure pour parler de vos parents et des landes romantiques. »

Ursule revint au bout d'un quart d'heure. À voir ses joues de pommes toutes carminées, il était clair qu'elle avait couru. Elle annonça à son maître que tout serait prêt pour onze heures. Ludovic attendrait à la fontaine des Capucins. Santel sourit et dit, surtout pour lui-même : « C'est bien choisi ! À deux pas de la route de Cavaillon, et de là on voit venir tout ce qui entre ou sort de Saint-Rémy par l'est... » Il ajouta : « Cela nous laisse encore trois bons quarts d'heure et je compte bien profiter de vous jusqu'au bout. »

Quelque part en ville, une cloche égrena onze coups. Florent et Santel étaient déjà dans la rue. En sortant, le jeune homme avait été frappé de constater à quel point la nuit pouvait être suave. « Difficile de se convaincre qu'on est en décembre ! » songea-t-il. Le jardin était rempli de parfums fort capiteux mais qui furent bientôt bousculés quand le vent déversa sur eux des brassées d'odeurs de collines, sèches et rudes, où dominait celle du thym. Florent en était déjà à s'inventer des délices quand il circulerait sur la grand-route de Cavaillon au milieu de tout cet air parfumé lorsqu'un bruit se fit entendre à quelque distance d'eux, suffisamment net cependant pour que Santel lui pose la main sur le bras et lui souffle au creux de l'oreille : « Un cheval ! Et ce n'est pas le vôtre...
– *Deux* chevaux, corrigea Florent.
– D'après ce que vous m'avez dit...
– Il en manquait un : le voici ! »
Le nouveau claquement de fers sur le pavé venait de leur gauche, à l'opposé des deux premiers. « Suivez-moi », dit Santel. Il démarra très vite et, Florent sur ses talons, s'enfonça crânement dans un bloc d'épaisses ténèbres. En quelques pas ils se retrouvèrent sous un passage voûté dans lequel l'air lui-même semblait se resserrer. Après quelques mètres, l'obscurité devint moins dense, marquant la fin du passage. Santel s'arrêta net. Devant eux une placette était plongée dans le noir. Au-delà, dans l'enfilade de la rue d'en face, s'étendait le large espace éclairé du boulevard circulaire. Santel dit très doucement : « Votre cheval vous attend là-bas, de l'autre côté du boulevard. D'après le

bruit des sabots tout à l'heure, les deux premiers doivent patrouiller à gauche sur le boulevard.

– Je ne vois pas comment rejoindre votre homme sans être vu.

– Moi si ! affirma Santel. Privilège d'un vieil habitant de cette ville. »

Florent entendit qu'il fouillait dans sa redingote, ce qui provoqua un bruit métallique. Florent imagina des clés. De fait, Santel fit bientôt jouer une serrure dont le pêne craqua, puis on entendit le léger grincement d'une porte qui s'ouvre.

« Suivez-moi ! dit-il. Nous descendons à la cave ! Le plus simple est que vous attrapiez le pan de ma veste.

– Vous allez pouvoir marcher dans cette obscurité ? demanda le jeune homme surpris.

– Le moyen de faire autrement ? Croyez-vous que ce soit le moment d'allumer une lampe ? N'ayez crainte, je connais le chemin. »

Florent n'avait aucune crainte. Juste beaucoup d'admiration pour cet homme capable d'une telle métamorphose devant le danger. Il agrippa le pan de la redingote et suivit Santel qui s'enfonçait très vite dans les ténèbres de la cave. Ils tournèrent plusieurs fois et Florent comprit que ces souterrains communiquaient tous entre eux. Puis, ils virent un peu de jour filtrer par une porte à claire-voie. Santel ralentit alors et s'approcha sans bruit de celle-ci. Il glissa à l'oreille de Florent : « Nous avons traversé le boulevard. Mon homme est là derrière cette claie sur la gauche où il y a la fontaine. Mais je ne vais pas avoir le temps de faire les présentations. Les autres ne sont pas loin.

– Pour le cheval je vous le ferai ramener par les gens de Lavon.

– Aucun problème. Ce qui en est un, par contre, c'est

que vous n'allez pas pouvoir suivre longtemps la route de Cavaillon. Ils auraient tôt fait de vous repérer. Empruntez-la sur deux lieues et ensuite filez à droite vers Eygalières. Après, vous serez dans les collines. Remontez par Orgon et Cheval-Blanc. La route d'Apt sera plein nord. Vous la couperez à la fin de la nuit. Allons-y, maintenant !

– Je voulais...

– Vous me remercierez plus tard quand nous nous reverrons, ce que j'escompte bien. Pour cela, il vous faut filer sans tarder. »

Il ouvrit la porte à claire-voie, fit deux ou trois pas, regarda de tous côtés et fit signe à Florent. Quand ils furent dans la rue, ils se dirigèrent vers la gauche, d'où leur parvenait un clapotis d'eau. Un homme attendait près de la fontaine, tenant dans sa main la bride d'un cheval. Les deux silhouettes, immobiles, se confondaient avec les ombres de la nuit.

Ils ne bronchèrent pas davantage quand Florent et Santel s'approchèrent. « Tu les as vus ? demanda ce dernier.

– Pour sûr ! répondit le nommé Ludovic sans passion. Ça fait un moment qu'ils rôdent sur le boulevard.

– Tu crois que mon ami peut rejoindre la route sans leur tomber dessus ?

– Suffit d'attendre qu'ils s'éloignent. Ils vont et viennent depuis une heure. Vous les entendez ? Après, il faudra prendre la rue d'en face. »

De fait, le claquement des fers sur le pavé qui, une minute plus tôt, paraissait tout proche diminuait maintenant.

« Il faut y aller ! N'oubliez pas : deux lieues et vous tournez à droite vers Eygalières. »

Florent sauta à cheval. Il prit les rênes que lui tendait Ludovic et se pencha ensuite pour serrer la main de

Santel. On n'entendait plus les autres. Le jeune homme fut enchanté de découvrir comment le cheval réagissait à ses pressions des genoux. Il prit la ruelle qu'avait indiquée Ludovic. Elle était fort noire. Avant de s'y engouffrer il se retourna. Il fit un dernier geste d'adieu tout en sachant que c'était inutile : ils ne le voyaient plus. Le cheval paraissait savoir qu'il fallait se montrer discret, il marchait sans presque faire de bruit, en posant les sabots comme eût fait une ballerine. Il suivit la ruelle sur une centaine de mètres puis elle bifurqua brutalement et se transforma en un chemin de terre qui longeait des jardins dégageant des odeurs potagères. La lune apparaissait au-dessus des collines, très grosse, gonflée d'une lumière blanche qui débordait. Au bout des jardins le chemin se jeta dans la grand-route qui étalait paresseusement son ruban blanc entre deux rangées de platanes sur les feuilles desquels la lumière allumait des flammes rouges d'incendie. Florent se dit qu'il devait s'éloigner le plus vite possible de Saint-Rémy. Son cheval parut le comprendre et prit un trot ample mais discret. À ce train ils eurent bientôt atteint le carrefour dont Santel avait parlé. Un panneau indiquait la direction d'Eygalières. Juste avant de bifurquer, Florent se tourna vers la ville. La route s'étendait presque rectiligne jusqu'aux premières maisons. Elle était déserte. Il avait gagné au moins quelques heures de paix. Il marcha vers Eygalières en guettant dans le fond de l'air le parfum de sarriette et de romarin qui, avec le vent, descendait des collines très claires vers lesquelles il allait.

3

Peu après l'embranchement de la route d'Eygalières, il arrêta son cheval dans un bosquet de trembles encore couverts de toutes leurs feuilles. La lune faisait courir des feux de Saint-Elme dans les branches ployées par le vent. Florent était comme au milieu d'un incendie d'or. Le vent mêlait aux odeurs des collines celles, plus lourdes, d'un nouveau ruisseau d'irrigation dont on entendait frissonner l'eau.

Il resta au moins dix minutes dans les trembles sans bouger. Le cheval semblait saisir à merveille la situation. Florent l'avait tout de suite jaugé : un alezan farci de qualités. Tout ce temps il surveilla la route de Cavaillon dont on distinguait parfaitement le large passage entre les arbres. Il n'y avait toujours personne dans la direction de Saint-Rémy. D'ailleurs le pays tout entier était extraordinairement calme et silencieux. En dehors du grincement des branches secouées, on entendait seulement la course de l'eau. Au-delà du ruisseau, une grande prairie à l'herbe blanchâtre ondulait vers l'arrière d'une ferme. De l'autre côté de la route, de grands jardins potagers séparés par des clôtures occupaient l'espace vers des constructions indistinctes. Il s'agissait peut-être du même domaine, partagé par la route.

Le temps écoulé lui parut une sécurité suffisante et comme tout le secteur vers Cavaillon restait désert, il sortit des trembles et avança sur le chemin recouvert d'une sorte de sable gris très fin. On y voyait comme en plein jour. Il continua de traverser prairies et jardins sur une lieue puis la route s'enfonça dans un petit bois aux cimes dégarnies. Il fit encore deux lieues dans un silence presque total. Même le vent avait molli. Florent allait au pas, il était trop tôt pour prendre le large à bride abattue ; dans cette nuit ouatée, une galopade aurait sonné comme une charge de cavalerie. À force il somnola un peu et vint presque buter sur les premières maisons d'Eygalières.

Un chemin avait l'air de descendre en dessous du bourg, il le prit le long de quelques aulnes dont il avait l'impression de toucher le poisseux des feuilles. Ce chemin fila entre les prairies et remonta vers un nouveau bois. Avant d'y entrer Florent vit qu'il laissait à gauche le village où quelques feux s'essayaient inutilement à concurrencer la blancheur de la lune. Le chemin pénétrait le bois dans la direction de l'est. Florent fit trotter le cheval.

Il estima qu'il devait être environ minuit. Il se demanda si René Santel était allé se coucher ou alors s'il guettait encore ses poursuivants dans les rues de Saint-Rémy en compagnie de ce Ludovic que Florent avait à peine aperçu. Ces trois hommes n'avaient pas fait par hasard le trajet du Rhône aux Alpilles. Quelqu'un parmi les républicains avait parlé – peut-être seulement à sa femme... Cela arrivait, ça n'arrêtait pas pour autant la marche du monde, même si ce genre de trahison, petite ou grande, s'avérait parfois lourde de conséquences... Il essaya de chercher *la faille*, le point faible parmi ses amis, et fit défiler un certain nombre de visages. Aucun ne convenait dans le rôle du traître. Il les connaissait depuis trop longtemps. À chacun il aurait confié sa vie sans hésiter. Tous étaient de fidèles compagnons, dévoués à la République autant que lui. Cependant ces belles certitudes ne changeaient rien à la réalité. Les autres avaient su que le porteur de la lettre passerait le Rhône avant-hier et la remettrait à Santel cette nuit. Il était logique qu'ils n'aient pas essayé d'aller chez ce dernier : il leur suffisait d'attendre l'arrivée de Florent. Cela pouvait leur éviter pas mal de complications. Ils avaient simplement mal calculé leur coup. Peut-être pensaient-ils arriver bien avant lui grâce à leurs chevaux. La conclusion s'imposait d'elle-même : ils n'étaient pas très dégourdis ! Le manquer par deux fois, comme ils l'avaient fait, jetait une ombre sur leurs capacités. D'habitude, la police secrète n'utilisait pas de tels maladroits. Des décennies d'agitation avaient développé chez ses cadres une assez jolie capacité à nuire. Là, on se serait cru face à des amateurs. Ou alors ce n'était pas la police secrète qui les commanditait. Il y avait sûrement d'autres gens que le pouvoir impérial à s'intéresser au procureur Charles et à cette lettre qui, révélée au grand jour, allait le faire exploser comme un pétard... et peut-être provoquer une réaction en chaîne. Il fallait chercher plus loin que le bout du nez de ces trois zèbres. Mais dans cette nuit si belle, alors que la lumière de la lune tamisée par les branches éclairait parfaitement sa route, Florent se rendit compte qu'il n'avait plus envie de chercher quoi que ce soit. Le cheval avait de lui-même abandonné son trot du début et avançait maintenant à pas lents dans les odeurs de miel d'un sous-bois frissonnant. À la position des étoiles qu'il avait repérées tout à l'heure et qu'il apercevait quand le couvert s'écartait légèrement, découvrant de grandes bandes de Voie lactée, il détermina qu'il allait vers le nord-est, ce qui correspondait exactement à la direction qu'il voulait prendre pour rejoindre Orgon par le sud.

Deux heures plus tard il vit quelques lumières trouer la nuit au bout d'un grand espace presque nu où se dressaient des rochers blancs. Bientôt il rencontrerait un problème : comment traverser la Durance dont il entendait les rapides à sa droite ? Pour cela il pouvait gagner le pont de Mallemort, ce qui impliquait de prendre la route de Salon. Et rien ne disait que ses poursuivants n'avaient pas posté quelqu'un à tous les grands carrefours. Tant qu'à prendre le risque des grandes routes, ne valait-il pas mieux passer un pont à Cavaillon même dont il était maintenant tout proche ? Pour l'heure, il fallait traverser Orgon. Il quitta le chemin à un petit carrefour où un énorme chêne faisait une ombre colossale. Le ciel limpide jusqu'à maintenant et farci de milliards d'étoiles commençait à se couvrir vers l'est où une grosse barre de nuages montait à un train de sénateur. « N'empêche, pensa Florent, dans une heure il fera nuit noire. Ce qui va arranger drôlement mes affaires... »

Derrière le grand chêne il vit partir un petit chemin qui avait l'air de pénétrer dans Orgon par des quartiers plus sombres que ceux où brûlaient des lanternes publiques. Il passa dans un coin de jardins moins vastes que ceux de Saint-Rémy et longea par l'arrière une chapelle romane, trapue et grise sous la lune. Après, il y avait une placette et une rue noire entre des maisons hautes. Ce boyau très droit et glacial paraissait s'enfoncer dans les entrailles de la terre. En frôlant les volets clos qui défilaient le long de ses coudes, Florent ne put s'empêcher de penser aux existences refermées derrière ces planches cadenassées. Comment était-il possible de passer sa vie dans un tel puits obscur ? Car la nuit ne changeait guère à l'affaire, les maisons étaient tellement rapprochées qu'on devait pouvoir toucher du bras tendu ses voisins d'en face. À cela s'ajoutaient les remugles des caves, de fortes odeurs d'égout dont il valait mieux ne pas imaginer ce qu'elles devenaient quand la canicule s'abattait sur la région. Florent n'aurait pu vivre ici. Il habitait toute l'année au milieu de ses deux cents hectares de montagne, adorait les plateaux quand ils basculent dans le ciel et les forêts qui sécrètent de vastes espaces sonores dans leurs quartiers les plus obscurs. La vie presque sauvage qu'il menait à Beaumont, celle tout à fait libre des expéditions solitaires qui l'entraînaient à travers le pays, tout cela avait fait de lui au fil des années un autre élément de ce monde. Dès qu'il pointait le nez dehors, le monde se mettait d'accord avec ses pas, sa respiration, ses idées mêmes.

La rue s'acheva brutalement contre un abreuvoir public. L'alezan lui fit comprendre qu'il avait soif. Pendant qu'il se désaltérait, Florent comprit qu'ils avaient fait le tour d'Orgon. Les lumières clignotantes au nord ne pouvaient être que celles de Cavaillon. Les nuages barraient à présent tout un quart du ciel. Dans le grand clair de l'est encore libre il voyait les premières collines et plus loin les hauteurs du Lubéron. Mais déjà dans cette direction la lumière des étoiles était moins vive, comme estompée par les nuées. « Le temps change vite en décembre ! se dit Florent. Ce serait parfait si cette grosse couverture sombre finissait par cacher la lune elle-même avant que j'atteigne Cavaillon. »

Son souhait se réalisa après qu'il eut rejoint le bord de la Durance qui clapotait dans ses cailloux, déjà grosse des pluies d'automne. Il tenta de traverser plusieurs fois par des anses qui menaient vers des bras morts. En vain car il arrivait toujours à un endroit où le courant était trop fort.

Toutes ces tentatives l'ayant entraîné vers le nord, il finit par atteindre les faubourgs de Cavaillon ou tout au moins de grands jardins de maraîchers quadrillés de clôtures en canisses et de cyprès. Presque tout le ciel était devenu noir. La cavalcade des nuages avait peu à peu rempli l'espace, ne laissant que la bande plus claire au-dessus du Lubéron. Florent jugea cette obscurité favorable. Il pressa son cheval et courut le long des rives de la Durance vers un pont dont on distinguait la voussure un peu plus haut encore sous la ville. Les lumières de celle-ci, proches maintenant, ne clignotaient plus. Elles avaient l'air de couronner d'anciens édifices aux murs très hauts qui se trouvaient de l'autre côté du fleuve. Florent songea de nouveau à des couvents ou des prisons. Il savait que s'ouvrait devant lui un passage dangereux. Rien ne disait que *les autres* n'aient pas posté quelqu'un au pont. Il n'avait aucun moyen de le vérifier. Le fait de ne voir personne quand il atteignit le tablier ne prouvait rien. Il mit l'alezan au pas soutenu et s'avança. Il eut l'impression que les fers de l'animal sur les pierres provoquaient un boucan d'enfer. Il traversa pourtant sans encombre et se retrouva sous les hauts murs. Puis, tout heureux de n'être pas tombé dans une embuscade sur le pont, il fila sans demander son reste par une grande avenue en oblique qui menait vers la sortie de la ville, à un endroit où les constructions étaient disséminées à travers des jardins et même quelques très beaux parcs dont les arbres faisaient la roue sous les quelques étoiles que les hordes de nuages de l'ouest ne parvenaient pas à éteindre complètement. Une considérable invitation au repos émanait de ces parcs et Florent se dit qu'il devait être bien doux de s'allonger sur ces pelouses qu'il apercevait entre les grilles, sous des frondaisons en dentelles fines, au bout de vastes espaces où chantonnaient des jets d'eau très Grand Siècle. Mais il devait passer outre. Dans cette ville qu'il ne connaissait pas, le danger pouvait surgir à tout moment. Il dut s'avouer une nouvelle fois que désormais il ne se sentait en sécurité que dans le grand large du monde. Jamais aucun des endroits de pire solitude qu'il avait pu traverser ne lui avait donné cette impression de piège prêt à se refermer comme dans ces rues ou ces carrefours. Tant d'années de vadrouille sur les chemins avaient ancré en lui une considérable confiance dans le désert, la montagne ou les landes sous le ciel. Cette fois encore il respira mieux quand l'avenue ayant traversé les faubourgs maraîchers se mua en un chemin empierré qui, de l'autre côté de la Durance, filait tout droit vers Cheval-Blanc et le Lubéron.

Il atteignit les premières pentes de ce dernier alors qu'une clarté rose et prune envahissait le ciel vers l'est à l'approche de l'aube. La prudence lui conseillait de passer le plus au large possible pour rejoindre la route d'Avignon à Apt qu'il devait atteindre avant de s'élever vers Gordes et plus tard Lavon. Pour cela il avait l'intention de traverser l'ouest du Lubéron en coupant à travers bois. Avec le jour qui venait il se sentait envahi par la fatigue. Depuis trois jours il avait dormi plus ou moins bien et peu de temps chaque fois. Il décida de s'arrêter quand il serait à l'abri d'une mauvaise surprise. Il venait de quitter la route de Pertuis et allait maintenant sur un chemin de terre large et très bien entretenu qui menait à des vergers et plus loin à des bosquets de petits chênes tassés comme des touffes d'herbe.

Pendant la nuit il avait machinalement tâté ses fontes de selle et découvert que Santel y avait fait mettre des provisions et deux pistolets. Il espérait ne pas avoir à se servir de ces armes. Il remarqua que les vergers étaient ceinturés de murettes de pierres sèches très blanches qui ressortaient sur la terre rouge. L'air aussi paraissait miroiter de couleurs. Le soleil se cachait encore derrière les hauteurs mais le ciel répandait une lumière vive qui avait déjà chassé les ombres de la nuit. Seuls quelques nuages noirs restaient accrochés vers le Ventoux. On entendait, dans les noisetiers et les viornes bronze alignés derrière les murettes, tout un remue-ménage d'oiseaux.

Le chemin tourna autour d'un gros rocher blanc puis, laissant les vergers en arrière, il grimpa brutalement à travers les premiers bosquets de chênes. Au pied de ceux-ci, la mousse était sèche et presque rouge. Cela formait, ajouté aux chênes noirs, de grandes taches de couleur violente qui contrastaient avec le pastel du ciel. Ici aussi les oiseaux saluaient l'aube à tue-tête. Comme le vent qui soufflait dans la plaine ne se faisait plus sentir depuis qu'il était entré sous le couvert des chênes, Florent trouva qu'il y faisait plutôt tiède. Il songea qu'il aurait été bon de se laisser aller au simple bonheur de vivre ce bel automne. De temps en temps à travers les chênes il voyait s'allumer brusquement le feu des érables et des bouleaux. Ceux-ci, avec leurs troncs blancs comme des cierges d'église, et chapeautés de masses d'or étaient particulièrement impressionnants, leurs fines branchettes retombant comme des chevelures. Le chemin louvoyait mollement à travers le sous-bois. Il était couvert d'une sorte de craie blanche dans laquelle les sabots du cheval s'enfonçaient sans bruit. Parfois sous cette craie une pierre claquait, heurtée par les fers. Le cheval allait d'un bon train. Sans doute avait-il senti la présence d'eau. À cet instant l'alezan se mit spontanément au trot et bifurqua brutalement vers une clairière encore plongée dans l'ombre au milieu d'un gros paquet de bouleaux. Avant de la voir Florent entendit la source. Elle était précédée par une sorte de voûte formée par les arbres d'où croulaient de grandes draperies d'or très pur. L'eau sortait par un canon en roseau fiché dans une grande muraille calcaire satinée de mousses. Elle coulait en un filet de cristal dans un bassin naturel puis sur des cailloux avant de se perdre à l'autre bout de la clairière.

Sans attendre, l'alezan buvait à grandes lampées. Florent but à son tour dans ses mains réunies sous le canon. À cet endroit il faisait plus frais que tout à l'heure dans les bois et il frissonna. Le cheval avait entrepris de tondre un carré d'herbe arrosé par le déversoir de la source. Dans la sacoche de selle Florent prit du pain et un fromage de chèvre dur comme un caillou et à l'odeur très forte mais qui était savoureux. Il avait quitté le fond de la clairière et, assis sur une pierre entre deux chênes à l'orée de la forêt, il trouva qu'il y faisait meilleur. Devant lui en contrebas au-dessus des chênaies la plaine de Cavaillon ondulait dans la lumière du matin. Plus loin vers la gauche on distinguait les contours encore imprécis des Alpilles. Il songea à Saint-Rémy et à René Santel. Il espérait que son passage n'avait pas provoqué de remous. Son ami devait en avoir l'habitude et y être préparé, mais parfois un petit événement – et qu'était son passage sinon un petit événement, il n'était pas dupe : les choses importantes se passaient ailleurs – entraînait de grandes conséquences. On ne savait généralement pas pourquoi, mais c'était ainsi. Le plus souvent cela permettait aux *gardiens de l'ordre* de faire parler d'eux, de se faire mousser quelque temps, peut-être pour certains de se tailler une nouvelle place ou de déboulonner tel ou tel pour mieux promouvoir tel autre. Toutes combinaisons de salon, d'alcôve ou de cabinet préfectoral que Florent détestait. Même parmi ceux de ses amis qui défendaient la République, et qui incarnaient à ses yeux la générosité et la noblesse, certains parfois se laissaient aller à de telles manigances, pour quelque éphémère moment de gloire ou de simple reconnaissance... C'était alors à qui se hausserait le plus du col. Cela n'aboutissait jamais à rien. « Ou pas encore ! Peut-être les temps ne sont-ils pas encore venus, tout bêtement... », se dit Florent en songeant aux mots de Santel sur l'avenir de leur combat. Pour lui-même la vérité se trouvait sur les chemins du monde. Son attachement pour Beaumont n'était pas en cause et d'ailleurs là-bas aussi l'espace était vaste. Cependant il n'éprouvait jamais autant de bonheur qu'au milieu d'endroits inconnus, perdus, loin de tout, dans un face-à-face avec ce qu'on appelait la Nature. Là, dans les solitudes campagnardes, les déserts de pierres et d'herbes sèches, les prairies onduleuses, il était littéralement comme un poisson dans l'eau. Saluer l'aube derrière une vitre ou chevauchant sur une crête d'où la nuit se retire comme la mer, n'avait pas exactement la même signification. La mort est notre sort commun mais à son avis elle avait plus de peine à vous attraper sur le dos sauvage du monde qu'entre les quatre murs d'une demeure. Tandis qu'il se faisait ces réflexions – ce qui lui arrivait parfois avant de les trouver oiseuses au premier rayon de lumière – il avait fini son pain et son fromage. Le soleil avait dû basculer là-haut sur les crêtes même si cette pente à l'ouest était encore dans l'ombre. Le ciel avait une couleur plus profonde. Il était libre, sans le moindre nuage. La plaine de Cavaillon offrait un aspect de plein été. Des bandes d'oiseaux piaillaient dans des massifs couverts de baies rouges au fond de la clairière.

L'alezan repu somnolait, les yeux vides. S'il n'avait écouté que son cœur, Florent serait resté dans cet endroit où régnait une paix extraordinaire pour dormir un peu. Mais il avait encore une longue route jusqu'à Lavon et avant il voulait s'arrêter chez Dominique. Le soleil commençait à filtrer entre les bouleaux quand il remonta en selle et reprit sa route.

En haut de ces collines les bois furent coupés par des landes de genêts noirâtres d'aspect rébarbatif. Puis au sommet même, alors que le chemin escaladait les derniers lacets, les chênes disparurent tout à fait et il se trouva en plein soleil, sur un vaste espace arrondi couvert de caillasses. De là on avait une vue superbe vers les lointains et en particulier vers le plateau de Vaucluse, de l'autre côté de la vallée où passait la route d'Apt qu'il allait devoir traverser pour atteindre Gordes qu'il croyait apercevoir en face de lui. Il pensa pouvoir y être vers la fin de la matinée.

Il se trompait. Après une centaine de mètres sur le plateau de cailloux, le chemin au lieu de redescendre dans les bois de petits chênes se perdit brutalement au milieu des ronces et des sureaux qui formaient fourrés impénétrables. Il les longea sur un quart de lieue avant de découvrir un nouveau sentier. Mais ce dernier suivait la crête et le ramena vers le sud à l'opposé de sa direction. Il passa ainsi la majeure partie de la matinée à tourner plus ou moins en rond entre crête et ubac à la recherche d'une route pour redescendre vers la vallée.

Vers onze heures au soleil il entra dans un bois de grands sapins noirs et entendit des coups de hache au fin fond de celui-ci. Il tomba ainsi sur deux bûcherons, un jeune et un vieux, tous deux de grande taille, presque des géants, occupés à éclaircir leur coupe. Son arrivée interrompit leur activité et sans mot dire ils se rapprochèrent l'un de l'autre comme pour se défendre par avance. Cela donnait une idée de la sûreté des bois et des routes dans ce secteur. Florent mit le plus de miel qu'il put dans ses premières paroles afin de les rassurer et de leur prouver qu'il était seulement à la recherche de son chemin perdu. Il dut y parvenir car à la fin ils lui indiquèrent un passage à travers une chênaie qui le déposerait « en une demi-heure » aux portes d'Oppède-le-Vieux.

Après la sauvagerie des collines il fut tout surpris de constater que ce village était non seulement habité mais très animé, à voir le nombre de charrettes et de piétons qui y entraient ou en sortaient. Après tout c'était peut-être jour de foire. Ce n'était pas une raison pour aller se montrer au milieu de la foule. Il ne croyait pas que *les autres* arrivent jusqu'ici. Seul Santel était au courant qu'il allait à Lavon. Mais la police avait ses informateurs dans chaque bourg. Ils collectaient les moindres événements, les allées et venues de voyageurs, les courriers, les commissions... Toutes ces données remontaient par des voies dont on ne savait rien. Un jour quelqu'un au premier étage ou au sous-sol de la préfecture ou de l'hôtel particulier d'un gros bonnet – ou n'importe où d'ailleurs ! – quelqu'un se retrouvait avec tous ces détails sur la table. S'il était doué c'était l'Espagne ! Doué pour tirer de cette quantité d'éléments celui qui servirait à alpaguer tel ou tel ou à creuser un gros trou dans les rangs de tel ou tel groupe. Malgré sa jeunesse, Florent avait été à bonne école avec son père qui était d'une prudence de renard. D'où son extrême vigilance en voyant que ce village minuscule était le siège d'une telle agitation. Et si c'était jour de foire, c'était bien pire, avec tous les colporteurs, rétameurs et planteurs de Caïffa de la terre, tous ces traîne-savates des chemins du monde.

Il fut une nouvelle fois ravi par la vivacité d'esprit du cheval qui sembla deviner ce qu'il pensait alors : « Le meilleur moyen de contourner ce village est de se glisser dans ces bois et d'en longer la lisière jusqu'après le pont qu'on voit là-bas et qui est assez gros pour permettre le passage de la route de la vallée. » L'alezan se faufila à l'orée d'une fort belle chênaie où régnait une ombre bleu et rouge alors qu'au-delà, malgré décembre, le soleil de midi faisait onduler l'air sur les champs et les murs du village. Florent eut l'impression d'entendre un grésillement de cigales. Il atteignit le pont au débouché de la chênaie. La route de la vallée passait en effet dessus. Surtout, il n'y avait personne à cet instant. Les gens qu'il avait vus tout à l'heure devaient être rentrés chez eux ou à l'auberge pour le repas. Il prit l'air aussi détaché que possible pour sortir du bois, ce qu'à la réflexion il trouva assez ridicule, et commença de descendre tranquillement. Au premier tournant il vit disparaître en arrière Oppède-le-Vieux et découvrit le trait de fouet du chemin qui allait attraper là-bas devant en plein soleil la grand-route d'Apt dont il devinait dans une espèce de brume de chaleur parfaitement hors de saison le tracé délimité par des alignements d'arbres dorés par la lumière limpide.

Il serait toujours temps de retrouver les gestes prudents en approchant de la grand-route. Pour l'heure il avait envie d'aller vite et de quitter ce petit Lubéron où il avait perdu beaucoup de temps. À l'évidence l'alezan aussi avait envie de se dégourdir les pattes et à son ordre il partit au petit galop sur le chemin. Florent se dit que même si les séides de la police voyaient depuis Oppède ce panache de poussière blanche, il leur serait bien difficile de retrouver ce qu'il y avait au début de cette queue de comète. Cette pensée le réjouit, ce qu'il trouva particulièrement enfantin – sans que cela diminue en rien son plaisir... Il se paya ainsi une demi-heure de bride abattue sur le chemin au demeurant en bon état avant d'apercevoir quatre ou cinq grosses fermes groupées en essaim sur une butte gris-blanc près des trembles qui tout à l'heure marquaient d'un trait d'or la route d'Apt.

Le cheval avait ralenti de lui-même juste avant qu'il ne débouche à la vue des grosses métairies. Il y avait longtemps que Florent n'avait pas eu sous lui une telle machine d'intelligence – l'animal devinait ses moindres désirs. Sur cette partie du chemin on voyait seulement un homme en train de labourer une éteule jaune à flanc de coteau avec deux mulets. De fines colonnes de fumée grise s'élevant des cheminées du hameau y indiquaient la vie et aussi la saison. Ces fumées étaient très rectilignes. Il n'y avait en effet aucun souffle d'air dans la vallée. En dehors des mulets et du cheval de Florent, tout était complètement immobile.

Le chemin se jetait dans la route d'Apt après la ligne des peupliers. De l'autre côté de ce carrefour, on apercevait une grosse bâtisse grise dans la cour de laquelle plusieurs voitures étaient garées. Il y avait pas mal d'agitation dans le secteur des écuries où des valets conduisaient des chevaux tenus en bride. Des gens allaient et venaient du bâtiment principal aux voitures. Ils portaient des vêtements de voyage. Florent estima que ce serait tenter le diable que de s'arrêter là. Il remarqua un chemin courant sur sa droite derrière les trembles, parallèle à la route. En le suivant il parviendrait à un endroit moins fréquenté que l'auberge de roulage. Il aurait pourtant été heureux de mettre les pieds sous une table et de commander une assiette de daube pendant que le cheval se goinfrerait de poignées de foin à l'écurie. Pour cela il faudrait attendre Lavon. Avant, il devait traverser la route et remonter vers le plateau de Vaucluse par des pentes raides couvertes de chênes et en plein soleil. Loin au-dessus vers le nord, sur les crêtes, un arc-en-ciel faisait la roue, une splendeur.

Il franchit la route un quart de lieue plus loin et trouva un passage vers le plateau à travers des champs de pierres très blanches. Des touffes de thym parsemaient le chemin au milieu de bouquets d'herbes jaunes et d'immortelles, elles dégageaient des odeurs incroyables sous les sabots du cheval. Sur les bords les chardons avaient séché et formaient de grosses flaques d'un bleu aussi soutenu que celui du ciel. Alors qu'il atteignait un petit col, Florent entendit les cris aigus d'un grand vol d'oiseaux qui passaient très vite. Ils se dirigeaient vers le sud. On aurait dit du poivre, mais rouge.

Après le col, le chemin finit par s'enfoncer dans de petits vallons en étages occupés de bois bien entretenus et de champs de blé ou de seigle dont les éteules jaunissaient sous le soleil de moins en moins chaud. Il chevaucha ainsi tout au long de l'après-midi. Il commençait à être surpris de ne rencontrer personne en dehors de quelques paysans occupés à labourer ces champs au demeurant petits comme des mouchoirs de poche quand vers quatre heures il entendit derrière un nouveau col un roulement de tonnerre. Une énorme diligence apparut au sommet en face de lui avec ses six chevaux déjà lancés dans la descente alors que la caisse commençait à peine à basculer sur le col. Il eut la présence d'esprit de solliciter l'alezan à la dernière minute et celui-ci fit un écart brutal mais suffisant pour dégager la route. Comme il était sur le bas-côté, Florent vit passer la voiture à sa hauteur. À travers la portière il entrevit les visages plus ou moins nets des passagers.

L'après-midi s'avançait et bientôt il aperçut les premières bories de Gordes. Une fois encore il aurait aimé entrer dans le bourg et se payer un balthazar à l'auberge. Mais en plus de la prudence qui le guidait depuis des jours il devait essayer de retrouver la maison de Dominique.

Il s'avança jusqu'au bord du chemin qui en quelques lacets dominait l'éperon où était bâtie la ville. Il se souvenait que le sentier escarpé conduisant à la maison commençait juste au-dessus d'un pont. Il trouva celui-ci à l'entrée d'un passage entre deux énormes figuiers sur lesquels il ne restait que quelques larges feuilles, semblables à des lamelles d'or. Elles illuminaient le talus sur lequel ils poussaient. Florent passa entre les deux arbres puis grimpa sur une centaine de mètres contre des rochers blancs avant de déboucher sur un petit plateau couvert d'une quantité d'amandiers aux troncs noirs ressemblant à une troupe de soldats avec leurs silhouettes sombres et décharnées qui griffaient le ciel changeant de la fin d'après-midi. Tout le secteur était couvert de ces arbres. La première fois Florent était venu un jour de printemps et à cette époque les amandiers croulaient sous des millions de fleurs. Le moment où il avait galopé au milieu de ces arbres l'avait marqué. Il le plaçait au premier rang de son panthéon personnel, avec d'autres pendant lesquels il avait eu la certitude de côtoyer quelque chose de tout à fait différent du train des jours ordinaires. Souvent dans ses soliloques il appelait cela l'« indicible » ou le « sans-nom », parfois le « bonheur ». Plus tard, quand justement les jours devenaient trop ordinaires, il lui suffisait de faire remonter à sa mémoire un de ces instants. Régulièrement, dans les instants de découragement, il évoquait les amandiers de Gordes pour reprendre courage. Toujours avec succès.

Il remarqua que l'ouest se teintait de légères bandes roses et même violettes au-dessus de l'horizon. À mesure qu'il traversait le grand verger, les ombres des amandiers s'allongeaient. Il avait laissé le bourg sur sa droite et remontait vers des falaises basses et très claires dont il lui semblait se souvenir. Un nouveau chemin s'abouchait à leur pied au milieu de plantes au feuillage rouillé comme du métal. Il arriva ainsi à un endroit où une fontaine qu'il reconnut, elle, parfaitement coulait entre deux micocouliers. La maison de Dominique se trouvait à cent pas de là, derrière des viornes très vertes. Les alentours paraissaient déserts et on n'entendait que le bruit de l'eau. Pendant que le cheval buvait à longs traits et après s'être sommairement débarbouillé de la poussière de la route et avoir bu lui-même, il regarda vers la maison. On n'y voyait aucun signe de vie. La bâtisse était minuscule mais belle avec ses murs en pierres sèches ocre, ses tuiles presque blanches et ses volets passés au bleu charrette.

Déjà, dans les buissons très hauts qui formaient une sorte de clôture sur tout un côté de la propriété, les oiseaux s'assemblaient en piaillant pour la nuit. Celle-ci viendrait vite. L'ombre avait gagné le vallon qui s'étirait vers le nord après les viornes et dans lequel poussaient de grands hêtres jaunes. Le ciel se teintait de plus en plus, le rose avait laissé place à un orange violent au-dessus des amandiers. Ce couchant se reflétait dans les vitres de la maison. Après avoir attaché la bride du cheval à un anneau fiché dans le mur, Florent essaya de voir à l'intérieur. Il n'y avait personne. Il regarda dans la direction par laquelle il était arrivé. Dans le quadrillage noir des branches d'amandiers il vit avancer une silhouette qui fit bondir son cœur. Florent fit quelques pas. Aucun des deux hommes ne parla tout d'abord. Mais ils s'étreignirent longuement. Dominique demanda ensuite : « Tu viens de Beaumont ?

– Oui, répondit Florent.

– Tu vas à Lavon ?

– Oui.

– Viens ! dit Dominique. On va s'occuper de ton cheval puis manger un morceau et tu me raconteras.

– Il n'y a rien à raconter, remarqua Florent. Surtout à quelqu'un qui comme toi a déposé les armes. »

Dominique le regarda avec une petite flamme dans le regard. « Tu me le reproches ?

– Grands dieux non ! s'exclama Florent. Je le regrette mais je n'ai aucun reproche à te faire. Simplement, je ne veux pas aller contre ta décision. Aussi pourquoi te raconter ce que je fais ?

– Bon ça va..., soupira Dominique. Amène ton cheval par ici, on va le mettre à l'écurie avec Mistral. »

Ils installèrent l'alezan en compagnie d'un superbe hongre gris qui portait sur Dominique un regard très amical. « Presque amoureux », pensa Florent qui bouchonna longuement son cheval après l'avoir dessellé. L'écurie était bâtie en pierres sèches sur deux côtés. Les deux autres étaient en clins de sapin qui sentaient fort la résine. Il faisait chaud là-dedans à cause d'un énorme monceau de fourrage constellé de fleurs et entassé de l'autre côté des séparations des stalles. En dehors de la résine, Florent reconnut cette odeur d'écurie qu'il aimait tant depuis son enfance. Il s'étira et ressentit dans ses muscles la fatigue de la course.

« Je suis fourbu, dit-il.

– Viens maintenant. Ils se débrouilleront très bien tous les deux. Mistral est un chouette cheval.

– Je ne connais pas le nom du mien. Celui qui me

l'a prêté ne me l'a pas dit. Mais lui aussi c'est un chouette cheval. »

En revenant vers la maison, Florent eut l'impression de porter des semelles de plomb. La nuit venait vite. L'ombre avait gagné les combes et envahissait le verger d'amandiers. On distinguait encore les sommets des collines illuminés par une grande lumière jaune, rasante. Le ciel était à moitié rouge mais vers l'est il restait encore un grand pan de bleu dans lequel on voyait progresser, vaguement menaçants, de gros nuages noirâtres roulés en boules. Il faisait encore doux autour de la maison et dans le jardin. Cependant on sentait monter des lames d'air froid à l'ombre des buis taillés qui encadraient une sorte de petite terrasse. Florent s'étonna : « Je n'avais pas remarqué ça la première fois.

– Ça y était pourtant. À l'abandon. Je me suis amusé à tailler ces buis. Cela m'occupe... » Il dut deviner la pensée de Florent car il ajouta très vite en riant : « Ce n'est pas que je m'ennuie ! Ne te fais pas des idées. Simplement ça m'amuse. Et puis, c'est joli...

– C'est vrai. Je m'aperçois que tout est très joli ici. »

Ils arrivèrent devant la porte. Florent demanda : « Tu caches toujours aussi mal ta clé ? » Sans attendre la réponse il s'avança et tâta entre deux pierres au-dessus du linteau. « Oui ! Cela ne s'est pas amélioré ! »

Dominique haussa les épaules. « Où est le risque ? D'abord il n'y a rien à voler ici ; puis, ce pays est sans danger. Sauf, évidemment, pour les gens comme toi qui cherchent les embêtements. »

Il s'efforçait de plaisanter.

« C'est peut-être vrai, reconnut Florent. Mais on ne se refait pas. Ou en tout cas, pas facilement.

– À qui le dis-tu ! s'écria Dominique. Il m'a fallu du temps pour ne plus me soucier de rien !

– Et tu y arrives ?

– Plus ou moins... Mais sûr, j'ai fait des progrès. Bon ! on ne va pas philosopher toute la soirée sur le pas de la porte. Entre. Il faut relancer le feu. Il commence à faire frisquet. »

En entrant, Dominique alluma une lampe après avoir battu son briquet. La maison était plongée dans l'obscurité, mais la flamme claire fit apparaître peu à peu les recoins de la salle. Florent s'affala dans un grand canapé en ébène recouvert de velours rouge et passablement avachi, placé devant la cheminée dans laquelle Dominique s'activait déjà.

Cinq minutes plus tard le feu flambait avec de grandes langues jaunes qui venaient lécher la marmite de soupe pendue à la crémaillère. Pour éviter de s'assoupir Florent regarda les murs de la vaste pièce où ils se trouvaient. Ils étaient crépis à la chaux. Ils avaient dû jadis être blancs mais la fumée et la patine du temps leur avaient donné une teinte blonde un peu dorée accordée à la charpente apparente en sapin entre les chevrons de laquelle on voyait des parefeuilles en terre cuite rose. Le mur opposé à la cheminée était occupé par un buffet en chêne aux lignes massives. Derrière le canapé il y avait une grande table de ferme et deux bancs. Un autre mur était percé d'une fenêtre qui donnait vers l'ouest et sous laquelle était placé un coffre de mariage en noyer sculpté d'un cœur. Dans un angle près de la fenêtre, à côté d'une petite table et de sa chaise, se trouvait une étagère en pin garnie de livres. L'ensemble était d'une extrême simplicité proche du dénuement, sans aucune fioriture. Et dans cette sobriété, cette épure, Florent reconnaissait le caractère de son frère. Ce n'était pas sans raison qu'il se retrouvait ainsi dans ce bout du monde au milieu des collines et des amandiers. Comment ignorer que ces millions de pétales blancs – qui autrefois, dans une fin de février, avaient ravi Florent avec leur gloire – devaient être de formidables combustibles pour cette âme jadis tourmentée puis définitivement malheureuse quand *c'était arrivé*, et aujourd'hui, selon ses dires – il avait l'air sincère –, pacifiée. Peut-être bien que cette simplicité, cet éloignement pouvaient en effet pacifier un cœur sauvage.

Dominique était appuyé contre la fenêtre de l'ouest. Il dit d'un ton préoccupé : « Le ciel est bien sale par là-bas ! Je crois que cette nuit nous aurons du vilain.

– Ces nuages ne sont pas beaux, en effet. Mais ils sont loin. Tu crois qu'ils vont venir jusqu'ici ?

– Tu parles ! J'ai suffisamment contemplé le ciel depuis cette fenêtre ces dernières années en regardant vers le chemin, en guettant au cas où *elle* reviendrait. Parce que, malgré l'évidence, bien que j'aie tenu son corps dans mes bras, bien que nous l'ayons enterrée là-bas, il m'en a fallu du temps pour admettre qu'elle ne pourrait jamais venir par ce chemin, galoper comme elle aimait à le faire et comme elle le faisait si bien – tu te souviens, Florent ? – pour me rejoindre ici et poursuivre avec moi ce que nous avions commencé. J'ai dit trois ans, j'aurais pu dire aussi bien un comme dix ou cent ou une éternité de jours, d'années, de siècles. Rien ne compte de tout cela ! Il y a eu une seconde pendant laquelle *tout* s'est arrêté. Et pour pouvoir continuer il a fallu étouffer cette seconde elle-même et n'espérer qu'en l'avenir, même le plus illusoire, le plus absurde – des siècles, tu te rends compte ? –, pour que le temps ne s'arrête pas sur cette seconde, pour que les aiguilles des montres et des pendules, le lever au coucher du soleil, les saisons elles-mêmes ne s'arrêtent pas de vivre aussi. Pour que moi aussi je continue de vivre. Il faut que même si c'est impossible il y ait encore cette possibilité : elle peut arriver encore, il n'est pas trop tard. Pourtant, je le sais, Florent, qu'il est trop tard ! Tu as vu ces amandiers ? Ces centaines d'amandiers, quand le printemps va revenir, dont les fleurs sont partout là-bas, répandues, coulant comme une eau, une neige légère descendue des montagnes bleues qu'elle aimait tant quand nous sommes venus ici et qu'elle me les a montrées dans le lointain : "Les montagnes sont bleues, Dominique, tu as remarqué ça ?" me demandait-elle. Et moi, chaque fois, je l'embrassais. Ces fleurs blanches, ces multitudes de pétales qu'un beau jour le vent emporte, elle ne les a pas vus. Qu'importe, que m'importe à moi qui ai tout perdu et cherche dans ces impalpables traces celles d'une éternité possible où je pourrais la retrouver. Oh ! On peut se moquer ! »

Florent se rendait compte que dans les paroles de Dominique il y avait toute la sauvagerie du malheur. Mais elle était domptée et finalement, oui, pacifiée. Les mots en prenaient dans sa bouche un sens très différent.

L'orage éclata vers minuit. Il ne prit la précaution d'aucun coup de semonce. Ce fut tout de suite le Grand Guignol avec une extrême insouciance dans la façon dont la foudre, qui devenait vert et bleu en frappant les hêtres, cavalait d'un côté à l'autre à travers les collines et les vergers. Après une heure de ces fantaisies la pluie se mit à tomber. Ce fut alors comme si le ventre du ciel se déchirait, comme si les cascades du paradis déferlaient sur la terre. Malgré cette eau répandue sur le monde, le tonnerre continua longtemps de canonner dans les couloirs de roches et d'arbres des sommets.

Et ce bruit, ce déchaînement du ciel, cette inondation s'accordaient avec leurs paroles qui tout le temps que dura l'orage furent des mots de regret, quelquefois de reproche et d'incompréhension. Florent ne comprenait qu'à moitié, avec l'injustice de la jeunesse, l'intransigeance de la jeunesse, ce retirement de son frère dans de pareilles solitudes, comme si sa vie s'était arrêtée un jour d'octobre. Depuis, même ce que tous – Dominique compris – appelaient *la Cause*, avec un léger, imperceptible mais réel tremblement dans la voix, même cela n'avait plus eu la moindre valeur pour lui, n'avait plus mérité qu'on y sacrifie quoi que ce soit. Ce n'était pas d'ailleurs une question de sacrifice. Il sacrifiait bien plus à la solitude !

Tandis que le monde à travers la fenêtre de l'ouest disparaissait dans un anéantissement de soufre et de flammes puis dans un déluge d'eau qui devait raviner les combes, labourer à grands ruisseaux les vergers et cascader de rochers en souches abattues à travers les forêts obscures, sonores et retentissantes, pendant ce temps, dans la pénombre que le feu de bois laissait sur les marges, les angles, derrière les panneaux des meubles, pendant tout ce temps, les deux frères se déchirèrent tout en évitant avec la subtilité de l'amour de se blesser au-delà de l'irréparable. Il n'empêche ! Ces mots qu'ils prononçaient étaient durs et affûtés malgré tout comme des couteaux. De cette guerre qui se menait dehors entre le ciel et la terre sauvage des collines, et de celle qui dedans, entre les murs blonds léchés par la lumière des flammes du feu d'amandier, opposait les deux frères malgré l'amitié qui si longtemps les avait portés côte à côte sur les chemins, qui eût pu dire laquelle était la plus impitoyable ?

Plus tard, alors que la nuit régnait sur la terre, le silence survint ici et là presque en même temps. Dehors les eaux ne furent bientôt plus que ruissellements dans les rigoles de terre entre les rochers ; et dans le foyer tiède de la maison, le torrent des mots s'interrompit.

Il ne resta là aussi que quelques mots malhabiles et sincères qui, malgré tout ce qui avait été dit, proféré, hurlé presque, essayaient avec maladresse mais également la constance de l'affection de panser les plaies, de cacher les misères.

C'était la moitié de la nuit quand ils allèrent dormir. Le feu n'était plus qu'un rougeoiement discret dans les cendres blanches. Dominique avait rejoint sa chambre après s'être assuré des chevaux. Florent, allongé sur le canapé en ébène, contempla un moment, les yeux vides, les braises, écouta l'écoulement des gouttières puis, à bout de forces, s'endormit brutalement.

Il fut réveillé par une aube pimpante comme elles le sont souvent après les orages nocturnes. Quand il regarda par la fenêtre, le soleil éclairait déjà les crêtes des collines. Des coups sourds venaient d'un appentis où Dominique, à grands coups de hache, avait l'air de passer sa colère sur les souches mortes d'amandiers. Toutefois, quand il vit Florent, son sourire fut très amical.

L'embellie du matin ne dura pas. Vers neuf heures, lorsque Florent fut prêt à partir, le ciel s'était à nouveau chargé de nuages gris. Le soleil était voilé et les fumées de vapeur qui montaient depuis l'aube des champs et des bois paraissaient se figer dans un air tout à coup froid et menaçant.

« Pourquoi ne restes-tu pas ? avait demandé Dominique.

– Parce que je veux être à Lavon avant ce soir », avait répondu Florent qui, en constatant le pli au front de son frère, avait ajouté : « C'est pour ça, Dominique, uniquement pour ça !

– Bon, comme tu veux ! Mais promets-moi de t'arrêter de nouveau quand tu rentreras à Beaumont.

– Je ne peux pas te le promettre...

– Pourquoi ?

– Je ne sais pas si ce sera possible. Après Lavon, je dois aller *ailleurs*. Je ne peux pas en parler. Même à toi. C'est trop dangereux. »

Il pensait : « Oui ! Même à toi. Surtout à toi ! »

Il reprit le chemin des amandiers alors que le ciel s'était assombri encore un peu plus. Loin là-bas vers le Ventoux on entendait même quelques roulements de tonnerre. Quand il s'éloigna de la petite maison après avoir serré Dominique contre lui, il éprouva du regret, une inquiétude. Pour ne pas y céder, dès que la maison eut disparu, il lança le cheval au grand galop à travers les vergers. Après, il prit l'itinéraire indiqué par Dominique et qui passait au-dessus de Gordes. Il atteignit un petit col d'où l'on voyait les chemins du plateau. À cet endroit le vent soufflait. Il était glacial.

4

Le vent l'accompagna une partie de la journée. Froid et coupant, il traînait au milieu du ciel des cohortes de nuages noirs bordées d'un bleu maladif. De temps en temps, au débouché d'un chemin ou d'une lande, il rabattait une averse brutale, une pluie froide elle aussi, presque de glace. Après avoir cheminé longtemps au pas du cheval et affronté le vent, la pluie et la solitude des pays qu'ils traversaient, après avoir erré à travers des terres rouges où le chemin mouillé laissait une cicatrice sanglante, après avoir évité les bourgs et traversé des hameaux rassurants car bâtis sur des impasses, des culs-de-sac menant au bout du monde, après tout cela et alors qu'on était à la moitié de l'après-midi, il vit le chemin s'élever le long d'une pente admirable garnie de forêts d'yeuses pleines d'oiseaux. Le ciel lui-même était redevenu plaisant. Les gros nuages qui montaient de l'ouest depuis le matin avaient été déchiquetés par quelques rafales qui les avaient emportés vers des hauteurs lointaines où ils restaient accrochés. À leur place une fine poussière de lumière jaune occupait un ciel tout bleu dans lequel le soleil avait déboulé. Il était vers les quatre heures. En peu de temps la terre détrempée par les averses sécha en surface entre les cailloux. Un peu de vapeur s'en échappa. Sans être un vrai brouillard elle rendait encore plus incertain l'horizon où s'enfonçait le chemin.

Florent parvint ainsi à un col entre des peupliers d'Italie dressés comme des candélabres d'or. De l'autre côté et à perte de vue s'étendaient des forêts de petits chênes verts très accueillants avec leurs chevelures foisonnantes et des bosquets de hêtres luisants dans lesquels aussi s'accrochait la poussière d'or. Loin là-bas sur la gauche un gros village rose était posé sur une colline verte. Au-dessus passaient des vols de corbeaux qui patrouillaient vers les hauteurs. À sa droite, au milieu de la masse des chênes et au bout d'une route presque rectiligne, se dressait la silhouette carrée d'un château.

« Lavon », dit Florent à mi-voix, avec sur le visage l'expression d'une joie profonde.

Le fond de la vallée était occupé par les champs de quelques fermes mais autour de Lavon la forêt remplissait tout l'espace. Le chemin s'y enfonçait dans l'ombre de la fin d'après-midi de décembre. Juste avant d'atteindre le château, la vue s'ouvrait brusquement sur des clairières immenses qui formaient un écrin lumineux à la bâtisse rousse entourée d'un haut mur en pierres carrées dans lequel s'ouvrait une grille en fer forgé qui communiquait avec les jardins situés à l'arrière. Plus loin une autre porte donnait sur la cour intérieure. Elle aussi en fer, elle était ouverte quand Florent l'atteignit.

Au moment où il allait pénétrer dans la cour il fut presque bousculé par un cheval et son cavalier surgissant de celle-ci. L'alezan broncha mais sans s'affoler. L'autre était un très bel étalon entièrement noir. Il était monté par une femme dont Florent eut l'impression qu'elle était jeune. Vêtue de noir elle aussi, elle jeta sur lui en passant un regard vif. Malgré la voilette qui couvrait son visage il nota que ses yeux étaient bleus et très clairs – « des yeux de ciel », pensa-t-il. Ses cheveux noués en chignon sous un petit chapeau de soie piqué d'une épingle à perle étaient noirs comme sa robe et celle du cheval. Elle paraissait très bonne cavalière : en trouvant l'alezan sur sa route l'étalon avait fait un écart dont elle avait semblé ne tenir aucun compte. En dehors du regard rapide qu'elle lui avait jeté, elle n'avait pas eu l'air non plus de se soucier beaucoup de la présence de Florent. Après un brutal virage à gauche elle lança son cheval dans la direction de Sault vers le plateau d'Albion. Quelques minutes plus tard la silhouette qu'elle formait avec sa monture disparut dans la légère brume que le soir faisait lever dans le lointain. Florent resta pétrifié. Il se fit deux ou trois réflexions admiratives au sujet de la cavalière, de sa beauté entrevue et de la magnificence avec laquelle elle avait quitté Lavon et s'était enfuie à bride abattue. Après quoi il entra au pas dans la cour intérieure.

Le claquement des fers de l'alezan sur les pavés résonna dans le labyrinthe des voûtes d'une galerie qui longeait la façade. Ce bruit arrêta la main sur la poignée d'une femme debout sur le perron et qui allait entrer par une large et haute baie dans laquelle se reflétait le ciel. Elle était jeune et vêtue d'une robe verte sans autres fioritures qu'un col et des manchettes en dentelle du Puy. Ses cheveux châtain clair flottaient sur ses épaules. Son regard, deux yeux noirs très inquisiteurs, se fixa sur Florent. La vivacité de ce regard ajoutait encore à l'extrême beauté de son visage. Florent resta figé d'émotion. Il chercha un sourire dans ce visage si beau. Il y lut, après la surprise, une expression mêlée de joie et de colère tandis qu'ayant fait demi-tour elle descendait les marches et venait vers lui. Sa voix était un peu brisée quand elle dit : « Ah, te voilà ! » Puis, en s'approchant encore, elle tambourina de ses petits poings fermés sur sa jambe et sa botte en ajoutant : « Comment oses-tu ? Reparaître ainsi après tant de temps ! Et sans même t'annoncer ! »

Abandonnant un simulacre de colère qu'elle ne parvenait pas à feindre, elle prit sa main et la caressa. « Florent ! » dit-elle encore avec tendresse. Il descendit de cheval et, la prenant dans ses bras, la fit tournoyer en embrassant ses joues. Il répéta plusieurs fois : « Mijane ! Mijane ! »

Elle était comme un soleil au milieu de cette cour dans laquelle l'ombre envahissait les recoins. Déjà le ciel qui se reflétait dans la grande porte vitrée se teintait de rouge. Mijane s'éloigna de quelques pas tout en le contemplant. Elle regarda longuement ses vêtements : sa veste en cuir, ses pantalons en laine de Privas et ses bottes anglaises en peau claire. Elle semblait peu à peu reprendre possession de lui. Elle dit : « Et avec ça une tenue de prince ! »

Il haussa les épaules et sourit un peu niaisement.

« Alors ça fait longtemps que tu cours les routes ?

— Trop longtemps à mon goût..., fit-il, évasif.

— Et tu restes ? Combien de temps ? » interrogea-t-elle encore, avant d'ajouter : « Bon ! Ça va ! Question idiote. Tu es là ce soir, c'est l'essentiel. Viens, on va mener ton cheval à l'écurie.

— Comment va notre mère ?

— Elle est plus jeune que moi ! Elle s'est rendue à Apt pour deux jours, chez Hortense. Tu te souviens d'Hortense ?

— Bien sûr ! Cette grosse femme à moustache a été un de mes cauchemars d'enfant.

— Pourtant elle est...

— Bonne comme le pain ? je sais », la coupa Florent en souriant.

Mijane eut l'air de penser à quelque chose tout à coup. Elle demanda : « Rassure-moi : tu restes plus de deux jours, au moins ? »

Il éclata de rire : « Au moins trois ! Et arrête de me fusiller du regard.

— J'ai imaginé une seconde que tu pourrais repartir sans voir Elvire ! Elle ne te pardonnerait pas, cette fois. » Elle réfléchit, sourit et ajouta : « Pourtant si ! Je crois que même ça elle te le pardonnerait ! Mais il faut que tu penses un peu à son âge, Florent.

— Tu m'as dit il y a un instant...

— Qu'elle était en pleine forme ? Oui, certes, et c'est la vérité. Mais l'âge... c'est autre chose. Elle ne m'a pas dit grand-chose. Tu le sais, ce n'est pas son genre de se plaindre. Mais elle espérait bien te voir depuis tout ce temps. Tu pourrais écrire, au moins !

— Mijane ! Tu sais très bien pourquoi je n'écris pas. Et si je ne suis pas venu ici ces deux dernières années, tu sais aussi pourquoi. »

Elle le regarda, hocha la tête et soupira. « Je sais, je sais. Mais tu nous manques, Florent.

— Tu l'as dit tout à l'heure : je suis là, c'est l'essentiel. »

Tandis qu'ils contournaient le château pour se rendre aux écuries il demanda d'un ton détaché : « Qui est cette cavalière qui a quitté Lavon à fond de train juste au moment où j'arrivais ?

— Tu ne la connais pas, répondit Mijane. Elle s'appelle Claire d'Orièges... c'est une amie.

— Et où court-elle si vite dans la direction de Sault ?

— À Saint-Esprit. C'est un château dans la montagne de Lure. »

Il se rendait parfaitement compte qu'il aurait souhaité en savoir bien davantage sur cette femme si belle, son cheval noir et son château de Saint-Esprit.

La nuit tomba très vite sur Lavon comme si le soleil avait été soufflé tout d'un coup. Et cela y ressemblait tant il s'éclipsa brutalement derrière l'horizon qui continuait de rougeoyer avant que la lumière ne baisse davantage, dévoilant les premiers paquets d'étoiles. Le secteur où était bâti le château était plutôt sombre à cause des chênes abondants et des nombreux buis piqués sur de grandes landes rousses zébrées de rochers blancs entre les chênaies. Ces rochers et les murs, blancs aussi, de quelques fermes éparses au bout de chemins incertains dans cette végétation vague où seuls quelques grands arbres pouvaient servir de phares, apportaient une touche gaie à un paysage qu'on aurait sinon qualifié de sévère.

Vers le nord le plateau de Vaucluse s'exhaussait encore vers la montagne qui, dans les fins d'après-midi d'automne, était couverte de brumes tremblantes, finissant par se confondre avec le ciel lui-même quand, au moment de basculer dans la nuit il se colore de teintes indéfinies. Parfois, mais ce n'était qu'au matin ou lorsque le vent avait chassé les nuées, on apercevait loin les dentelures bleues des Alpes d'où s'élevait aussi un vent lourd qui se fondait dans le ciel et venait des glaciers. Cela formait au fond du monde une immense couronne inaccessible qui dominait des lieues et des lieues de paysage sauvage où les hameaux, les bourgs, les villes elles-mêmes paraissaient perdus, escamotés dans l'infini.

La plaine où se trouvait le château était comme une terrasse, une étape vers cette montée dans le ciel qui allait jusqu'aux Alpes, elle avait toujours paru à Florent à l'abri de la malfaisance humaine. Quand Elvire et Mijane avaient quitté les Cévennes, il avait pensé qu'elles seraient à l'abri des conséquences de ses propres actions. Ce choix de venir habiter ici bien après que Charles, le père de Mijane et le beau-père de Florent, fut mort et leur eut laissé ce bien de famille, avait été dicté à sa mère par son désir de laisser à Florent les coudées franches. Il aurait Beaumont, Mijane aurait Lavon. Sans être écrit, c'était ainsi. Ce n'était pas le plus important. Il aurait d'ailleurs préféré qu'elles ne partent pas. Pendant quinze ans Mijane avait été son meilleur compagnon et son meilleur ami. S'il avait admis cette séparation, c'est uniquement parce que, déjà très engagé dans l'action, il en connaissait les risques. Les accepter pour lui-même était enthousiasmant, beaucoup moins pour celles qu'il aimait. Poussant plus loin, il avait conclu qu'il devait éviter qu'on puisse faire le lien entre les habitantes de Lavon et ses propres engagements politiques. D'où son éloignement volontaire et même, quand il avait découvert que son courrier était régulièrement ouvert, son absence de lettres quoi qu'il lui en coûtât.

Ils passèrent la soirée dans le grand salon qui ouvrait par la galerie sur la cour intérieure dont les murs de pierre blonde avaient gardé longtemps les teintes rouges du couchant avant de sombrer dans l'obscurité de la nuit peuplée d'étoiles qu'on eût crues répandues sur le noir comme des baies rouges. On avait fait un grand feu de souches de mûriers calées sur des chenets. Les flammes crépitaient, dégageant une légère odeur sucrée de bois brûlé, de forêt d'automne et de champignons. La lumière douce dessinait les contours des livres des bibliothèques, faisait luire les cuirs des fauteuils et du canapé envahi de coussins où Florent et Mijane étaient assis, animait les motifs des tapis étendus devant la cheminée. Comme ils n'avaient voulu aucune lampe, seul le feu luttait contre l'ombre qui occupait les angles du salon, lutte inégale puisque le feu s'éteindrait, scellant une nouvelle victoire des ténèbres. Pourtant un moment la lumière les aurait accompagnés, les aidant à chasser le souvenir d'autres ombres qu'ils traînaient avec eux malgré leur âge. Toutefois ces ombres avaient été les témoins de leur enfance heureuse qui leur avait laissé bien davantage de joies que de peines à rappeler. Ils ne s'en privèrent pas ce soir-là, évitant d'évoquer les absences ou les futurs départs et essayant de ne penser qu'à vivre.

Peu avant minuit vint ce moment où le temps s'étire et va basculer vers la nuit profonde. Mijane demanda : « Florent, que vas-tu faire *après* ? »

Il essaya de biaiser, sourit. « Rentrer à Beaumont, bien sûr ! »

Elle ne souriait pas et le regarda au fond des yeux. « Ne joue pas avec moi. Je ne suis plus une petite fille. Je sais que quand tu partiras d'ici, tu as quelque chose à faire. Je *veux* savoir ce que c'est. »

Stupéfait par sa perspicacité, il aboutit à la conclusion qu'il pouvait lui révéler la plus grande partie de la vérité. « Promets-moi d'abord de ne rien dire à Elvire. »

Elle croisa les deux index devant son visage et dit d'un ton solennel : « Je jure !

– Verse-moi encore un peu de cette liqueur de noix, elle est délicieuse. »

Elle le regarda mais remplit un petit verre à liqueur que Florent lui tendait. Il but une gorgée, eut un claquement de langue et prit un air inspiré pour demander : « Tu m'as bien dit que tu la faisais toi-même ? »

Elle ferma les yeux à demi, serra les poings, tambourina sur un coussin qu'elle avait sur les genoux, puis elle le saisit et lui lança en criant : « Tu veux peut-être que je te donne la recette, en plus ! »

Il éclata de rire, elle aussi. Mais tout de suite après, elle posa ses mains sur ses genoux et fixa le feu qui dansait au milieu de petites flammes bleues.

« Il faut que tu me racontes, Florent. Je *sais* que c'est grave.

– Où as-tu pris ça ? Je me le demande ! Tu ne sais même pas de quoi il s'agit, essaya-t-il sur le ton de la surprise et de la plaisanterie.

– Je n'ai pas envie de rire, moi. Crois-tu que j'ignore pourquoi cela fait si longtemps que tu n'es pas venu ici et des mois que tu n'écris pas ? Je devine bien dans quoi tu es engagé et je te comprends parfaitement, malgré tout ce que j'ai pu dire. Alors si tu as fait le chemin jusqu'ici sans plus tenir compte des risques, c'est que cette fois tu dois accomplir quelque chose d'important. Qu'est-ce que c'est, Florent ? »

Il se leva sans répondre immédiatement. Il déposa une souche dans le feu et tisonna, déclenchant un envol de braises pourpres. Il regarda les flammes s'élevant à nouveau qui éclairaient tout le salon. Puis il revint s'asseoir auprès de Mijane.

« Ça a commencé il y a plusieurs mois. Tu as deviné que je lutte pour la République. Des partisans de celle-ci dans la région de Sisteron ont subi les tracasseries habituelles de la part des autorités. Après, c'est devenu plus grave. Deux de ces hommes ont été emprisonnés. Ils sont marchands de grains et comme par hasard on a trouvé dans leur comptabilité des irrégularités qui donnent à penser qu'ils trafiquaient avec les fournitures de l'état-major. Bien entendu nous savons que ce n'est pas vrai. Ils sont toujours en prison. Un peu plus récemment un autre membre de ce groupe d'amis... Mais je ne vais pas te faire la liste de nos malheurs ! À l'origine de tout ça, quand on creuse un peu, on trouve le même homme. C'est un Italien, un certain Domenico Lombardi. Il a un passé plutôt trouble, possède un domaine près de Sisteron et nourrit de grosses ambitions politiques. Il est déjà à la tête d'un empire agricole avec des fermes à blé, des métairies, des jardins de maraîchers et aussi une belle entreprise de transport de bois des Alpes vers Marseille. Bref, il est cousu d'or. C'est un seigneur, au moins "local". C'est le "local" d'ailleurs qui le gêne. Il voudrait passer tout de suite au "national". Pour ça, il pousse dans le sens du vent. Nous avons les preuves que c'est à cause de ce type que nos amis ont des ennuis. Nous avons trouvé le moyen d'agir sur la *mansuétude* du procureur de Digne pour qu'il soit moins sévère que d'habitude avec les nôtres. En venant ici j'ai laissé à quelqu'un de Saint-Rémy une lettre intime qui compromet terriblement ce magistrat. C'est du chantage, mais qui veut la fin... Au cas où cela ne suffirait pas, il a été décidé d'aller flanquer la frousse à cet Italien empereur de canton. C'est ma mission.

– Qui sont les *nous* dont tu parles tout le temps ?

– Des amis de la liberté..., commença Florent.

– Mais tout le monde est ami de la liberté, non ?

– Ça dépend du sens qu'on donne à l'amitié et aussi à la liberté.

– Ce sont des républicains ? Comme notre père ?

– Pas seulement, mais en majorité : oui.

– C'est dangereux ?

– Ça dépend aussi de ce qu'on entend par là, fit-il, évasif.

– Je veux dire, dangereux pour toi ? insista-t-elle.

– Pas plus que la vie, ma belle, plaisanta-t-il en se levant. Tu as vu l'horloge ? Il est plus de minuit ! On va dormir. »

Ils se séparèrent, chacun sa bougie à la main, au pied du grand escalier. Mijane monta vers l'étage où la flamme faisait lever de grandes ombres jaunes. Florent dormirait dans une annexe au bout de la galerie qui était réservée aux hôtes de passage.

Plus tard, alors que le sommeil le gagnait, il se rappela comment, au moment de monter la première marche, elle était revenue vers lui, avait posé la main sur son bras et l'avait serré fort. Elle tremblait légèrement. Elle avait murmuré dans un souffle : « J'ai peur, Florent. J'ai peur pour toi. »

Il avait été impressionné. Il avait réagi par une plaisanterie quelconque qui n'avait en rien diminué l'anxiété bien visible de Mijane ; en montant vers sa chambre, elle s'était retournée à chaque marche, comme si elle avait peur de le perdre de vue. Maintenant, alors que le vent avait recommencé à souffler et qu'on l'entendait battre les branches des arbres au-dessus de l'annexe, il regrettait d'avoir parlé de sa *mission* à sa sœur. Il avait cru devoir le faire. C'était peut-être une erreur. Il était jusqu'à ce soir persuadé qu'elle ne s'intéressait absolument pas à la politique. C'était en tout cas ainsi au temps où elle vivait à Beaumont. « C'était une gamine alors ! se dit-il. Maintenant c'est une femme. Et elle a peur pour moi... »

Et encore, elle ne se doutait pas à quel point elle avait raison d'avoir peur pour lui ! Combien davantage aurait-il regretté s'il lui avait dit toute la vérité ! L'« empereur de canton » était trop puissant, trop ambitieux, pour qu'on lui laisse la bride sur le cou. C'était aussi un serpent venimeux. Florent, comme il l'avait dit, devait essayer de lui faire peur. S'il y parvenait, tant mieux ; sinon, il faudrait quand même l'empêcher de nuire et donc... Révéler cela à Mijane aurait été la rendre complice. Il se promit de le garder pour lui quoi qu'il arrive.

Une chouette lança plusieurs cris fort inquiétants, mais Florent ne les entendit pas : il dormait.

Le lendemain, le vent qui avait soufflé toute la nuit avait entièrement lavé le ciel. Il était tout bleu, avec juste un peu de rose vers le plateau à cause de l'heure matinale à laquelle ils avaient fait seller leurs chevaux et étaient partis côte à côte au milieu des terres. Il régnait à cette heure une grande paix. Les ombres elles-mêmes avaient perdu la dureté de la nuit ou du plein midi. Les contours des pierres, des murs et jusqu'aux forêts festonnant l'horizon autour du domaine en étaient adoucis. L'air frais du grand matin colorait les joues de Mijane qui paraissait avoir oublié ses peurs de la veille. Florent la regardait alors qu'elle avançait près de lui sur une petite jument anglaise baie à la crinière noire et aux attaches très fines. Il lui trouva une beauté souveraine. En effet elle n'était plus la fillette avec laquelle il avait partagé tant d'années de bonheur insouciant à Beaumont. Les quatre ans qui les séparaient n'avaient pas alors empêché entre eux une complicité totale. Seuls le départ d'Elvire et de Mijane et la responsabilité de Florent quand il avait dû administrer le domaine avaient pu l'occulter un moment. Il lui avait fallu s'habituer à cette solitude nouvelle. Cent fois dans ses lettres sa mère avait souhaité qu'il la rompe en se mariant, elle citait des noms d'inconnues, proposait d'écrire. Il avait pris le parti d'en rire. Pour rien au monde il n'aurait lié son destin si tôt, même à une de ces belles jeunes filles qu'il avait vues aux soirées où il accompagnait autrefois Charles, Elvire et Mijane, en traînant un peu les pieds, préférant les courses solitaires sur son cheval ou les heures passées à lire dans la bibliothèque de Beaumont de très vieux volumes reliés en peau. Dans ceux-ci, durant quelques saisons, il avait cru trouver un sens à un monde qui lui paraissait en manquer cruellement avant de s'apercevoir qu'il valait mieux se contenter de le contempler et d'en jouir. Ensuite était venu le temps d'autres rencontres où le hasard avait fait les choses, bien ou mal, qui savait ? À ce moment tout le passé de son père avait ressuscité avec ces gens. De ces rencontres une image nouvelle avait peu à peu surgi. Image si séduisante que Florent avait fini par épouser tout à fait les idées et les buts que son père avait défendus quand il menait le combat pour la République après les déceptions de 1830. Il vint un moment où sans en avoir conscience il occupa à Beaumont et dans la région la place de celui-ci parmi les républicains. Dans le jeu subtil de la clandestinité il se montra assez habile pour obtenir les compliments du *haut de l'échelle* et se voir confier de nouvelles missions de plus en plus difficiles destinées sans nul doute à le tester. Il réussit au-delà de ses propres espérances. Beaumont devint un élément important sur un échiquier secret où les pions avaient la caractéristique de se déplacer très vite. C'est à ce moment que Florent qui jusque-là, même héritier présomptif du domaine, n'avait exercé aucun pouvoir, dut envisager l'avenir tout autrement. Sa mère déclara que c'était à lui maintenant de tenir les rênes. Elle et Mijane iraient vivre au château de Lavon légué par Charles, son second mari, et où elle avait passé avec lui quelques étés. « Là-bas, disait-elle, le ciel est comme de la confiture... » Mijane eut l'air elle aussi de trouver ce ciel sucré. Florent se retrouva seul à Beaumont et ce n'était pas une mince affaire de prendre tout en main dans une telle succession à la volée. C'est à ce moment aussi que ses activités secrètes prirent une importance considérable, quand les républicains des Cévennes furent l'objet de représailles auxquelles il dut faire face. Il y parvint avec panache, ce qui plut, et efficacité, ce qui importait pour lui et aussi pour quelques autres dont il savait qu'ils tiraient les vraies ficelles. Maintenant qu'il avait rencontré René Santel, il jugeait que ces *généraux occultes* devaient être de la même classe que son ami de Saint-Rémy, ce qui le remplissait de fierté rétrospective. À Beaumont même, il eut la sagesse de s'appuyer sur les hommes de confiance de son père et sur leurs fils qui avaient servi sa mère avec la même constance pendant les années de sa *régence*. Ainsi, il y avait Beaumont et la République. Il y avait aussi Dominique !

Celui qui aurait dû avec ses quatre ans d'aînesse prendre la place du père et assurer cette *régence* mais qui n'en avait pas voulu, laissant entre les mains d'Elvire tout le pouvoir, s'échappant de Beaumont à cheval, ne vivant que pour ce cheval et les grands espaces qu'il lui permettait de parcourir. Dominique avait toujours préféré aux cours du blé et du seigle et aux comptes des métayers le ciel et ses nuages – où on lui reprochait toujours de se perdre : « Tu as la tête dans les nuages ! » Avec lui Florent avait connu le grand large, les landes et les forêts, les rivières paresseuses ou violentes, le vent sur les causses et dans le fond des vallées où il résonnait comme un bugle les jours d'automne, quand Dominique, toujours ivre de liberté, entraînait son frère à la poursuite de quelque chose à quoi, un soir autour du feu de bivouac sur une crête pelée où le ciel s'écroulait en milliards d'étoiles, il avait donné un nom : le bonheur. Quand ils arpentaient le monde ensemble à cheval, Florent pensait que cela durerait toujours. Lorsque, après le départ d'Elvire, il avait pris la tête de Beaumont, cela faisait pourtant déjà un an que Dominique était parti. À la

Saint-Jean, dans un hameau de montagne où on avait brûlé un bûcher entier et où ils s'étaient retrouvés par hasard, Florent avait bien remarqué que son frère dansait beaucoup. Et toujours avec la même fille que Florent ne connaissait pas mais qui elle aussi était venue là *par hasard* chez des cousins. Elle s'appelait Lucie, était blonde comme les blés et venait d'une lointaine vallée d'Ardèche. Après cette Saint-Jean, Dominique avait disparu à plusieurs reprises pendant quelques jours. Il était coutumier du fait et nul sauf Florent ne remarqua qu'il prenait toujours la même direction. Une fois même il entreprit de le suivre mais abandonna au premier col en se disant, avec le goût de son âge pour les grands mots, que cet « espionnage » était vil. Ce fut de cette même direction que Dominique revint un jour. Pas seul : Lucie chevauchait à ses côtés. C'était en octobre, se souvenait Florent, et les cheveux blonds de la jeune fille avaient l'exacte teinte des bouleaux de Sibérie qui explosaient d'or au milieu des couleurs mordorées de l'automne. Ils passèrent cette saison et l'hiver qui suivit à Beaumont. Au printemps, Dominique annonça qu'ils allaient vivre en Ardèche. Il avait aussi annoncé qu'il renonçait à Beaumont. Les parents de Lucie avaient un gros domaine et il le « dirigerait ». Personne n'avait osé mettre en doute cette affirmation, bien qu'on eût du mal à croire que cet ami du vent fût l'homme de la situation. Mais nul, pas même Florent, ne savait que les occupations principales de son frère et de Lucie consistaient en un combat dangereux pour la République. D'autant plus dangereux que Dominique et sa jeune femme conduisirent la lutte contre de véritables bandes armées. Ils s'allièrent à un autre groupe qui s'était constitué pour leur mener la vie dure sur les pâturages de la Margeride. Il y eut ainsi un été entier où le jeune couple participa à des attaques de voitures publiques ; le butin servait le plus souvent à soutenir la veuve et l'orphelin des compagnons tombés dans le combat pour la liberté. Ils échappèrent à plusieurs embuscades sauvages dans des fonds particulièrement obscurs du côté de Châteauneuf-de-Randon et Saint-Hippolyte. Dominique avait gardé un souvenir grandiose de ces aventures. Puis l'automne revint. Un automne chagrin cette année-là, comme envieux des gloires de l'été qui l'avait précédé. Un automne de brouillard et de neige en octobre, de petits feux et de frimas sans envergure. Ce fut dans un de ces brouillards, à la Baraque du Cheval-Mort, que cela arriva. Ils rentraient de Châteauneuf au petit jour. La nuit avait été belle et chargée d'étoiles qui leur rappelaient celles de juillet. Pourtant, bien avant la Baraque la brume s'était levée. Mais leurs chevaux connaissaient le chemin jusqu'à la Jasse de Flouche où ils avaient établi un campement de fortune. Après coup Dominique s'en était beaucoup voulu de n'avoir pas davantage fait confiance aux chevaux qui avaient bronché plusieurs fois. À la Baraque les autres les attendaient. Ils avaient essayé de fuir et y étaient presque parvenus. Au milieu de la brume épaisse comme du coton un coup de feu avait claqué. Ils avaient continué à fuir. Quand ils étaient sortis du brouillard, Dominique avait vu le regard de Lucie. Il avait saisi la bride de son cheval. Elle était tombée. À terre il l'avait prise dans ses bras. Une grande tache de sang s'arrondissait dans la poussière du chemin. Elle ne regardait plus rien, pas même les étoiles qui étaient réapparues dans une trouée de ciel. Les autres étaient arrivés au galop mais, le voyant à genoux, Lucie dans ses bras, ils avaient stoppé. Il était sans défense à ce moment et ils auraient pu le tuer lui aussi, c'est d'ailleurs ce qu'il aurait voulu de toute son âme.

Toutefois ils avaient peu à peu reculé et avaient fini par être absorbés par le brouillard. Au point qu'une minute plus tard, sans le claquement des fers de leurs chevaux, on aurait pu croire qu'ils n'avaient jamais existé. Dominique n'eut pas le courage de revenir à la Jasse de Flouche. Il mit deux jours pleins, par des routes désertes et impossibles, pour atteindre Beaumont où il parvint à la nuit, le corps de Lucie en travers de sa selle, sans plus diriger son cheval épuisé qui connaissait par cœur le chemin. On porta Lucie au caveau de famille des Barthe qui, dans ce pays protestant, se nichait au milieu d'un bosquet de cyprès noirs dans lesquels Florent aimait écouter pleurer le vent. Le lendemain Dominique remonta à cheval et déclara qu'il allait prévenir ses beaux-parents à Annonay. Seul Florent, qui avait vu le regard de son frère quand on avait porté Lucie entre les cyprès, se douta de ce qui se préparait. Il eut quelques jours plus tard la confirmation de ce qu'il pensait. Ses *amis* transmirent la nouvelle qu'une bande de sbires qui travaillaient pour le pouvoir en sous-main mais se payaient surtout en rapines sur l'habitant, avait été attaquée à plusieurs reprises. Six d'entre eux étaient morts. Les autres avaient fui vers l'Auvergne sans demander leur reste. Comme juste avant ils avaient incendié deux ou trois fermes sur la Margeride, on les pleura peu. Il n'y eut qu'un simulacre d'enquête, bref de surcroît. Un mois plus tard Dominique redescendit de la Baraque du Cheval-Mort. Il avait l'air paisible, un peu détaché de tout. Il demanda à Elvire s'il pouvait aller habiter quelque temps dans une petite maison à Gordes qui appartenait à Charles et où il avait passé quelques jours avec Lucie juste après leur mariage. Un an plus tard il écrivit à sa mère pour demander à acheter la maison. Elle appela son notaire. Un mois après, Dominique était propriétaire de la petite maison aux volets bleus.

Au cours de leurs promenades Florent et Mijane parlèrent beaucoup de Dominique. Il était venu plusieurs fois à Lavon, toujours peu de temps. Il arrivait sans prévenir, repartait de même. Mijane était impressionnée par son regard. Elle en parla à Florent alors qu'ils étaient arrêtés sur une crête d'où l'on voyait les hauteurs blanches de la montagne d'Albion que Florent fixait comme s'il avait déjà en tête le chemin qu'il devrait bientôt parcourir.

« Toi, tu regardes ce pays sans malice », dit-elle.

Il se retourna, surpris. « Que veux-tu dire ?

– Je pense à Dominique. Nous sommes venus ici avec lui à sa dernière visite. Il y a une grande malice dans son regard. Oh, je sais ! Ce mot ne veut rien dire. Je ne sais pas comment m'exprimer. J'ai eu l'impression qu'il voit quelque chose ou quelqu'un que nous ne voyons pas et qu'il nous dissimule son secret. C'est très étrange, Florent ! Ça m'a fait un peu peur, cette fois. Et rien de ce qui se passe ne l'intéresse. Comment peut-on vivre en étant détaché ainsi ? »

Florent réfléchit à ce qu'elle venait de dire. Il ne pouvait approuver Dominique, mais il pouvait le comprendre maintenant, à cause de ce que son frère lui avait dit l'avant-veille à Gordes après l'orage. Il essaya de l'expliquer à Mijane : « Je crois qu'il a atteint *quelque chose*. J'ignore comment cela s'appelle vraiment. La joie, le bonheur, le détachement ? Quel est le mot juste ? Je n'en sais rien. Et ça importe guère. Peut-être faut-il passer par là où le destin l'a traîné pour y parvenir. Je ne sais pas, Mijane, je ne sais rien... »

Il regarda les beaux yeux de Mijane dans lesquels le soleil de deux heures allumait des flammes noires. Il y avait tant de jeunesse dans ces yeux ! Il se sentit tout d'un coup terriblement vieux. Lui n'avait ni le détachement de Dominique ni sa jeunesse à elle. Il essaya de trouver une explication mais en vain. Alors en tournant la bride de son cheval il répéta : « Je ne sais rien, Mijane. Rien du tout. »

Ils rentrèrent à Lavon un peu tristes. Mais c'était une tristesse paisible. Il y avait dans l'air la pesanteur de l'automne qui s'attarde. On entendait à travers la forêt les coups sourds de bûcherons. Sur les chemins des charrois de bois avançaient lentement avec cette majesté des gestes ralentis, bientôt engourdis par le froid. Les oiseaux eux-mêmes semblaient voler moins vite. Ils allaient d'une branche à l'autre, peut-être inquiets. Seuls dans le haut du ciel, de grands vols de migrateurs suivaient avec acharnement les anciennes et invisibles pistes. Dans des fonds, des endroits secrets, de petites fleurs bleues éclataient brusquement pour quelques heures dans la rosée du matin. On repérait maintenant toutes les fermes à leurs fumées.

Le soir, le vent se leva comme la veille et fit battre les volets, cliqueter les tuiles. Le feu dansait et l'on entendait gémir en haut des escaliers la charpente de Lavon.

Toute la mélancolie de l'automne aurait pu les submerger d'un bonheur tranquille. Mais le lendemain à la fin de la matinée Elvire rentra d'Apt. Ils se trouvaient alors dans les jardins à la française qui occupaient l'arrière de Lavon. Après les grandes terrasses dallées entourées de balustres sur lesquelles ouvraient les baies des salons, commençaient des allées bordées de petits buis impeccablement taillés qui délimitaient des plates-bandes de rosiers et conduisaient à d'autres massifs de plantes rares. Ces allées convergeaient toutes autour d'un grand bassin dans lequel des carpes jouaient sous un jet d'eau jaillissant d'un cygne qui portait un enfant. De longues plantes aquatiques ondulaient entre les poissons. La géométrie des jardins était soulignée par les cubes parfaits d'autres buis taillés et, tout au bout des allées, se dressaient plusieurs statues très belles dans le goût italien patinées de mousses dorées. Le ciel était très bleu et pétillait.

En entendant le roulement d'une voiture sur la route puis les hennissements et les cris dans la cour intérieure, Mijane lança : « Elvire est de retour ! »

Elle eut à peine le temps de traverser la terrasse que déjà sa mère atteignait celle-ci. Elle était très grande. Ses cheveux gris retombaient sur ses épaules en suivant les mouvements qu'elle faisait. *Mouvement* était d'ailleurs le mot qui la définissait le mieux. Elle avait des yeux noirs, semblables à ceux de sa fille mais très larges, comme ébahis en permanence du spectacle du monde. Son visage avait conservé sa beauté, et sa démarche, ses gestes, sa voix nette et claire ajoutaient encore à cette impression de jeunesse. Elle portait une robe beige de voyage et un cocasse chapeau à voilette dont elle avait relevé celle-ci en bataille. Elle embrassa Mijane à gros baisers puis se figea devant Florent. N'eût été l'étincelle de joie qui éclata dans son œil il aurait pu se laisser prendre à sa moue puis à son ton quand, les mains sur les hanches, elle s'avança vers lui : « Comment oses-tu ? gronda-t-elle. Tout ce souci que tu me fais faire ! »

Mais très vite elle sembla perdre de sa superbe. À la fin elle se précipita en même temps que lui : « Florent ! » cria-t-elle.

Il était au comble du bonheur. Il crut voir une larme dans les yeux de Mijane qui s'approcha et dit à sa mère : « Et sais-tu le plus beau ? Florent reste ici au moins une semaine ! »

Avant qu'il ait pu protester, Elvire s'écria : « Pas possible ! Que t'arrive-t-il, mon fils ? Tu as ruiné Beaumont ? La police est à tes trousses ? Ta sœur et moi, nous allons te ficeler dans la toile d'araignée de ce château de conte de fées et tu resteras prisonnier ici pendant des siècles. »

Elle soupira et reprit sur un ton terriblement ému : « Je suis heureuse de te voir ! Tellement heureuse. »

Tout en revenant vers le château elle commença à récapituler tout ce qu'il y avait à faire. Florent remarqua qu'elle parlait d'inviter beaucoup de monde et la proportion de mères et de filles lui donna à penser qu'il était de nouveau question de le marier. Cela ne tirait pas à conséquence et il s'efforça de jouer le jeu pour faire plaisir à sa mère. « Il s'agit bien de mariage en ce moment avec ce qui m'attend quand je partirai d'ici ! » pensa-t-il. Mais aussitôt il s'en voulut. Il serait toujours temps d'y songer quand il reprendrait la route. Tout cela ne favorisait pas non plus l'incognito auquel il se pliait depuis des jours. Mais bah ! il pouvait s'accorder un moment pour être heureux ou au moins permettre à celles qu'il aimait de l'être.

Quand, après un déjeuner follement gai, Florent et Mijane annoncèrent qu'ils allaient se balader, Elvire les prévint d'être de retour pour le goûter qu'elle avait déjà organisé – ils ne surent jamais comment – pour la fin de l'après-midi et au cours duquel elle comptait présenter son fils à ses meilleures amies.

Les jeunes gens traversèrent cette fois une grande forêt de hêtres dans laquelle la lumière glissait à travers des branches nues sur lesquelles quelques feuilles d'or capturaient encore les rayons du soleil. Il y avait une grande paix dans cet endroit et ils éprouvèrent de nouveau le sentiment empreint de mélancolie et de bonheur de la veille. De longues allées cavalières se croisaient sous ces hêtres. L'une d'entre elles aboutissait à une vaste clairière traversée par un ruisseau aux berges couvertes de menthes et au milieu de laquelle se trouvait une bergerie très longue et plate.

Ils s'assirent sur un banc en pierre placé devant la bâtisse. Celle-ci avait dû être utilisée au retour de la transhumance dans le haut pays, il restait beaucoup de traces et l'odeur forte du passage des moutons. Le soleil était encore haut dans le ciel, il faisait tiède. Ils parlèrent encore d'Elvire, de Lavon et de Beaumont, de Dominique et aussi d'eux-mêmes. Florent vivait cela avec des réactions d'avarice extrême, se faisant des provisions pour les temps futurs. Lui et Mijane avaient retrouvé la complicité d'autrefois. Elle aussi semblait très heureuse.

Quand le soleil descendit et allongea les ombres des hêtres dans la clairière, ils se souvinrent de leur promesse à Elvire et revinrent vers le château. Au moment où ils sortaient au pas de la hêtraie, un cavalier jaillit d'un taillis et vint vers eux. Il était entièrement vêtu de noir et montait un grand cheval roux. Il arrêta de la main le geste instinctif de défense que Florent, surpris, avait esquissé.

« Vous êtes Florent », dit-il.

Ce n'était pas une question. Il passa la main dans sa veste, en tira une enveloppe et la tendit. Il dit encore : « Je viens de Saint-Rémy. Je dois vous transmettre autre chose qui n'est pas dans la lettre : "Gardez le cheval, il vous sera utile." » Il s'inclina : « Madame, monsieur. »

Il éperonna le cheval roux qui, avec une discipline toute militaire, partit au galop dans la pente sur un chemin de terre qui, à une lieue rejoignait la route d'Apt à travers des éteules. Quand il eut disparu, Florent décacheta la lettre et lut :

> Mon cher ami,
> Oui, je sais : je n'étais pas censé connaître votre destination véritable, mais les circonstances l'imposent, alors écoutez-moi : le client que vous devez visiter fait des siennes. Nous estimons qu'il faut lui rappeler les règles du jeu plus tôt que prévu.
> Ne vous étonnez pas que je sache ! Je savais déjà quand je vous ai vu. Je comprends tout à fait que vous ne m'ayez pas parlé alors. Le contraire aurait été une faute. Elle m'aurait déçu de votre part.
> Ne craignez rien pour ceux que vous aimez. L'homme qui vous a remis ce pli est totalement digne de confiance, même pour le plus grave. Pour tout dire, c'est un tombeau.
> Il est possible que vous ayez besoin de lui – ou de moi – un peu plus tard. Je vous transmettrai une autre missive bientôt, avec le moyen de le rappeler.
> Brûlez ce mot, je vous prie : *tout le monde* connaît mon écriture, le filigrane et même le bain de mon papier à lettres.
> Croyez à mon amitié.

Mijane, alertée par le pli soucieux qui barrait le front de son frère, demanda : « Tu as des soucis ?

– Non, répondit-il évasivement.
– Pourtant, cette lettre ? »

Florent la replia et la glissa dans sa veste. Il eut un petit rire forcé, essaya de plaisanter, puis finit par avouer à Mijane : « Ce n'est pas grave. Seulement ça va m'obliger à partir plus tôt que prévu.

– Quand ? demanda-t-elle sèchement.
– Demain à l'aube. Avant l'aube, même.
– Tu imagines ce que va dire notre mère ?
– Oui, Mijane, je l'imagine et je le regrette, mais il y a là des choses beaucoup plus graves que notre plaisir ou notre déplaisir. Et puis, je reviendrai... »

Il avait parlé avec assez de gravité pour qu'elle admette : « Tu sais ce que tu fais », mais elle éperonna son cheval et le lança dans la pente au grand galop.

Le goûter qu'Elvire avait organisé avec ses amies se déroula fort bien, même si Florent en eut vite assez des compliments de ces dames et des regards de leurs filles.

Quand tout le monde fut reparti vers ses terres, il fit part à sa mère de ses obligations. Contrairement à ce qu'avait affirmé Mijane, Elvire ne dit pas grand-chose quand son fils lui annonça qu'il devait quitter Lavon plus tôt que prévu. Même si cela jetait à bas tous les projets qu'elle avait échafaudés sur cette semaine qu'on lui avait promise, elle sembla se satisfaire mieux que sa fille de sa promesse de revenir bientôt. Elle ne tempêta pas, au point que Florent eut la pensée fugitive et dénuée de tout fondement qu'elle savait quelque chose. Pensée qu'il s'empressa de chasser de son esprit, la situation étant suffisamment compliquée comme ça.

Ils s'efforcèrent tous, y compris Mijane, de rendre

la soirée la plus gaie possible. Ils y parvinrent presque, de même qu'à écourter la *cérémonie des adieux*. Il promit encore de repasser par Lavon quand ses « affaires » seraient réglées. Il avait également rempli son sac de selle de provisions.

Il dormit peu cette nuit-là et vers trois heures il se leva dans un Lavon silencieux et glacé. À l'écurie il trouva l'alezan prêt à partir comme s'il avait deviné. Il le sella, chargea la sacoche et sortit. Le ciel était noir et entièrement tapissé d'étoiles. Une très belle lune roulait, presque ronde, au-dessus de la direction qu'il allait prendre. Il évita les pavés de la cour et ne monta à cheval qu'une fois sur la route de Sault. Au moment où il lançait l'alezan, il jeta un coup d'œil vers le château. Dans l'encadrement du grand portail entrouvert il distingua une forme blanche. Mijane l'avait guetté. Il hésita mais revenir vers elle serait rendre le départ encore plus difficile. Il fit un geste de la main qu'elle vit peut-être.

Il galopa deux heures. En avant de lui, l'est rosissait légèrement.

La pente se fit moins nette. Un peu plus tard le sol se couvrit de pierres blanches. Il était sur le plateau. Quand il sentit une forte odeur monter des étendues qu'il traversait, il sut qu'il avait atteint le pays lavandier.

*Deuxième partie*

# LE PAYS LAVANDIER

## 5

Au moment même où Florent sentait l'odeur exquise de lavande en arrivant sur le plateau d'Albion, une voiture noire, tirée par deux superbes chevaux blancs, sur laquelle étaient peintes les armes d'un comte, sortait à grand train de la rue Thérèse, une venelle au centre de Sisteron qui traversait en rampant plusieurs pâtés de maisons louches et malodorantes et se jetait sur le cours entre deux lampadaires de l'éclairage public que l'on allait bientôt moucher, une aube pâle et mélancolique se levant sur les murs ocre de la ville, les jardins aux arbres dénudés et la porte du Dauphiné. Après avoir remonté le cours, la voiture atteignit cette dernière puis les deux chevaux blancs se précipitèrent vers les Alpes et les grandes propriétés au-dessus desquelles l'air paraissait déjà plus léger.

À l'intérieur de la voiture Domenico Lombardi tirait paisiblement sur le havane qu'il avait allumé en quittant la rue Thérèse et la maison aussi malodorante et louche que les autres au troisième étage de laquelle il venait de passer la nuit avec une de ses compatriotes, la jeune Maria Zampo – à Sisteron on l'appelait Léopoldine Lescure, du nom qu'elle avait donné au propriétaire de la maison et à la police ; lui, Lombardi, l'appelait Marietta. Il songea une nouvelle fois que cette *petite femme* offrait au moins trois avantages. Le premier : un corps splendide ; le deuxième : un visage charmant quoique aux lèvres un peu vulgaires ; et le troisième : elle savait tout ce qui se passait à Sisteron et à dix lieues à la ronde – tout ce qui comptait s'entend. Il suffisait pour la faire parler de poser un louis sur la tablette en marbre de sa cheminée. Un chapelet d'informations venait alors jusqu'à vous, une vraie gazette des tenants et aboutissants. Tout n'était pas très intéressant ni même à prendre au pied de la lettre, mais pour une somme modique on avait ainsi une bonne idée de ce qui se racontait dans le milieu qui importait à Lombardi et se préparait dans l'espèce de juridiction personnelle qu'il s'était attribuée dix ans plus tôt en venant dans cette ville et en achetant – payé comptant, ce qui lui mettait d'office le pied à l'étrier – la demeure où il rentrait un peu las dans cette aube perlée de décembre.

Un mois avant son arrivée en ville – il songea que cela ne faisait pas dix ans mais bientôt onze : le temps galope –, une des voitures de poste qui passaient par le Saint-Gothard avait perdu une roue dans un virage et s'était écrasée corps (les deux chevaux, le cocher, le postillon, un gendarme) et biens (un courrier secret pour le roi d'Italie et une malle contenant un million) dans une prairie remplie de fleurs tardives, cent mètres en dessous du virage. On avait retrouvé les cadavres des chevaux, du cocher et du gendarme, collés contre des rochers très durs et pointus. Le postillon, qui avait survécu on ne savait comment, était resté muet peu après cette chute. Cela pouvait se comprendre vu la hauteur, même si quand on lui avait demandé s'il avait encore peur, il avait répondu textuellement : « Oui, mais pas de ça ! » On ne savait pas de quoi il parlait, d'ailleurs ce fut sa seule phrase, car ensuite il se tut tout à fait. On n'avait pas retrouvé le coffre au million et la voiture étant éventrée, on avait conclu qu'il avait dû rouler dans un gouffre sans fond s'ouvrant entre deux moraines, dans un couloir rocheux glacial et sinistre. On verrait au printemps. Quand celui-ci était arrivé un grand type, puisatier de son état, avait été descendu, attaché à la plus longue corde qu'on ait pu trouver dans le secteur du Gothard. Une fois au bout de la corde, il avait bien fallu remonter l'artisan qui affirma sans rire qu'il faisait très noir là-dessous et qu'il n'avait rien vu en dehors de grandes flammes rouges très lointaines. Selon lui elles brûlaient là-bas, au centre de la terre. C'était un Sicilien. « À l'impossible nul n'est tenu ! » avait déclaré le ponte de la police de Milan qu'on avait envoyé enquêter et qui, à l'étonnement général, cherchait davantage les enveloppes du courrier du roi d'Italie que le million.

La voiture ralentit son train en atteignant le carrefour de la route de Château-Arnoux. Celle-ci était déserte et quelques pins posés en sentinelle au croisement remuaient légèrement dans le vent. En face s'ouvrait un chemin plus étroit bordé d'un côté par de grandes oliveraies argentées et de l'autre, sur une longue distance, par un mur au-dessus duquel dépassaient les branches des grands arbres d'un parc. Vers le milieu du mur une immense grille fermait l'accès à un domaine dont au premier coup d'œil on se rendait compte qu'il était considérable.

Dès que la voiture fut devant la grille, le cocher fit claquer trois fois son fouet d'une certaine façon. Aussitôt un homme, un boiteux, sortit d'une bâtisse près de l'entrée et entreprit d'ouvrir la grille. Puis, sans rien voir de l'intérieur de la voiture, il enleva sa casquette et salua en s'inclinant jusqu'à terre. La berline passa très vite. L'homme remit sa casquette et referma la grille. Sur son visage on aurait pu lire une vive expression de haine qui contrastait avec la douceur du matin. L'objet de cette haine s'en moquait éperdument, rempli d'aise comme à chaque fois qu'il rentrait chez lui depuis dix ans. Il faut dire qu'il avait de quoi être content de l'aspect de la Campane – c'était le nom du domaine mais ce n'était pas lui qui l'avait appelé ainsi. Après la grille, un large chemin serpentait à travers une pelouse impeccable jusqu'à une immense maison, presque un château flanqué de ses pigeonniers en forme de tourelles. Une multitude de fenêtres donnaient sur la terrasse qui dominait le parc, la maison étant bâtie sur une éminence. Les toitures étaient couvertes de tuiles romanes ocre clair. Les murs faits d'une pierre très blonde formaient une tache presque blanche sur le parc qui commençait de chaque côté de l'entrée et se poursuivait derrière par des massifs et une sorte de petit bois d'essences rares.

Comme la voiture s'arrêtait devant l'escalier de la terrasse, un domestique qui devait guetter en permanence se précipita vers elle et ouvrit la portière. Domenico Lombardi descendit. Il avait l'air très satisfait. On aurait pu s'y tromper et mettre cette satisfaction sur le compte de la nuit avec Marietta. C'était mal le connaître. Ce qui le remplissait d'aise dans ce matin si paisible, c'était la vision de ce qu'il avait réussi à obtenir. Pour lui le Saint-Gothard était loin – d'ailleurs, avait-il seulement existé ? Il regarda longuement autour de lui. De la terrasse on apercevait loin vers le sud les plateaux et surtout vers l'est les contreforts des Alpes. L'air très lumineux était traversé d'oiseaux. Lombardi jugeait que cet endroit où il avait jeté l'ancre ressemblait beaucoup à l'Italie. Pour s'en convaincre davantage encore il suffisait de regarder les génoises de la toiture, la terrasse avec sa balustrade en pierre et ses carreaux en terre cuite, les pins et plus loin les oliviers qu'il avait plantés et qui brillaient sous les rayons d'un soleil un peu pâle mais très réconfortant. Il prit le temps de contempler tout cela avant de pousser un soupir d'aise, de jeter le reste de son cigare dans un massif et de se diriger d'une démarche alerte vers la porte de la maison qui s'ouvrait entre deux lanternes vénitiennes – il avait tenu à ce détail – sous un magnifique balcon à encorbellement. Le domestique qui avait couru pour ouvrir la porte de la voiture se précipita vers celle de l'entrée. Avant de la franchir Lombardi se retourna une fois encore pour contempler ce qu'il considérait comme son œuvre. Il oubliait – vanité fréquente – les siècles accumulés qui avaient permis cet équilibre parfait.

L'intérieur était aussi beau que les alentours. Très lumineux avec ses baies largement ouvertes sur la terrasse, le hall immense était occupé au fond par un escalier à volutes qui montait vers un étage lui aussi très clair. De grandes portes peintes à la détrempe ouvraient sur des salons largement éclairés. Des glaces florentines et des tableaux d'ancêtres – pas ceux de Lombardi, mais qu'importait : leurs figures étaient si nobles ! –, ainsi que des vitrines où étaient exposés des saxes et des verres de Murano occupaient les murs recouverts d'un très beau papier lyonnais. Les tentures en toile de la Drôme doublées de damas servaient à occulter la trop grande lumière des après-midi d'été. À cette heure elle était adoucie par le ciel en sursis d'un bel automne.

Lombardi laissa tomber son manteau et enleva son chapeau en taupé, l'un et l'autre immédiatement saisis par une soubrette aux joues rouges et au regard innocent. Au même moment une voix aiguë venue du haut de l'escalier brisa sa quiétude.

« Domenico ! C'est toi ?
– Qui veux-tu que ce soit ? » maugréa-t-il.

Déjà son regard avait changé. Ce n'était plus la satisfaction qui s'y lisait mais un agacement considérable. Il se força : « Claudia ! Tu vas bien ?
– Claudia ! Claudia ! hurla la femme qui se tenait sur le palier. Tu sais bien pourtant que je m'appelle Claudine ! »

Elle était grande, blonde et vêtue d'une robe de chambre en soie verte à peine attachée avec une ceinture de soie elle aussi, mais jaune. Elle portait des mules de la même couleur. Elle pouvait avoir trente-cinq ou peut-être quarante ans. Les cris qu'elle poussait, sa voix aiguë, un peu éraillée, vulgaire en tout cas, sa posture avachie contre la balustrade du palier, tout cela empêchait qu'on la trouvât agréable à regarder. Pourtant elle avait dû être très belle. Peut-être même pourrait-elle le devenir à nouveau avec quelques soins. Malgré son visage défait par la colère, on ne pouvait s'empêcher d'en remarquer l'ovale, la peau encore ferme et surtout les grands yeux verts très lumineux puis très sombres quand le ressentiment qu'elle manifestait contre Lombardi éclatait en cris et jappements. Ils étaient seuls, la soubrette s'était esquivée au premier éclat. Il était visiblement excédé par cette violence qui se déchaînait au moment où, satisfait de sa nuit et de la tournure que prenaient d'autres événements qui lui tenaient à cœur, il comptait retrouver le calme et le confort de sa belle maison.

« Tu viens d'où, à cette heure ? De chez "l'autre" ? »

Il hésita. Mais non ! se dit-il. Elle ne savait pas pour Marietta. Elle tentait juste le coup. Il répondit aussi calmement que possible : « Je viens du cercle. J'ai discuté toute la nuit avec des gros bonnets de Grenoble. Des marchands de draps. Une grosse affaire.

– Combien as-tu perdu ? »

Il éclata de rire. Quelle question stupide ! Tout ça parce qu'elle l'avait connu quinze ans plus tôt après une nuit de jeu où il s'était fait rétamer. C'était l'espèce de désespoir d'avoir tout perdu alors qui l'avait rapproché d'elle. Mais depuis ! Ah, elle n'avait rien compris ! Ou peut-être espérait-elle qu'une nouvelle déroute le lui ramènerait. Mais ce temps était passé. Jamais plus depuis il n'avait perdu gros. Parfois il lâchait du lest, des petites sommes qui endormaient les autres. Il l'avait remarqué, quand ils gagnaient c'était facile de leur extorquer autre chose. Perdre ? Lui ? Grands dieux, non ! C'était bien fini. Et d'ailleurs, que pouvait-elle comprendre à tout ça ? Elle ne sortait jamais. Cela faisait longtemps qu'elle refusait de l'accompagner aux soirées auxquelles on l'invitait, pas sur sa réputation ni son nom ou son rang, mais sur son compte en banque dont les gens connaissaient le chiffre officiel déjà considérable. Au début il avait voulu lui imposer d'au moins faire de la figuration à ses côtés, dans certains cercles ça l'aurait aidé. Mais après s'être battu longtemps avec elle et après plusieurs éclats de sa part qui auraient pu avoir Dieu sait quelles conséquences, il avait abandonné et pris l'habitude d'y aller seul. Il songea à ce moment combien était grande sa solitude et combien elle lui convenait. Pour rien au monde aujourd'hui, il n'aurait voulu qu'elle l'accompagne. Elle avait eu tort, d'ailleurs ! C'est à ce moment-là qu'il avait rencontré des filles comme Marietta. Pas tout à fait, car c'étaient souvent des idiotes qui ne comprenaient rien à rien. Pas Marietta ! À cause de sa gentillesse et de sa discrétion il avait de l'estime pour elle. Et surtout, avec elle, il était tranquille. Pas comme avec Claudia !

Cette dernière reprenait les mêmes récriminations : les filles, le jeu... Il dit avec une dureté extrême : « Tu me fatigues ! Je suis excédé de tes cris, Claudia ! » Puis il se dirigea vers un couloir menant aux cuisines et plus loin à un bureau qu'il avait fait aménager et où il avait installé un lit de camp quand il avait commencé à sortir seul sous prétexte de ne pas déranger sa femme. En fait pour la fuir.

Ce bureau avait fini par constituer pour lui un lieu de paix dans lequel il se sentait bien. Il se trouvait dans la partie inférieure d'un des deux pigeonniers. On y accédait par une porte basse située à l'extrémité du couloir. Une fenêtre éclairait ce *refuge*. Par elle, au-delà de la Durance il voyait la montagne de la Baume et certains jours les Alpes au-dessus de Barcelonnette. Lui qui n'avait rien d'un poète s'enchantait de ces paysages. Il y retrouvait quelques ressemblances avec son Italie natale. Il venait des Marches. Fils de savetier, il avait eu une enfance difficile occupée à gratter çà et là de quoi aider les siens à survivre dans une pièce unique enfumée tout l'hiver par les vapeurs d'un brasero. Plus grand, il avait failli mal tourner. De mauvaises rencontres, quelques rapines et, à vingt ans, la passion du jeu. Il était descendu bas, très bas, au bord du désespoir. Claudia était arrivée au bon moment. Elle ne se doutait pas que cela la sauvait encore pour un moment. Ayant touché le fond, il avait rebondi, s'était battu et d'abord contre lui-même. Un jour, sur des renseignements échangés dans un bouge à Gênes, il y avait eu la malle d'or du Saint-Gothard. Depuis...

Oui, ce qu'il voyait de cette fenêtre ressemblait à l'Italie. On aurait été étonné de constater à quel point cet homme dénué de tout sens moral et de la moindre pitié pouvait s'extasier devant quelques nuages blancs flottant sur les collines ou un lever de soleil au-dessus des Alpes. Dans ce bureau, il n'avait pas commis l'hypocrisie commune d'y accumuler de ces livres qu'on ne lit pas. Il n'avait rien à prouver à quiconque et surtout pas à lui-même. S'il y avait fait porter une table, ce n'était que pour y poser les « dossiers » que Kurt, son factotum, établissait pour lui. Devant la table un fauteuil regardait vers l'extérieur. Dans l'angle le plus obscur se trouvait un lit de camp spartiate avec un matelas de fanes et deux couvertures militaires. Le seul ornement de ce soin sombre était un petit cadre doré à liseré noir avec le portrait de sa mère.

En entrant il jeta un coup d'œil machinal sur la pendule. Il était encore tôt : sept heures. Il restait une demi-heure avant l'arrivée de Kurt. Il résista un moment à l'envie d'allumer un cigare puis céda à la tentation après avoir remplacé sa redingote et son chapeau par une veste d'intérieur à brandebourgs – un cadeau de Claudia – et une marmotte en satin noir. Il s'allongea sur le lit de camp. Il ne s'endormit pas mais comme d'habitude passa en revue les informations obtenues de Marietta. À côté d'un tas de choses que lui seul pouvait relier avec des affaires commerciales, des marchés publics, des soumissions diverses, ce qui l'intéressait le plus c'étaient les petites nouvelles qu'il appelait en lui-même « politiques ». Il était rare qu'elles aient une importance considérable. Il s'agissait d'histoires de clocher dans Sisteron ou dans les environs. Cela ne concernait que rarement le département, et exceptionnellement le « plan national ». Dans la conduite de ses affaires personnelles il avait décidé un an plus tôt que le terrain auquel il s'était limité les dix dernières années ne lui suffisait plus. Il connaissait trop tout cela et soudoyer un comptable du Trésor ou corrompre le député local ne l'excitait plus depuis longtemps. Il avait envie d'une autre *carte de visite* que celle pour laquelle il s'était cependant battu dix ans avec férocité. Il en avait assez de cet emploi d'homme de l'ombre, de tireur de ficelles. Il voulait apparaître à son tour sur la scène du théâtre de marionnettes, jouer un vrai rôle, être acclamé et entouré d'une considération officielle, bien plus savoureuse à ses yeux que celle occulte dont il jouissait. Pour cela les affaires ne suffisaient pas. Sa fortune déjà conséquente après le Saint-Gothard et qu'il avait généreusement multipliée ne lui apportait que l'envie des autres. Il voulait bien davantage. La politique lui avait paru longtemps un terrain miné. Mais au fur et à mesure qu'il progressait, il en avait découvert les possibilités en tant que champ de manœuvre. Il en avait été fasciné. C'était comme un immense jeu de quilles où le seul problème était d'être la boule et non pas les quilles ! C'était grandiose. Surtout que l'époque s'y prêtait. La dictature de Louis Napoléon fermait les bouches et les cœurs, pas les porte-monnaie. Un jour il serait bon d'être en haut à tenir quelques leviers, pour récolter la manne – argent certes mais surtout gloire. On venait et on était dans quelque chose, on allait vers autre chose, on ne savait pas quoi mais les plus forts – Lombardi bien évidemment s'incluait dans ceux-ci – pouvaient dans de telles circonstances *monter* très vite. Pour cela, il fallait impérativement éliminer tous les obstacles. Claudia en était un. Ce n'était pas nouveau mais désormais cela devenait insupportable. Il allait devoir agir quoi qu'il lui en coûtât, car il n'avait pas tout à fait oublié la main secourable qu'elle lui avait tendue quinze ans plus tôt. Mais le moyen de faire autrement ?

Un nouvel obstacle était apparu quand Marietta avait révélé cette histoire d'un type chargé de lui mettre des bâtons dans les roues. C'était extraordinaire quand même qu'il y ait toujours des fuites pareilles chez les républicains. Il semblait qu'on n'ait pas apprécié chez eux les factures truquées des négociants en grains. Pourtant Lombardi n'avait fait que *pousser un peu à la roue*. Ces gens avaient de toute façon un tas de combines pour s'enrichir. Lui connaissait ça sur le bout des doigts. Il lui avait été facile de légèrement modifier la comptabilité des deux sympathisants des « rouges » – un comble pour des marchands ! Et maintenant, voilà que les autres allaient essayer de lui nuire dans son fief. D'après Marietta qui avait appris ça d'un secrétaire de la préfecture, on avait envoyé un homme. Il avait passé le Rhône trois jours plus tôt. Que venait-il faire exactement ? Le secrétaire l'ignorait. Les rapports de la police ne mentionnaient que le passage du Rhône et le *but* du voyage : Lombardi. Évidemment il y avait eu au cours des années des tas d'affaires qu'on pouvait lui mettre sur le dos. À tort ou à raison, qu'importait ! Et là-dedans des choses assez graves. Il avait pris ses précautions, bien entendu, mais on n'était jamais entièrement à l'abri. Pourtant cela n'avait rien à voir avec une vieille casserole qu'on aurait voulu attacher à ses basques. Le secrétaire était formel : c'était à sa personne qu'on allait s'attaquer.

Il sourit. Au fond, cela l'amusait. À cet instant une porte claqua au loin dans la maison puis des pas résonnèrent sur les dalles du couloir. Il jeta un coup d'œil à la pendule. Sept heures vingt-huit. Il se leva et regarda par la fenêtre. En dehors d'un coin dégagé au-dessus de la Durance, le ciel était maintenant bouché par de grosses barres grises qui occultaient entièrement les lointains, en particulier vers les Alpes qu'il aimait tant contempler. Même le soleil qui dansait au-dessus du fleuve ne parvenait pas à égayer ce paysage dans lequel les arbres apparaissaient presque entièrement dénudés par le dernier coup de mistral. La seule consolation restait les oliviers qui, eux, gardaient leurs feuilles d'argent dans les pires bourrasques. Lombardi songea que sans doute il pleuvrait dans l'après-midi ou la nuit suivante. Il n'aimait pas l'hiver. Il lui fallait les excès, les débordements de l'été pour se sentir à son aise. Le froid l'inquiétait car il amenait avec lui le silence où l'on entend tout, et c'était redoutable.

La pendule marqua exactement sept heures et demie. On frappa à la porte.

« Entrez ! » répondit-il.

Un grand bonhomme de plus de six pieds ouvrit la porte. Vêtu d'une tenue noire stricte sans la moindre fioriture en dehors d'un col de chemise très blanc, il avait environ trente ans. La première chose qu'on remarquait étaient ses cheveux assez longs et très blonds, ce qui choquait aussitôt. Il avait un visage anonyme, en dehors d'une paire d'yeux bleus particulièrement mobiles. En fait, ceux qui examinaient suffisamment longtemps sa figure, peu nombreux en raison d'un malaise qui venait alors, ceux-là le trouvaient tout à fait inquiétant à cause de l'acuité extraordinaire de ces yeux d'azur.

« Bonjour, monsieur, dit-il en refermant soigneusement la porte et en se mettant devant son patron en une sorte de garde-à-vous.

– Bonjour, Kurt. »

Lombardi était le seul à l'appeler ainsi, jamais devant quelqu'un il ne le nommait autrement que Jacques Laval, son patronyme officiel. Mais entre eux ce prénom de Kurt était un rappel de ce qu'ils avaient connu ensemble. C'étaient pour la plupart des bons souvenirs et les quelques mauvais les liaient encore davantage. Depuis cette époque – Kurt était un jeune homme alors – il s'occupait de toutes les affaires de Lombardi. Il était son homme de confiance, c'était lui qui transmettait les ordres du patron, que ce soit dans les activités agricoles – Lombardi avait très vite acquis plusieurs fermes – ou dans les transports de bois, ou dans les multiples affaires où l'Italien avait des intérêts : participations, commandites, associations. Il transmettait les ordres et veillait à leur exécution. Quand il y avait un problème, il le réglait le plus souvent lui-même, sinon il en référait à son maître. Il fallait reconnaître que rares étaient les occasions où il n'avait pas trouvé la bonne solution. Lombardi montra le dossier que Kurt serrait sous son bras : « Vous avez beaucoup de choses là-dedans ?

– Non, monsieur, pas vraiment. Des points que nous avons déjà vus, des choses pas très importantes. Par contre...

– Si vous avez un "par contre", je préfère m'asseoir. » Il s'installa dans le fauteuil du bureau. « Alors ?

– J'ai du nouveau à propos de cet homme qui a passé le Rhône l'autre jour... »

Il y avait une chose que Lombardi détestait : les périphrases. Il corrigea : « Ce type qui veut ma peau. Parlez franc, Kurt. Ne faites pas comme tout le monde.

– Si je dis ça, monsieur, c'est que nous ne savons pas exactement quelle est la mission de cet homme.

– Le secrétaire de la préfecture a pourtant été affirmatif.

– On peut lui avoir donné une fausse information... J'ai pu obtenir quelques renseignements. Voici ce dont on peut être sûr : cet individu s'appelle Florent Barthe. Il vient des Cévennes où il possède une grosse propriété : Beaumont. Il a vingt-cinq ans. C'est un républicain qui agit surtout depuis trois ans, même si malgré son jeune âge il y a des années qu'il a épousé ces idées. Il a réussi à traverser le Rhône alors que trois agents de la police secrète le serraient de près. Ce qui veut dire qu'il est habile. Il est passé par Saint-Rémy où il a rencontré une des têtes républicaines : René Santel...

— Je connais ! » le coupa Lombardi, puis devant l'air interrogateur de son adjoint, il compléta : « De réputation. On prétend que c'est un homme remarquable.

— C'est aussi ce qu'on m'a dit. Ce qui est ennuyeux, c'est que depuis Saint-Rémy, Florent Barthe a disparu de la circulation. Volatilisé !

— C'est fâcheux, en effet, opina Lombardi ironiquement. Alors il faut attendre que ce type me saute dessus pour réagir ? »

Kurt écarta les bras. Sa qualité principale aux yeux de son patron était la franchise. « Je le crains, monsieur, répondit-il. Nous devons nous organiser en fonction de ça.

— Qu'est-ce que vous proposez, Kurt ?

— Si vous êtes d'accord, on va d'abord placer deux ou trois hommes sûrs autour de la propriété. Ensuite, je ne vous quitte plus. Un peu à distance, mais toujours là. Et je continue mon enquête. À la vérité elle est déjà lancée. J'ai demandé qu'on me fournisse des renseignements sur les parents éventuels de ce garçon. On ne sait jamais, c'est peut-être un moyen d'avoir barre sur lui. Ou pas.

— Ou pas ! répéta Lombardi. Vous savez que je déteste l'incertitude. Vous n'y êtes pour rien. Vous faites le maximum, j'en suis convaincu. Reconnaissez cependant qu'il est désagréable de savoir que quelqu'un veut vous nuire et d'ignorer à la fois ses mobiles exacts et surtout ses moyens d'action. Enfin...

on va faire comme vous avez prévu. En dehors de ça, qu'est-ce que nous avons ce matin ?

– Le postillon du courrier de la vallée de l'Ouvèze a détourné plusieurs rouleaux de draps destinés à un tailleur de Digne.

– Vous l'avez limogé, bien sûr ?

– Bien sûr ! Et j'ai donné des consignes pour qu'il se souvienne qu'il ne fait pas bon s'en prendre à vos affaires. Plus exactement pour que *tout le monde* sache qu'on ne le fait pas impunément.

– Bien, Kurt, très bien. Quoi d'autre ?

– Votre notaire vous demande de passer pour la donation de l'appartement à mademoiselle Léopoldine.

– Il fixe une date ? »

Le secrétaire eut un sourire fin. « Oh non, monsieur. Il se tient "à votre entière disposition", selon ses propres termes.

– Demain matin onze heures.

– Bien, monsieur. Pour le reste...

– Vous vous en occupez vous-même. Je suis un peu las. Mais avant de me reposer j'ai envie d'aller faire un tour à notre nouvelle oliveraie.

– Alors je vous accompagne. »

Devant l'air un peu surpris de Lombardi, il ajouta : « N'oubliez pas qu'à partir de maintenant je ne vous quitte plus. »

Lombardi sourit. « Faites sortir la jardinière. Vous mènerez vous-même le cheval. J'aime cette voiture, elle me donne le sentiment d'être vraiment un propriétaire terrien. »

Tout en disant cela il pensait à part lui que c'était faux. Il avait beau dépenser des sommes considérables, cela ne suffisait pas à faire de lui un de ces personnages qu'il enviait tant : les héritiers des grands domaines entrés dans leurs familles depuis des générations et qui menaient sur leurs terres une vie patriarcale conférant assise et lustre, choses dont Lombardi manquait ; il le savait et le regrettait, mais il avait assez de lucidité pour ne pas y attacher trop d'importance et simplement regretter l'espèce de justification que constituait pour ces gens la possession ancestrale des grands terroirs, de leurs oliviers, leurs blés, leurs forêts.

Pendant que Kurt allait faire préparer la jardinière, il laissa son regard errer dans le bureau. De cette maison non plus il n'avait pas hérité. Et même s'il l'aimait il n'était pas dupe : il n'était vraiment propriétaire que de ce qu'il avait conservé dans cette pièce et encore... Qu'emporterait-il s'il lui fallait lever le camp ? Rien sans doute, en dehors du portrait de sa mère. Il se rendait compte malgré tout que ce *dénuement*, qu'il s'était forgé en lui-même malgré une fortune devant laquelle les autres bavaient d'envie, représentait une force considérable. Il lui donnait cette dureté implacable que s'appliquant à lui-même il pouvait sans états d'âme appliquer aux autres.

Kurt amenait la jardinière devant la terrasse. Lombardi sortit et examina le ciel toujours aussi terne. Il était de plus en plus certain qu'il pleuvrait avant le soir. Il s'installa sur le petit banc à côté de son factotum. Ce dernier secoua les rênes et la voiture remonta vers les jardins et un splendide potager avant d'emprunter un petit chemin caillouteux en direction des oliviers dont on apercevait au loin les dernières plantations. Entre deux vergers de pommiers la voiture traversa une garrigue qui dégageait une forte odeur de sarriette. À ce moment Lombardi se tourna vers son secrétaire. « Kurt, faites-moi penser à vous parler d'un problème que j'ai. Ça concerne Claudia, ma femme. »

Le secrétaire ne répondit pas. Le ton qu'avait employé son patron indiquait qu'il n'attendait aucune réponse. Il opina de la tête. Ils étaient arrivés devant les jeunes plants d'oliviers. Il y en avait au moins deux cents qu'on avait alignés dans un immense carré de terre. Celui-ci avait été entièrement dépierré et les lauzes, encore incrustées de terre rouge, avaient été entassées en murettes sèches. Déjà on avait débroussaillé un nouvel espace et dessouché des petits chênes qui couvraient les pentes à cet endroit. Cet hiver on dépierrerait aussi ce coin et l'an prochain Lombardi ferait planter encore deux cents oliviers qui lui donneraient peut-être, comme ceux-là ce matin, le sentiment d'exister un peu.

# 6

Le ciel devint blanc tout à coup. C'était l'aube. Elle explosa comme un jour d'été. Une grande séparation s'était faite dans le ciel en avant du chemin. Vers l'est, les Alpes, Sisteron, il était occupé par les nuages. Ramassés, roulés en boule, ils formaient une barrière gris sombre. Au-dessus de Florent et dans les autres directions, le ciel était libre. Un jour d'été. Le blanc dura peu. Il se teinta de filaments rose orangé. En dessous le ciel était bleu. Pendant un moment ce ciel blanc avait paru se fondre avec le plateau, blanc lui aussi. Maintenant on distinguait bien les deux : le ciel et le plateau. Le chemin filait à travers les pierres. De chaque côté se serraient des petites garrigues envahies de lavandes. Elles sentaient fort. De loin en loin des murs en pierres délimitaient des champs, des éteules à seigle brunâtres et barbelées de ronces. Des petits chênes blancs poussaient en désordre. Ils paraissaient très sombres et même noirs. Sur la droite de Florent se dressait une montagne massive, sombre, aplatie. Ce n'était pas les Alpes mais Lure. Ses flancs étaient couverts de forêts. Au-delà il y avait Sisteron et le but de son voyage. Pour l'atteindre il allait devoir traverser tout cet espace. Et après, que ferait-il ? Il n'en avait aucune idée. Sa mission elle-même paraissait floue. Il avait beau y réfléchir, « faire peur à Lombardi » ne signifiait pas grand-chose, sauf à occulter dans l'immédiat ce qu'il devrait faire dans le cas où justement l'Italien n'aurait pas peur ! Florent n'était pas un naïf : alors il faudrait agir autrement. Le bien-fondé de tout cela n'avait pas à être discuté. Si ceux qui dirigeaient les républicains l'avaient choisi et lui avaient fixé un but, cela signifiait que ce but était juste. Pour Florent il était impératif que cela reste *un article de foi*. Accessoirement cela signifiait aussi qu'*ils* avaient confiance en lui. Non que cela le flatte, même s'il savait l'avoir méritée par tout ce qu'il avait déjà accompli pour la République, mais cette confiance lui donnait de l'assurance.

Avant un petit hameau qu'il apercevait en face, le chemin, plus large à cet endroit et couturé d'ornières, descendait dans une combe au fond de laquelle on entendait couler des eaux. Il y faisait très froid et, après une montée un peu raide, Florent fut heureux de retrouver le plateau avec les maisons du hameau piquées dessus. Des fumées montaient droit des toits de tuiles ocre. On entendait des coups sourds et répétés. Florent imagina une forge. Devant la troisième maison – les deux premières paraissaient inoccupées – une femme le regardait arriver. Dès qu'il fut à moins de vingt mètres elle posa la seille de bois qu'elle tenait et rentra précipitamment chez elle en claquant sa porte. Deux secondes après, Florent vit qu'elle tirait en arrière une gamine d'une dizaine d'années qui le regardait elle aussi derrière une vitre, puis elle rabattit le rideau brutalement.

Il n'était guère surpris de ce comportement. En décembre, celui qui venait d'en bas vers ces solitudes pouvait être le diable. Les gens avaient l'habitude de certains passages. Ceux-ci avaient lieu à jour fixe et même à heure fixe. La poste, les malles, les fardiers, les voitures de négociants, on connaissait tout cela et aussi les gens qui les menaient. Avec eux on savait où on allait. Mais un cavalier ! D'abord il n'était peut-être pas seul, d'autres pouvaient suivre ; et si on s'était laissé endormir par la bonne mine du premier, comment se défendre ? De toute façon, on n'attendait rien ni personne. La vie ici était trop étriquée, limitée à cette combe d'où Florent venait de sortir et au plateau alentour sur une lieue, deux au maximum. La foire du bourg une fois par an, c'était alors le bout du monde. Et puis chacun gardait ses raisons personnelles d'avoir peur ou non. Pour preuve, quand il arriva devant la maison suivante, une autre femme, qui étendait un linge très gris et dont les cheveux presque rouges flottaient dénoués, ne parut aucunement craindre son passage et continua paisiblement sa besogne. Il trouva cela rassurant et sourit tout seul. En fait il se sentait bien. Dans ce matin clair, l'air doux et léger des hauteurs procurait une impression de légèreté.

Tout au bout du hameau, le chemin traversait sur un pont de bois un ruisseau pratiquement à sec. Après avoir franchi cette étendue de caillasses finement broyées, Florent vit une auberge minuscule qui se dressait au bord de la route. Une longue construction basse en pierres rousses dont certaines brillaient comme du mica sous le soleil qui avait émergé des montagnes et s'élevait peu à peu face à Florent, au milieu du plateau. Le toit, contrairement à ceux du hameau, était couvert de lauzes jaunes de lichens ; il donnait à l'ensemble une allure montagnarde. Derrière les fenêtres vitrées de tout petits carreaux sertis de plomb, on distinguait des rideaux en vichy rouge.

Une enseigne était pendue à un bras sur le pignon. Florent lut l'inscription : AUBERGE DE LA ROUTE. Il n'y avait personne à l'extérieur mais dans une sorte de corral aménagé sur le côté gauche on voyait deux chevaux de selle et un âne gris. Les chevaux portaient encore la sueur d'une course récente. Une voiture dételée était garée sur le côté droit. À en juger par la boue qui n'avait pas eu le temps de sécher complètement, on pouvait deviner qu'elle avait roulé pendant la nuit sur des routes mouillées. Son cheval était à la longe près d'elle. C'était un demi-sang pommelé qui avait été bouchonné et mastiquait tranquillement une botte de fourrage à travers un râtelier en bois.

Il n'avait fallu que quelques secondes à Florent pour tout voir et l'enregistrer. Il se dirigea vers l'enclos, mit pied à terre et attacha le cheval à un anneau. L'alezan jeta un coup d'œil dédaigneux aux deux autres qui lui faisaient une sorte de fête derrière leur grille. L'âne, quant à lui, salua l'arrivant par un long braiment qui se répercuta à travers le plateau. Florent se dit que les gens de l'auberge n'avaient nul besoin de chien de garde.

Comme il avançait vers la bâtisse il crut voir derrière le reflet du soleil sur une vitre un rideau soulevé puis rabattu presque aussitôt. Le visage entraperçu était doté d'un nez énorme. Il était normal qu'on surveille les voyageurs, cela ne tirait pas à conséquence. Florent alla jusqu'à la porte, passa soigneusement ses bottes, pourtant propres, au décrottoir fixé près du seuil et, abaissant le bec-de-cane, il entra.

Après le grand jour du plateau, il fut frappé par la pénombre qui régnait à l'intérieur. Un feu de bois éclairait un des côtés de la salle qui, fort longue, allait se perdre à l'autre bout dans une quasi-obscurité. Il lui fallut quelques secondes pour accommoder. Au contraire de la fraîcheur piquante de l'extérieur il faisait là presque chaud. Des tables et des chaises occupaient le côté opposé à la cheminée. Près de l'entrée un homme – l'aubergiste à voir son tablier d'une propreté douteuse – se tenait derrière une espèce de comptoir en pin blond. Son gros nez rouge le rendait facilement repérable. Il fixa Florent et répondit comme à regret par une inclination de la tête à son salut.

Deux hommes étaient assis à une table proche du feu. Tous deux du même âge que Florent, ils portaient des vestes de berger en peau de mouton retournée et des pantalons housards en toile grise. Mais leurs bottes de cheval n'étaient pas celles de bergers. Ils n'en avaient d'ailleurs ni l'allure bonhomme ni le regard paisible. Sur une chaise à côté d'eux étaient posées deux espèces de gibecières en cuir vert, très solides. De l'une dépassait la crosse d'un pistolet. S'apercevant que Florent l'avait remarquée, un des hommes au regard très noir et fort peu amical bascula vivement le rabat. Son compagnon sirotait tranquillement un petit verre d'eau-de-vie. Il avait l'air moins vif que son acolyte mais ne répondit pas davantage que lui au salut de Florent. Ce dernier avait suffisamment l'habitude de ces lieux isolés et des solitaires bourrus qui généralement les peuplaient pour ne pas s'en offusquer. Il s'approcha du comptoir, laissa tomber son sac à terre et prit un air aimable en disant : « Salut ! Quelle belle journée ! »

Un grondement assez indistinct, peut-être une approbation, lui répondit. Il ne se laissa pas décourager et commanda du café. Gros-Nez remplit un bol en marseille fort beau avec une casserole posée sur un trépied au-dessus des cendres chaudes de la cheminée. Florent demanda : « Ajoutez-y, je vous prie, une rasade de trois-six. Belle matinée mais le temps est frais.

– C'est décembre, mon bon monsieur », répondit l'autre en le servant.

Ce fut du moins ce que Florent comprit au milieu des grognements ponctuant la réponse alors que, lui tournant le dos, l'aubergiste se mettait à astiquer des verres avec un torchon aussi douteux que son devantier.

À la table, les deux types qui discutaient entre eux quand Florent était entré se taisaient. Il régnait dans la salle un silence épais que venait rompre de temps en temps, outre les craquements du feu, le bourdonnement d'une abeille perdue dans la saison et qui se cognait régulièrement contre une vitre en bronzinant. Pendant que son café refroidissait Florent alla jusqu'à la fenêtre. Quand l'abeille revint se prendre dans le rideau il l'ouvrit et libéra l'insecte qui s'enfuit à tire-d'aile vers le plateau ensoleillé et sa colonie. Il constata en revenant au comptoir le regard de mépris de celui qui avait tout à l'heure refermé brutalement sa sacoche.

Tout à coup un rire éclata tout au fond de la salle dans la partie la plus sombre où Florent distinguait un couloir terminé par une fenêtre grise et les portes de plusieurs pièces qui devaient être les chambres de l'auberge. Le rire était très féminin. Il se répéta deux ou trois fois, puis une des portes s'ouvrit et une jeune femme traversa la salle et vint jusqu'au patron. Elle était plutôt belle mais assez vulgaire, ce qui gâtait sa beauté, d'autant que ses cheveux blondasses étaient tout défaits. Son corsage déboutonné laissait apercevoir une gorge ronde. Sa jupe rouge était froissée. Il ne fallait pas être grand clerc pour deviner ce qui se passait dans la chambre.

« *Il* demande que vous apportiez encore une bouteille de vin blanc. En attendant, servez-moi une fine. Il faut bien ça ! »

L'aubergiste, sur le visage duquel Florent eut la surprise de voir flotter un sourire, obtempéra et lui versa un petit verre d'une bouteille sans étiquette qu'il sortit de sous son comptoir en disant avec un clin d'œil : « C'est de "la bonne", mademoiselle. Vous m'en direz des nouvelles ! »

Elle vida le verre d'un trait, claqua la langue et dit : « Ça c'est vrai ! Une autre ! » Après avoir absorbé à la même vitesse le second verre, elle se retourna vers le fond en ajoutant, avec un gros soupir : « Quand faut y aller... » En passant près de la table des deux autres, elle décocha une œillade à l'un d'eux qui était joli garçon. Il ne broncha pas et la regarda comme s'il voyait à travers elle. Elle ne parut pas lui en tenir rigueur, sourit et haussa les épaules. Aussitôt qu'elle eut disparu dans la chambre, on entendit des rires et même quelques gloussements. L'aubergiste était allé dans une resserre proche de son comptoir. Il revint bientôt avec une bouteille de vin blanc bouché. Lorsqu'il passa devant Florent, celui-ci tenta de l'amadouer avec un sourire et un regard de connivence vers la bouteille. Bien en vain : Gros-Nez resta de marbre. Au moment où Florent, abandonnant ses amabilités, se retournait vers son bol de café, il vit que les deux types le regardaient avec insistance. Aussitôt après, il les entendit échanger quelques mots. Il ne put en saisir le sens mais eut l'impression fugitive qu'ils parlaient de lui. Tout ça restait vague, il l'oublia. Il s'estimait suffisamment loin de tout pour se croire à l'abri. Toutefois, deux précautions valant mieux qu'une, il prit soin, avant de partir après avoir payé son café, de demander à l'aubergiste la route de Saint-Saturnin-lès-Apt qui se trouvait à l'opposé de là où il allait. Il posa sa question de manière à être entendu de tous. Ensuite il salua. Les deux autres l'ignorèrent totalement. Gros-Nez grommela un ou deux mots indistincts certainement motivés par son sens du commerce.

Dehors, avec un certain soulagement après l'ambiance glauque et renfermée de l'Auberge de la Route, il retrouva le beau temps clair. Le ciel était d'un bleu encore plus prononcé. Le soleil posait sur le plateau une lumière légère qui paraissait blanche sur les cailloux éclatés. Les tuiles du hameau offraient à présent une teinte rose qui contrastait par sa douceur avec la sévérité un peu triste des pierres des murs. De l'auberge on voyait des jardins à l'arrière des maisons. Ils étaient gris, comme abandonnés à eux-mêmes. Le contraste était encore plus saisissant entre le ciel et le plateau et ces habitations dépourvues de toute gaieté.

Le cheval n'avait pas bougé depuis qu'il l'avait laissé. Florent le prit par la bride et le mena jusqu'à un abreuvoir situé un peu plus haut dans la pente et couvert d'une mousse très verte. Le silence parfait qui régnait depuis qu'il était sorti était parfois brisé par un vent léger qui sifflait un peu dans les ormes dénudés en haut de l'auberge et venait ensuite rider la surface de l'abreuvoir. Le temps paraissait comme suspendu.

Brusquement une porte claqua. Les deux hommes sortirent de l'auberge. Florent fit semblant d'être occupé à raccourcir la bride de l'alezan et les regarda. Ils marchèrent jusqu'à une clôture en troncs équarris où ils prirent deux selles qui y étaient posées. Puis ils allèrent vers leurs chevaux. Ceux-ci n'avaient toujours pas été bouchonnés. C'était un mauvais point pour des cavaliers. Mais ces deux types ne devaient pas être du genre à faire dans la dentelle. Une fois les chevaux harnachés, ils sautèrent en selle. Gros-Nez était sorti sur le seuil. Quand les autres s'élancèrent sur la route de Sault, l'aubergiste les salua discrètement. Ces gens se connaissaient bien. Peut-être l'Auberge de la Route était-elle le point de chute d'une bande. Le pistolet dans la sacoche d'un des types prouvait que leurs activités n'avaient sûrement rien de paisible : les voyageurs de commerce, par exemple, se promènent sans arme ! Souvent les tenanciers achetaient leur propre sécurité par l'accueil et l'abri qu'ils procuraient en fermant les yeux sur les activités. Quelles étaient celles des deux types qui filaient ? Peut-être cela le concernait-il car Florent remarqua qu'ils avaient de nouveau l'air de parler de lui en regardant dans sa direction tout en s'éloignant. Mais ce pouvait être aussi bien pure imagination de sa part... L'âne salua le départ de ses copains d'un long braiment triste.

Lorsque Florent partit à son tour, Gros-Nez était rentré à l'intérieur. Une fois à cheval il nota que la femme qui avait fui au moment de son passage était revenue dans son jardin. Il prit lui aussi la route de Sault vers le nord-est. Ce n'était pas incompatible avec ce qu'il avait dit à l'aubergiste car à une demi-lieue du hameau un chemin prenait vers le sud la direction de Saint-Saturnin-lès-Apt. Il s'assura qu'on ne pouvait plus le voir de l'auberge qui avait déjà complètement disparu derrière la courbure du plateau.

Il devait être environ dix heures d'après la position du soleil. Le chemin filait maintenant tout droit dans la caillasse. Florent retrouva avec plaisir l'odeur de lavande. Elle semblait sourdre des pierres elles-mêmes sur lesquelles le soleil tapait comme en plein midi. Sans le vent qui de temps en temps soufflait de face, on aurait pu croire que l'été s'attardait encore. Toutefois les silhouettes nues de quelques arbres égarés sur le plateau et surtout les teintes sombres du ciel vers les Alpes parlaient davantage d'automne, peut-être déjà d'hiver.

Il chemina ainsi pendant près de deux heures. Il n'était pas loin de midi quand il aperçut Sault.

À plusieurs reprises il avait essayé de repérer les deux zèbres qui en principe le précédaient sur la même route. Il était aussi possible qu'ils aient pris la direction de Saint-Saturnin. Pour éviter de leur tomber dessus, Florent s'était efforcé de garder le cheval au pas presque tout le temps. Avant d'entrer dans Sault il entendit un roulement derrière lui. Il eut juste le temps de se rabattre sur une petite esplanade que déjà la voiture qu'il avait vue à l'auberge arrivait à toute allure, tirée par le demi-sang pommelé.

Celui qui tenait les guides était un type massif, grand et très sanguin. Vêtu d'un manteau de voyage en tweed et portant une casquette à oreilles en peau de lapin, il paraissait tout à son affaire en menant à fond de train cette voiture au demeurant très élégante. Il mâchouillait un bout de cigare et roulait les yeux dans une sorte de joie sauvage. La fille de l'auberge était assise sur le banc à côté de lui. Elle aussi donnait l'impression de fort s'amuser. Elle retenait d'une main un drôle de chapeau rose à rubans. Sa robe était retroussée sur ses jambes qu'on voyait jusqu'à mi-cuisses. Elle était fort bien faite. Au moment où ils passaient elle dit quelque chose à son compagnon en montrant Florent du doigt. Le gros homme hurla pour arrêter le cheval avant de serrer à mort le frein de la voiture. Puis il se retourna sur son siège et héla Florent.

« Hep ! Vous, là-bas ! »

Le jeune homme avait trouvé le spectacle drôle. Il s'avança sur la route. C'était son chemin, de toute façon. Une fois à la hauteur de la voiture, il remarqua que la fille avait toujours les cuisses à l'air et le regardait avec un sourire niais. Avant même de le saluer, le gros homme s'exclama : « Il paraît que vous étiez à l'auberge ? »

Florent répondit avec beaucoup de patience : « Bonjour ! »

L'autre ne releva pas l'allusion et attendit en mâchant toujours son cigare. La fille demanda à son tour : « Vous étiez bien à l'Auberge de la Route, tout à l'heure, n'est-ce pas ? Je vous ai aperçu près du comptoir.

– En effet, répondit Florent.

– Vous avez vu le vin que le type m'a apporté ? demanda l'homme au cigare.

– J'ai vu qu'il vous apportait une bouteille.

– Il a prétendu que c'était un grand cru ! Pour expliquer la note salée ! Vous avez bien vu que c'était un vin ordinaire, non ? Faut venir avec moi et je lui ferai rendre gorge !

– Laisse tomber ! s'exclama la fille. Ce malotru t'a fichu dehors, non ? Ça ne te suffit pas d'une fois ? Si tu y retournes, ça va mal aller.

– Non, pas cette fois ! J'ai un témoin, pas vrai ?

– Désolé, répondit Florent à qui il s'était adressé. Je ne sais absolument pas ce que vous a servi cet homme, et en plus je suis pressé. »

L'autre parut réfléchir. D'un côté, on le sentait bouillir d'envie de prendre sa revanche, par ailleurs il avait l'air de penser que ce serait difficile d'amener ce garçon à témoigner au sujet de la bouteille. Il dut conclure qu'il n'avait aucune chance et se borna à cracher devant lui au milieu de la route en jurant comme un charretier. Florent ne considéra pas son geste comme une insulte mais comme une simple manifestation de dépit.

Le type claqua les guides sur la croupe du demi-sang qui démarra comme une flèche.

La fille retenait d'une main sa coiffure, de l'autre le peu de sa robe encore abaissé sur ses jambes. Elle trouva le moyen de lancer à Florent une œillade qui ressemblait à s'y méprendre à celle destinée au gars de l'auberge. Le gros homme regardait fixement la route. Leur voiture fila à toute vitesse vers Sault en soulevant un nuage de poussière blanche. « Décidément, pensa Florent, tout le monde va dans la même direction ! » En fait, l'épisode l'avait plutôt amusé. Il fallait que cet homme fût bien naïf pour s'imaginer damer le pion à un vieux renard comme Gros-Nez.

Une demi-heure plus tard il entra dans Sault par le bas de la ville après avoir traversé un fort joli bois de chênes verts rempli de roucoulements de ramiers. Le soleil était au zénith et il faisait de plus en plus chaud. Il croisa bientôt une diligence quittant le bourg dans une explosion de coups de fouet, de cris de postillon et de claquements de fers. « C'est la malle pour Apt », pensa Florent. Il n'avait pas eu besoin de commander au cheval qui s'était écarté de lui-même en entendant le vacarme.

Il remonta la route qui traversait Sault. À cette heure et malgré le beau temps, il y avait peu de monde dehors, sauf autour de l'atelier d'un charron qui était en train de cercler de fer une grande roue de charrette à foin dans un nuage de fumée. Le spectacle avait attiré un groupe de vieux qui devaient manquer de distractions. Tous étaient à l'évidence de simples paysans. Cependant Florent était sur le qui-vive. Dans les grandes solitudes du plateau, il ne risquait pas grand-chose. On voyait arriver les gens de loin. Ici comme dans le moindre village, il pouvait faire une rencontre inopinée à n'importe quel moment. En plus, il ne serait pas évident alors de manœuvrer. Il n'oubliait pas non plus qu'il approchait du domaine de l'Italien. L'homme représentait une puissance suffisante pour se payer des observateurs aussi loin que Sault ou n'importe lequel des endroits que Florent allait traverser désormais.

Il laissa les autres autour du charron et remonta vers la place principale. Malgré le grand soleil et ses éclats d'or sur les pierres des maisons, on sentait dans l'air comme un rappel de la saison. Cela se voyait aux tas de bois entassés dans les bûchers, aux filets de fumée s'échappant des cheminées, bien sûr aux platanes dénudés de l'espèce de cours en terrasse que Florent suivait ou encore aux pelisses des hommes et aux fichus des femmes, serrés sur de petites figures déjà frileuses. Il n'avait nulle intention de s'attarder dans Sault et traversa la ville sans s'arrêter. Personne ne parut faire attention à lui. En passant devant l'auberge il ne vit pas les chevaux des deux cavaliers ni la voiture de l'homme au cigare. Ils avaient soit poursuivi leur route, soit pris une autre direction.

Après une statue de la Vierge installée sur un petit balcon au-dessus d'une vallée très noire, il sortit de Sault par une route qui repartait vers le nord-est à travers des forêts de chênes verdâtres au-delà desquelles flottait de nouveau la blancheur éclatante du plateau.

Il pataugea un moment dans des bois où à midi passé il faisait presque nuit malgré le soleil. On entendait couler beaucoup d'eau et il traversa plusieurs torrents sur des ponts. Le sous-bois obscur était tapissé de fougères naines brunâtres qui finissaient par allumer des sortes de rougeoiements dans ces cavernes. En plusieurs endroits le chemin mal entretenu était barré de fossés creusés par les orages d'été. À un moment s'ouvrit une grande clairière tapissée d'herbe jaunâtre. Au milieu, entre des champs minuscules et un potager, était bâtie une maison. Elle paraissait misérable. Trois enfants vêtus de guenilles étaient en train de jouer sur une aire boueuse quand il déboucha. Alertés par les bruits des fers du cheval sur les pierres du chemin, ils levèrent la tête et regardèrent Florent avec de grands yeux ; puis ils détalèrent pour aller se cacher dans un appentis en planches grises à côté d'un enclos où un gros cochon labourait du groin une boue très noire. Cette sauvagerie enfantine ne présageait rien de bon. Florent passa au large. Heureusement, après une demi-heure, il quitta ce quartier inhospitalier et déboucha en plein soleil sur l'immensité du plateau. Aussitôt l'air devint plus léger, la lumière plus fine. L'odeur de lavande était revenue. Elle se mélangeait à des senteurs qui évoquaient l'herbe tendre et qu'un vent faible mais têtu charriait depuis les grandes vallées dont Florent apercevait les taches floues au fin fond du plateau. Au nord-ouest et de plus en plus en arrière de sa route, se découpait la silhouette du Ventoux. En face, le ciel était toujours bouché au-dessus des Alpes.

Vers deux heures il parvint à un abreuvoir dans lequel coulait une source. Il marquait le carrefour entre la route et un chemin en mauvais état qui filait à droite à travers le plateau jusqu'à une bergerie. Il décida de s'arrêter pour manger. L'alezan plongea aussitôt le museau dans l'abreuvoir puis entreprit de ratiboiser un carré d'herbes longues qui avaient prospéré sous le déversoir. Florent prit sa sacoche et s'assit à quelques mètres sur des rochers qui dépassaient d'une terre rouge et très sèche.

Tout en mangeant une partie des provisions emportées de Lavon, il passa là un long moment. Après avoir pensé à Mijane, à sa mère, à la peine qu'il avait dû leur causer en partant si vite, après avoir envisagé froidement ce qui l'attendait et dont à la vérité il savait peu de chose, après avoir réfléchi, supputé, planifié, il se rendit compte à temps que cela ne servait à rien.

Dès lors, tout devint plus facile et il connut un grand moment de joie au milieu de cette étendue de pierres éclatées et de terre, ponctuée de chardons et de pieds gris de lavande. Il retrouva le goût du vent qu'il avait perdu, la chaleur du soleil sur sa peau. Le silence extraordinaire qui régnait à cet endroit fut rompu à un moment par une troupe de corbeaux qui disparurent vers le nord très vite, comme pressés.

Une fois son repas fini, il s'était à moitié allongé, le dos calé par les pierres. Le soleil le réchauffait et rougissait ses paupières quand il les fermait. Avec, toujours présentes, cette odeur de lavande et la paix, le silence, le monde paraissait immobile. Ce moment Florent l'aurait voulu éternel ou du moins s'étirant indéfiniment. Cela était impossible, rien ne durait. C'était avec cette absence-là qu'il fallait vivre, parvenir à vivre, continuer à vivre. Elle faisait le prix de chaque instant qui devenait une éternité à lui tout seul. Florent s'embarrassait un peu dans la formulation de ce qu'il ressentait. Il ferma les yeux, cela suffit à tout clarifier : il n'y avait rien à penser, encore moins à dire. Il suffisait de cette chaleur, de cette lumière rouge, de la lavande. Le monde entier était à portée de main. À la fin il s'endormit.

Il se réveilla vers trois heures. Le monde avait changé. Au-dessus du plateau le ciel s'était rempli de grosses nuées violettes et grises. Il restait juste une bande bleue vers l'ouest. L'horizon était noyé de brume sur la montagne de Lure où Florent estima qu'il devait pleuvoir beaucoup. Avec la disparition du soleil l'hiver avait repris tous ses droits. Le vent qui tout à l'heure ne parlait que de douceur avait gagné de l'ampleur. Il rabotait les surfaces rêches de la terre en sifflant entre les genévriers. Il apportait toujours l'odeur de lavande mêlée à celle de la pluie. Le cheval avait depuis longtemps cessé de brouter. Il se tenait maintenant les yeux mi-clos, tête baissée et tournée contre le vent. Florent marcha un peu pour se dégourdir les jambes. Il fut frappé de voir comment le monde si beau et si gai un peu plus tôt avait pris désormais une teinte grise et délavée. Le ciel éteignait toute couleur sur des lieues à la ronde. Cela apportait une note de tristesse mais aussi une certaine suavité où s'estompaient l'âpreté des pierres et la solitude des lointains. Il régnait dans tout le paysage une grande mélancolie. Pour ne pas y céder Florent monta à cheval et reprit sa route.

Bientôt le vent forcit. Quelques rafales déboulèrent des crêtes qu'on apercevait plein nord. Elles vinrent écumer le plateau d'où elles arrachèrent de grosses touffes sèches de chardons et d'immortelles avant de les rouler et de les traîner vers les combes. Au moment où Florent traversait un petit bois de fayards tout jaunes le vent se mit à siffler violemment en ployant les branches et en emportant d'épais paquets de feuilles brunes. Il aperçut une tache rouge qui bougeait. Elle paraissait flamboyante sur les couleurs de la morte-saison. C'était un renard. Lorsqu'il sortit du bois il le vit s'enfuir vers le sud. Il paraissait glisser entre les pierres. Ce fut la seule présence qu'il détecta pendant longtemps, en dehors de nouveaux vols de choucas qui descendaient des sommets ou y remontaient.

Vers quatre heures le chemin commença de tourner entre des blocs clairs couverts de mousses roses. Puis il changea à nouveau de direction et longea deux ou trois champs en friches où proliféraient des sortes de ronces très rases. En haut des champs on voyait les maisons ruinées d'un hameau ou d'une très grosse ferme abandonnée. Un peu au-dessus et ruinée elle aussi s'étalait une immense bergerie tout en longueur dont Florent apercevait les arcs en ogive entre les murs. Il n'y avait plus de toit et seulement quelques chicots de poutres encore coincés dans les pierres des piliers. Plus haut encore commençaient des bois de pins sombres tout agités de vent et qui résonnaient lugubrement comme des tambours de bronze. Il se dégageait de cet endroit une impression d'abandon, presque de désespoir, à laquelle participaient pour beaucoup les épaves de deux charrettes délavées par les intempéries et quelques lambeaux de rideaux qui pendaient à des fenêtres, là où avait vécu le dernier occupant des lieux. « Est-il mort ou s'est-il enfui de ce lieu inhospitalier ? » se demanda Florent qui passait au-dessous du hameau fantôme.

Peu après, le chemin redescendait dans une combe, tournait avant de passer derrière une falaise étroite suffisamment haute pour masquer les ruines. Puis il traversait une immense éteule qui s'étendait de chaque côté d'un grand bâtiment. Une fumée claire qui montait avant d'être déchiquetée par le vent apporta à Florent un réconfort considérable, bien qu'il n'ait aucune intention d'aller voir qui habitait là. La seule présence de ce signe de vie domestique agit sur lui comme un baume au cœur. Il reprit espoir et se mit à siffler alors que le chemin filait vers le plateau de nouveau dégagé.

Florent parcourut très vite les quatre lieues qui le séparaient du Revest-du-Bion dont il aperçut les premières maisons dans le lointain vers cinq heures.

Il y entra en même temps qu'une voiture bâchée arrivée peu avant sur une route venant de quartiers éloignés perdus dans la grisaille. Elle était conduite par un homme en blouse portant des rouflaquettes énormes et une casquette de débardeur. Il tenait un fouet dont il jouait avec art. Sous la bâche qui ballottait au vent Florent vit qu'il transportait des sacs de grains. Les roues un peu voilées grinçaient affreusement. Les gens dans les rues se retournaient. Ce n'était pas entrer en ville discrètement que de se faire accompagner d'un bruit pareil. À la première occasion Florent dépassa la charrette et prit une rue assez large s'enfonçant vers le centre.

Le soir tombait à présent à toute vitesse. L'ombre gagnait les recoins et les places écartées. L'une après l'autre les lumières s'allumaient aux fenêtres. Le ciel n'était plus violet mais verdâtre, lacéré vers l'ouest de larges estafilades orangées, cachées parfois par de gros nuages grumeleux entassés comme des balles de paille. En traversant une placette il vit devant lui une femme pressée de rentrer chez elle, elle courait presque. Dans une rue voisine, une autre appela des enfants. Elle prononçait les prénoms avec le ton suppliant des mères inquiètes. Quelques rues plus loin un chien hurla. Un autre puis un autre puis une kyrielle lui répondirent. Un homme gueula. Les chiens se turent. Le vent redoubla. Des volets claquèrent. Une cloche sonna. Il était six heures.

Florent crut entendre le tonnerre dans le haut de la ville. Il se trompait, ce n'était qu'une charrette : un grand fardier vide tiré par quatre énormes chevaux qui hennissaient crinières au vent. Il descendit la grand-rue à un train d'enfer, passa un mètre devant l'alezan, puis fila à la même vitesse dans la direction d'où Florent était venu. Ce dernier se demanda ce qui poussait ainsi l'homme qui menait cet attelage. « Peut-être le diable ! » pensa-t-il en souriant. Ce n'était donc pas le tonnerre, même si le ciel décomposé n'annonçait pas le beau temps. Ça allait se gâter cette nuit, peut-être avant. Il n'avait pas envie de la passer à la belle étoile. Devait-il chercher un abri en dehors de la ville ? Ou prendre le risque de s'arrêter dans une auberge ?

Le vent qui soufflait de plus belle avait amené le froid avec lui. Florent pesa les risques un moment. Quand il avait fait halte le matin à l'Auberge de la Route il n'y avait pas grand monde dans ce quartier désolé. Mais ici, dans ce gros bourg à la croisée de nombreux chemins, c'était une autre histoire ! L'importance de l'endroit impliquait au moins la présence d'un informateur de la police. Et puis, bien qu'étant à des lieues de Sisteron, il se trouvait sur les marges du territoire de Lombardi. Sachant de quelle puissance il disposait, on pouvait imaginer que lui aussi avait un *correspondant* au Revest-du-Bion. Quel était le point de ralliement de ces hommes de l'ombre ? L'auberge, parbleu ! Toutefois il n'était pas le seul à courir les routes, et donc beaucoup moins repérable, par exemple, que le matin même au hameau. Enfin il avait très envie d'une grosse assiette de soupe. Il se pencha vers l'oreille de l'alezan, son unique ami ici, et lui dit : « Advienne que pourra ! De la soupe et du foin frais, voilà ce qu'il nous faut ! » Le cheval secoua la tête et avança d'un pas vif dès qu'il lâcha les rênes. Il était à peu près au milieu du bourg. Il découvrit une place assez vaste avec des ormeaux énormes qui portaient encore des feuilles sur leurs branches basses. Au fond de la place où toutes les maisons avaient allumé les lampes, une lueur rouge venait d'une auberge. « Quand je te parlais de soupe... », dit encore Florent au cheval en sentant la bonne odeur de cuisine que le vent rabattait de la cheminée de l'établissement.

Florent se dirigea vers l'écurie et mit pied à terre dans le carré de lumière d'une lampe Paterson devant la porte ouverte. L'écurie était vaste et propre. Il y faisait bien meilleur que dans la rue. Un valet entre deux âges et très obséquieux vint aux nouvelles. Il tendit la main pour prendre les rênes. Florent les garda et demanda d'un ton sec : « Tu as du fourrage ?

– Du meilleur ! Avec de la luzerne ! s'exclama l'autre comme s'il parlait d'un trésor.

– Et de l'avoine ?

– Oui, mais faut la payer. L'avoine c'est cher...

– Pas pour moi ! le coupa Florent.

– Dans ce cas, dit le valet en se courbant presque à toucher terre, monsieur peut être tranquille. Son cheval aura tout ce qu'il lui faut.

– Ce n'est pas assez, mon gars. Il faut que tu t'en occupes personnellement et que tu me le surveilles comme le lait sur le feu. »

Tout en parlant, il avait sorti une pièce d'argent de son gousset et la faisait tinter sur le pilier en pierre de la porte de l'écurie. Le valet hypnotisé fixait la pièce avec cupidité. Il dit lentement : « Pour ce prix-là, je le cajole comme mon propre fils !

– C'est exactement ce que je voulais entendre ! dit Florent en lançant au bonhomme la pièce dont il se saisit avec beaucoup d'adresse. Est-ce que la soupe de la maison est bonne ?

– La meilleure de la région, assura le valet.

– On va voir ça », dit Florent en lui tendant les rênes du cheval et avant d'ajouter : « Tu auras une autre pièce demain matin si je suis content de toi. »

Les yeux de l'autre brillèrent de convoitise. Il poussa l'hypocrisie jusqu'à caresser aimablement l'encolure de l'alezan. Tout en allant vers l'auberge, Florent lui lança : « N'en fais pas trop ! Contente-toi du meilleur pour lui. »

Il fit le tour du bâtiment et aperçut par une fenêtre l'intérieur d'une immense salle au fond de laquelle flambait un feu dans une cheminée gigantesque. Ceci expliquait la lueur rouge qu'il avait remarquée en arrivant. Tout un bataillon de servantes s'affairait autour d'un groupe de voyageurs débarqués de la diligence d'où l'on déchargeait les bagages et qui était arrivée pendant qu'il était à l'écurie. Florent se demanda d'où venait cette voiture. Sûrement pas de Sault, sinon il l'aurait vue sur la route du plateau.

Il risquait gros... Mais l'odeur de soupe et la chaleur qui s'échappait par une fenêtre laissée ouverte abattirent ses dernières réticences. Il s'assura discrètement de la présence de ses pistolets dans la sacoche qu'il avait jetée sur son épaule et d'un pas décidé entra dans l'auberge. Une bouffée chaude très agréable lui sauta au visage. Il traversa le groupe des voyageurs qui avaient l'air d'avoir du mal à se remettre des cahots de la route. Ils ôtaient leurs manteaux avec lenteur, aidés par les servantes dont plusieurs avaient les yeux pétillant d'effronterie et se moquaient de ces bourgeois empotés et plutôt ridicules à la fin. Se doutant que tout ce monde allait s'agglutiner autour du feu, Florent choisit une place un peu à l'écart bien que proche de la cheminée. Il ressentit vite un bien-être extraordinaire. Il allongea les jambes sans vergogne et contempla une énorme marmite pendue à la crémaillère. Une vapeur appétissante s'en échappait. Le feu posait des taches rouges sur les pots, les chaudrons en cuivre et les lampes, toutes allumées, qui faisaient voleter un peu de fumée bleue vers le plafond constitué de larges planches portées par des chevrons noircis.

Une servante, jeune, rousse et pas très jolie mais propre comme un sou neuf, vint s'enquérir de ce qu'il voulait. Il commanda en plus de la soupe une part de ragoût de mouton dont la jeune fille lui vanta les mérites. En attendant qu'on le serve, il se laissa aller à la douceur de vivre tout en examinant les nouveaux arrivants. Les occupants de la diligence avaient pour la plupart disparu dans les étages où se trouvaient les chambres. Des valets portaient d'ailleurs leurs malles vers les escaliers. Florent se demanda pourquoi ils avaient besoin de tant de choses pour voyager. Tout le monde s'encombrait plus ou moins dans la vie. Contre cela il fallait être vigilant car le pli se prenait vite. Quelques personnes étaient déjà installées aux tables, des couples peu nombreux et des hommes seuls, pour la plupart sans doute des voyageurs de commerce. Parmi tous ces gens, il ne remarqua aucune figure suspecte, pour autant du moins qu'il pût en juger... Pendant qu'il essayait de se rassurer à bon compte, une autre voiture arriva dans la cour et dégorgea un nouveau groupe de voyageurs : c'était la copie conforme des précédents. Il nota toutefois parmi ceux-là la présence de quatre ou cinq jolies femmes. Elles et leurs compagnons disparurent rapidement à l'étage comme les autres.

La fille servit la soupe. Florent était affamé. Il se régala et, la dernière bouchée avalée, commanda une nouvelle assiettée. Il ingurgita la deuxième portion avec le même appétit. Il attendait que la rousse apporte le ragoût quand par la fenêtre donnant sur la cour où se produisait tout un mouvement de voitures, il aperçut deux silhouettes à cheval qu'il reconnut à la lueur des grandes lanternes allumées au-dessus de l'esplanade des diligences. C'étaient les deux individus de l'Auberge de la Route et ils n'étaient pas seuls. Deux autres, bâtis sur le même modèle et vêtus de façon identique, les accompagnaient. Quand la servante posa le ragoût, elle fut sans doute étonnée par la mine de Florent mais, malgré son jeune âge, elle avait dû en voir d'autres... Elle se contenta de poser son assiette et s'en alla sans davantage s'intéresser à ce jeune homme qui lui plaisait pourtant bien. Lui ne la vit même pas. Il avait noté l'extrême habileté à cheval des nouveaux arrivants, la façon dont ils avaient viré court juste après l'entrée de l'esplanade des voitures. Ce n'était pas n'importe qui. Après une première réaction de méfiance, il se dit que rien chez eux ne semblait de nature à l'alerter. Comment depuis le matin auraient-ils eu le temps de prendre des ordres ? Et où ? Il commençait à se rassurer. Trois de ces hommes étaient descendus de cheval et avaient passé leurs rênes au quatrième resté en selle. Florent nota aussi l'obéissance des bêtes. Tous trois se dirigèrent vers l'auberge. Il y eut à ce moment du brouhaha dans l'entrée. Des couples qui parlaient fort descendirent des chambres et allèrent vers la salle au moment où les autres entraient. Malgré l'agitation Florent put voir qu'ils regardaient autour d'eux, comme s'ils cherchaient quelque chose ou quelqu'un. Aussitôt après, il remarqua le regard que l'un d'eux jetait sur lui. C'était le plus âgé des deux hommes de l'Auberge de la Route. Et il vit aussi que l'autre l'avait reconnu, même s'il détourna les yeux très ostensiblement. Immédiatement après, il adressa quelques mots au plus jeune qui eut le mauvais réflexe de tourner la tête vers Florent. Pour ce dernier, cela suffisait... Il regretta fugitivement l'excellent ragoût de la rousse mais, sans tarder davantage, il se leva et fila du pas le plus calme qu'il put vers une petite porte de l'autre côté de la cheminée. Tout en partant il vit que les trois hommes étaient bloqués par les groupes de voyageurs gagnant les tables. C'était la chance de Florent. Il fit une courte prière pour que la porte soit ouverte. Elle l'était. Il se retrouva dans une remise. Il eut l'esprit de pousser un coffre devant la porte, ne s'attarda pas et sortit par une nouvelle porte qui cette fois ouvrait vers l'extérieur juste à côté de l'écurie. Il entra dans celle-ci, se précipita vers sa selle que le valet avait soigneusement posée sur un chevalet et même astiquée. Puis il courut vers la stalle où l'autre avait placé l'alezan. Celui-ci hennit gentiment en le voyant. Florent l'harnacha à toute vitesse. Puis il sauta en selle au moment où le valet stupéfait sortait de sa soupente en disant : « Et ma pièce ? »

Florent la lui lança.

« Pour ce prix indique-leur la direction opposée à celle que je vais prendre. »

Il y avait une chance infime que le type, reconnaissant pour un pourboire hors de proportion avec le service rendu, fasse ce qu'il lui demandait. Dans le cas contraire, il se comporterait comme tout le monde et le trahirait sans remords, par crainte ou lâcheté.

Quittant l'écurie il vit l'un des trois hommes sortir par la porte de la resserre. Les deux autres avaient rejoint le gardien des chevaux et montaient déjà en selle. Florent lança l'alezan à travers la cour, ce n'était plus la peine de finasser. Il fallait les semer. Car il était évident qu'ils en avaient après lui. En effet, sans attendre le quatrième qui courait pour rejoindre son cheval, ils s'élancèrent aussitôt derrière Florent dès qu'il atteignit la route.

La nuit était très noire maintenant. Un peu plus bas on avait allumé l'éclairage public qui illuminait une sorte de mail et une place. Le vent secouait comme un diable les branches des ormes. Le ciel était bouché, sans étoiles. Après l'écurie il avait pris une rue sombre mais au fin fond de laquelle on apercevait une grande lueur. Le pas de l'alezan était vif et très sûr malgré le pavage inégal. Au bout de la rue Florent vit un renfoncement assez vaste devant un atelier. Un menuisier avait entassé ses rebuts et fait un feu à l'origine de la lueur. Il entendit assez loin en arrière un bruit de galopade. Après la rue un petit chemin longeait des jardins.

Il pensa s'être tiré d'affaire. Il descendit franchement à travers les potagers. Brutalement l'alezan vint buter sur une haute clôture. Quelques mètres plus loin de l'eau coulait. Le passage paraissait fermé. Il n'y voyait goutte et devait entièrement se fier au cheval qui fit d'ailleurs demi-tour de lui-même et remonta le petit chemin jusqu'à la rue. Là on y voyait de nouveau un peu mieux à cause du feu du menuisier. Florent prit sur la gauche une venelle étroite crénelée de recoins très obscurs qui grimpait vers le haut du bourg. Le bruit de galop avait cessé, cédant la place à un roulement, tout proche. Il allait dépasser le croisement avec une autre rue à l'angle de laquelle était pendue une lanterne publique lorsqu'il vit avancer une voiture découverte. Avant qu'il ait pu réaliser, il entendit une voix calme : « Je pensais bien que vous finiriez par passer ici. Je l'avais dit à Pierrette. »

Florent reconnut la femme de l'Auberge de la Route et son compagnon « de débauche » qui venait de parler et regardait Florent d'un air paisible. La jeune femme n'avait plus du tout l'allure et les manières vulgaires du matin.

« Qui êtes-vous ? demanda Florent.
– Qu'importe ? Pensez : "Un de mes amis", cela suffira. Ce qui compte c'est le conseil que je vous donne : ne redescendez pas vers là-bas. Ils doivent s'imaginer que vous allez prendre la route de Banon. Damez-leur le pion ! Allez vers Saint-André mais coupez à deux lieues d'ici, vers Redortiers. »

Florent balança un moment. Ce qui le décida à suivre le conseil fut la totale métamorphose de ces deux personnages. Et puis, sinon à eux, à qui ou quoi se fier dans cet endroit qu'il ne connaissait pas, avec cette nuit épaisse.

« Je vais suivre votre conseil, dit-il, si vous voulez

bien m'indiquer la direction de ce Saint-André dont vous venez de me parler. Mais j'y mets une condition : dites-moi pourquoi vous m'aidez.

— À ceci je répondrai par un nom : Santel, rétorqua l'homme. Quant à la première question, la route de Saint-André démarre à cent mètres d'ici après cette autre lanterne, la jaune. Surtout : une fois sur la route du plateau, souvenez-vous de couper sur la droite à deux lieues environ. Il y a une grosse croix. »

Une chouette hulula dans un orme puis s'envola à grands claquements d'ailes. L'alezan battit des oreilles.

« Je vous remercie, monsieur, dit Florent, et remerciez aussi René Santel si vous le voyez avant moi.

— C'est probable : je vous sers d'ange gardien mais jusqu'ici seulement. Demain je rentre à Saint-Rémy. Avant que vous partiez, encore un mot : en ce moment l'endroit où vous allez est en ébullition et chez Lombardi on vous attend comme un ambassadeur. Méfiez-vous !

— Je ne fais que ça ! » s'exclama Florent avant de pousser le cheval en disant : « Madame, monsieur ! »

Quand il se retourna, dix mètres plus loin, il vit que l'homme avait fait pivoter la voiture vers la descente. Si les autres arrivaient par là, ils ne pourraient pas passer. Comme il continuait dans la direction que le type lui avait indiquée, il surplomba les rues d'où il venait et vit la grande lueur du feu de planches qui illuminait jusqu'aux toits. En dehors de cela et des lanternes, tout était éteint et obscur. Il atteignit le bout de la rue. Puis les maisons s'espacèrent. À la fin il se trouva à côté d'arbres dont la silhouette qu'il distinguait à peine évoquait celle d'amandiers. Bientôt s'étendit devant lui la grande trace blanche du chemin qui s'enfonçait à travers le plateau sous un timide clair d'étoiles. Et à nouveau monta vers lui l'odeur de la lavande.

# 7

Le ciel s'était déchiré. Florent rencontra d'autres amandiers éclairés par une lune violente qui avait fait brutalement irruption au milieu des amas d'étoiles. Le vent soufflait plus fort qu'au Revest-du-Bion. Il cavalait sur le plateau où l'alezan avait galopé dès qu'on y avait vu plus clair une demi-heure après que Florent eut fui le bourg. Il se demanda où étaient passés les autres. Probablement, comme l'homme au cigare l'avait dit, vers Banon, donc vers le sud-est et la grand-route. Son conseil était judicieux : quitter le chemin pour couper à travers le plateau diminuait les risques. Quand les quatre types lancés au galop s'apercevraient que Florent n'était décidément pas sur la route de Banon, ils reviendraient vers Le Revest et sauraient quelle direction prendre. Mais alors Florent n'y serait plus... Sur le plateau et en pleine nuit, passez muscade !

Trois autres questions préoccupaient Florent. Primo : qui étaient ces gens et pour qui travaillaient-ils ? Lombardi probablement. Secundo : comment ces types avaient-ils su qu'il allait passer dans le secteur de l'Auberge de la Route ? Peut-être simplement par hasard. Tertio – et là il était beaucoup plus difficile de répondre –, comment avaient-ils reçu les ordres de l'intercepter au Revest-du-Bion ? Car c'était bien ce qui s'était passé et, sans la chance insolente qui ce soir avait été de son côté, ils auraient réussi ! La chance et l'homme à la voiture... au sujet duquel les questions n'étaient pas moins nombreuses. Il avait été impressionné par sa manière d'arriver pile au bon moment. Comment avait-il su, lui aussi ? Ces gens paraissaient tous se jouer du hasard et savoir à l'avance sur quelle case tomberaient les dés. En tout cas savoir où Florent allait passer et à quelle heure...

En fait, en y réfléchissant, ce n'était pas aussi surprenant. Santel avait écrit qu'il savait où il allait. Or depuis Lavon il n'y avait pas plus de trois ou quatre itinéraires possibles. Envoyer l'homme à la voiture sur le plus probable était facile. Ce que Santel avait su, d'autres avaient pu l'apprendre, à commencer par Lombardi. Mais là, *il y avait un os*, un détail qui avait son importance : par sa position René Santel pouvait connaître la mission exacte de Florent. Si Lombardi la connaissait aussi, cela signifiait de nouveau que quelqu'un avait trahi. Qui ? Cette question risquait un jour de devenir lancinante. Mais Florent avait d'autres soucis. Car maintenant, comment approcher Lombardi ? Si l'homme était vraiment au courant – et comment en douter avec ces types qui étaient venus le chercher et qui s'exposaient trop pour être des gens de la police ? –, cela signifiait qu'il serait difficile d'arriver jusqu'à lui et qu'il allait se montrer bien plus coriace que prévu.

Le vent avait de nouveau forci et entièrement lavé le ciel où des milliards d'étoiles formaient des rideaux de lumière. La lune trônait comme une reine sage au milieu d'un brasillement monstrueux. Sous cette lumière d'incendie, le plateau était blanc sur des lieues. Çà et là quelques ombres le piquetaient, des bergeries aplaties sur le sol, des amandiers isolés ou quelques bosquets semblables à de petites touffes noires. À un moment, loin vers le nord-ouest où il semblait que le ciel fût encore plus gorgé d'étoiles, il en vit une énorme et presque rouge qui clignotait. Mais elle était presque posée sur la terre et peu après Florent comprit que c'était la lampe d'une ferme. Devant elle il devait y avoir un arbre que les rafales couchaient, d'où le clignotement. Cette lumière lui parut tout à coup humaine et amicale dans la solitude minérale du plateau et sous ces étoiles infiniment lointaines. Il la regarda de nouveau, cela lui étreignait le cœur.

Il n'allait pas tarder à arriver à l'endroit où l'homme à la voiture lui avait conseillé de quitter la route. Il avait parlé d'une croix. L'alezan allait bon train mais la chaussée devenait mauvaise et Florent ralentit l'allure. Il y eut une descente légère. Le cheval trottait maintenant. Le chemin entra dans un bosquet de fayards au milieu desquels le vent faisait un remue-ménage incroyable. Tout le coin baignait dans une odeur de miel. Le bois était finalement assez étendu. Au milieu il faisait fort sombre, seul restait visible entre les arbres un ruban de ciel étoilé strictement découpé. Puis la route se redressa. À la place du miel l'air sentait maintenant l'herbe sèche. Au moment où il sortit du bois Florent vit qu'ils traversaient de grandes éteules bordées de murets en pierres. Loin au-dessus s'aplatissait sur la crête le bâtiment long et trapu d'une grande ferme. Mais celle-ci était obscure, il n'y avait pas de lampe ici, seules les étoiles faisaient un peu briller les toits.

Brusquement Florent vit la croix. Elle était effectivement blanche et posée à un carrefour où un chemin à peine visible quittait la route pour remonter vers la crête à peu de distance de la ferme et en suivant un mur de clôture. Pour Florent c'était l'heure du choix.

Soit il poursuivait dans la même direction, soit il faisait confiance au bonhomme et choisissait ce chemin qui allait se perdre Dieu savait où. Pourtant, ce que l'homme à la voiture avait dit était logique. Les autres viendraient le chercher sur cette route s'ils ne le trouvaient pas sur celle de Banon. Dès lors, avec quatre poursuivants décidés à ses trousses et un cheval qui n'avait pas eu le temps de récupérer, il n'aurait aucune chance. Prendre la tangente à cette croix permettait de s'évaporer dans la nature. D'après ses souvenirs il semblait bien qu'il puisse tout de même descendre dans la vallée du Jabron, par laquelle ensuite il comptait atteindre Sisteron, à un endroit qui s'appelait le Pas de Redortiers.

Ce qui emporta finalement sa décision fut la confiance. Le nom de Santel était pour lui comme un sésame.

Dès qu'ils eurent passé le mur et son abri, le vent vint leur cogner dessus avec une violence incroyable. Il était bruyant comme une meute et chargé de milliers d'odeurs – la lavande surtout, la pierre, de nouveau le miel des fayards et des fleurs et des herbes, l'odeur du grand large aussi et au fond de tout ça celle des vastes forêts du Var qu'il avait rabotées avant d'arriver là.

Après le muret la pente s'accentua. Le chemin longeait un fossé sur les bords duquel le cheval fit lever de grosses bouffées de menthe en les écrasant. On voyait aussi deux ou trois saules dont les branches nues ressemblaient à des baguettes d'or sous la lumière de plus en plus magnifique de la lune et des étoiles. La pente remontait au milieu des champs de la grosse ferme. En approchant et dans cette nuit magique, celle-ci paraissait considérable, monstrueusement grande. À un endroit où le chemin faisait une boucle comme pour s'en écarter, commençait une allée marquée par deux piliers et bordée d'amandiers noirs.

À cet instant une rafale charria un aboiement de chien. Il avait détecté leur venue bien qu'ils soient contre le vent. Une bête qui vivait dans de telles solitudes, avec pour mission de prévenir, développait sûrement d'autres sens que le simple odorat. Il n'était pas nécessaire de moisir à cet endroit au risque de voir apparaître à une des fenêtres de la ferme un type en bonnet de nuit en train de l'ajuster au bout de son fusil.

La boucle du chemin filait à l'opposé de la ferme, tournait autour d'un gros rocher sur lequel un pin s'était accroché, puis il continuait droit à travers la pierraille vers la crête. Une fois au sommet, Florent vit qu'après une légère descente commençait un nouveau plateau qui remontait doucement vers la direction où il allait. La lumière l'éclairait en plein et le chemin filait tout droit à travers cette étendue presque blanche. À l'horizon elle devenait noire juste avant de toucher le ciel. C'était là-bas, vers cet horizon contrasté, que Florent allait.


Cela faisait plus de deux heures qu'ils marchaient. À cause des cailloux et de la fatigue, il n'avait pas lancé le cheval au galop. De toute façon, maintenant il ne servait plus à rien d'aller vite. Grâce à l'itinéraire de l'homme de Santel, il y avait peu de chances que les autres prennent ce chemin que lui-même avait emprunté à la croix blanche. Florent retrouverait le danger de l'autre côté, dans le secteur du Pas de Redortiers. En attendant, il avait quelques heures de paix devant lui pendant lesquelles il lui faudrait juste faire un peu attention.

Dans cette nuit extraordinaire, quelques heures

c'était beaucoup. Une fois de plus il songea aux fins et aux moyens. Pourquoi fallait-il qu'il y ait un but, une mission ou quoi que ce soit d'autre ? Vivre ne suffisait-il donc pas ? C'était en tout cas ce que laissait deviner le comportement d'à peu près tout le monde. En dehors de quelques poètes ou de quelques ermites, qui donc consentait à se fixer comme unique but de vivre la beauté du monde ? Pourtant, que pouvait-on attendre de mieux, de plus grand et de plus essentiel qu'une telle nuit avec sa magie d'étoiles, cette lune bonasse et ce vent chargé de lavande ? Une telle nuit certes, mais toutes les autres également, moins grandioses, plus bénignes, plus humaines. Combien en avait-il connu de ces heures émerveillées depuis qu'il courait les chemins du vaste monde ? Comment être sûr que ces buts après lesquels il courait lui apporteraient à leur tour cette joie profonde, cette paix sans mesure ? Il s'arrêta, s'efforça de ne plus penser ainsi, car après on pouvait perdre toute justification à agir. C'était trop tôt. Il devait finir ce qui était entrepris. Ensuite il choisirait, si cela était encore possible. Il y avait aussi toutes ces menaces qui rôdaient autour de lui. Il aurait été stupide de ne pas en tenir compte. Elles pourraient s'incarner à tout instant en une vilaine figure.

Rien ne ressemblait davantage au plateau qu'il avait déjà traversé que celui sur lequel il cheminait maintenant. Pourtant tout était différent. Même la lavande n'avait pas ici tout à fait la même odeur. Autre chose avait changé depuis un moment. Au lieu des chênes et des hêtres, c'étaient des sapins qui maintenant se succédaient le long du chemin. Le vent qui les secouait en faisait jaillir des fusées d'odeurs de résine tout en malaxant les branches avec des mugissements.

Depuis qu'il avait laissé en arrière la grosse ferme

il n'avait plus rencontré d'éteules ni aucune autre trace de culture. Seulement des hectares de cailloux piquetés de pins et de genévriers qui ressemblaient à des hommes accroupis. Le cheval avançait à pas lents contre le vent avec une obstination très mécanique. La tête enfoncée entre les épaules, Florent finit peu à peu par se laisser prendre à cette cadence monotone. Il sommeilla une bonne demi-heure. Il fut brutalement tiré de sa léthargie par un écart de l'alezan. Il faillit perdre l'équilibre au moment où quelque chose vint battre en cliquetant à quelques centimètres de son visage. Ils passaient à côté d'un hêtre très grand et presque blanc. Leur venue avait dérangé un gros oiseau qui maintenant s'enfuyait à tire-d'aile vers un bosquet de pins dressés comme des cierges en avant de la route. Il s'en était fallu de peu qu'il ne tombe, c'était ridicule. Il ergota pour savoir si cet incident était à mettre sur le compte de cette nuit magique ou de la fatigue. Malgré cette dernière, il ressentait un bien-être extraordinaire. Quand un peu plus tard il aperçut vers l'ouest les feux d'un village au sommet d'une crête, cette sensation devint même du bonheur. Il avait déjà connu cela quand, seul, loin de tout, le monde paraissait lui appartenir. L'espace alors perdait ses pauvres frontières pour devenir immense, se dilater aux dimensions de l'univers. La distance même des hommes et de leurs traces, l'impression rassurante qu'ils ne pouvaient plus nuire procuraient une liberté très particulière dont à chaque fois l'âme se délectait. Bien sûr, cela ne durait pas. Il aurait fallu rompre trop de liens pour cela et c'était la faiblesse même du cœur humain que de ne jamais couper ces liens. Mais l'espace d'un instant, tout devenait possible...

Il y avait longtemps qu'ils avaient tourné à la croix blanche. La nuit avait avancé. La lune commençait de distinguait pas de village ni même une simple ferme. Ce pays paraissait totalement désert et inhabité. Au moment où il pensait cela en arrivant au sommet d'une petite éminence à peine marquée, le ciel s'ouvrit : c'était l'aurore et, encerclés par des chênes, il vit apparaître les toits de plusieurs fermes groupées en hameau. Le Contadour. Il en connaissait le nom pour l'avoir lu sur la carte à Beaumont mais croyait en être encore éloigné de plusieurs lieues.

Immobile sur le haut de la pente, il ressentit davantage le froid et frissonna même. D'ailleurs, le jour en se levant faisait briller l'herbe. Une mince couche de givre blanchissait les éteules qui s'étendaient entre l'endroit où il se trouvait et les maisons. La forme de celles-ci était encore indistincte dans la lumière faible. Basses, allongées, elles se confondaient presque avec la végétation d'arbustes, de jeunes frênes et de pins. Au moment où il arrivait, une cheminée laissa échapper un mince filet qui s'effilocha aussitôt. Sa fumée était rousse comme quand on allume le feu. Elle monta franchement. Florent eut l'impression d'entendre des bûches craquer. Cette cheminée qui s'animait avec le lever du jour était un spectacle très réconfortant. Il incitait à l'optimisme et Florent en avait besoin à cette heure de fin de nuit où la solitude et le froid sont le plus difficiles à vivre.

La cheminée appartenait à une grosse ferme à côté de laquelle quatre piliers soutenaient un appentis dans lequel étaient entreposées des balles de fourrage. Devant, il y avait une charrette bleue aux brancards relevés. Malgré la saison, le long de la façade, il restait encore les taches colorées de fleurs tardives. Cela aussi était réconfortant.

Un homme sortit. Il s'étira, regarda autour de lui et claqua dans ses mains. Un gros chien noir aux poils longs bondit de l'appentis et vint gambader autour de l'homme. Les autres fermes étaient encore plongées dans l'ombre. Celle-ci était un peu plus haut. Entre elle et Florent un grand espace libre de champs bordés de jardins était traversé par le chemin qui faisait une boucle jusqu'à une fontaine dont le bruit se mêlait aux aboiements du chien et aux poulaillers en train de s'éveiller.

L'homme l'avait aperçu. Du coup ses mouvements parurent moins libres. Il fallait se mettre à sa place. Dans ces quartiers un cavalier surgissant à l'aube, ce pouvait être le meilleur et le pire... On ne le savait en général qu'au dernier moment, quand il était trop tard. Le chien, lui aussi, était en alerte. Assis sur son derrière il fixait le sommet de l'éminence. Son maître avait l'air de lui parler. Florent pensa qu'il ne devrait pas rester ainsi, figé comme la statue de la Justice. Il fit avancer le cheval qui avait depuis longtemps reniflé dans la direction de la fontaine. Vers elle le chemin se rapprochait de la ferme. Tout en allant ostensiblement vers le bassin, Florent fit un signe de la main en direction de l'homme.

La fontaine très belle coulait gros comme le bras dans une vaste auge en pierre avant de se déverser dans une prairie en pente et de filer vers un bosquet de viornes un peu plus bas. Dans sa hâte à atteindre l'eau, l'alezan pataugea dans la boue. Arrivé devant le bassin, Florent mit pied à terre. L'homme regardait toujours ce qu'il faisait. L'alezan plongea aussitôt le museau et renifla bruyamment des naseaux. Puis il but goulûment. Florent se lava les mains au canon trapu en pierre. L'eau était glacée. Il mit ses mains en dessous et but à son tour plusieurs fois. Puis il se débarbouilla. Cette eau froide et pétillante lavait de la fatigue et des relents de la nuit.

D'autres cheminées fumaient maintenant. Vers l'est le ciel s'était rempli de grandes illuminations de rose au milieu desquelles flottaient quelques nuages ronds. Tout d'un coup le soleil déferla sur la terre en une vague de lumière. En quelques secondes Florent distingua le hameau entier. La ferme de l'homme au chien n'était pas la seule à avoir été fleurie. Il y avait même çà et là quelques buis taillés très coquets. Autant que le permettaient le paysage sévère et les alentours dénudés, l'ensemble paraissait plutôt accueillant.

Florent s'aperçut que l'alezan dodelinait de la tête. Il était épuisé. Lui-même, malgré son sommeil d'une heure à la bergerie et l'eau glacée de la fontaine, ne valait guère mieux. Il serait bon de dormir un peu dans cet endroit charmant. Au moins quelques heures, de quoi se refaire une santé avant d'affronter Sisteron et le problème Lombardi. Par ailleurs il avait très faim. Repos et nourriture devaient se trouver chez cet homme qui restait debout devant sa ferme alors qu'en temps normal il serait parti depuis longtemps vaquer à ses occupations. Florent prit l'alezan par la bride et avança. L'autre pouvait réagir de plusieurs façons : rentrer à toute vitesse dans sa maison pour se saisir du fusil qui devait se trouver accroché au-dessus de la porte, ou bien lancer son chien qui au fur et à mesure que Florent approchait lui paraissait de plus en plus costaud. Il ne fit ni l'un ni l'autre et au contraire manifesta son aménité par un large sourire et une franche poignée de main. Le chien, fort pacifique également, était toujours assis et remuait la queue.

« Bonjour, dit Florent un peu désarçonné après ce qu'il avait imaginé.

– Bonjour », répondit l'homme qui de près paraissait encore plus gros et rond. Il était vêtu d'un bourgeron bleu en toile raide, portait une casquette à oreilles et de gros godillots cloutés. Deux ou trois touffes de cheveux filasse dépassaient de sa casquette. Sa figure était rouge, tapissée de couperose et ses yeux très noirs fixaient Florent.

« Nous avons marché toute la nuit. Je viens d'Apt », mentit Florent. C'était assez lointain, vague et plausible. L'autre ne cilla pas. Florent ajouta : « Auriez-vous du pain pour moi et du fourrage pour le cheval ? Et je voudrais bien aussi me reposer une heure ou deux. »

L'homme le regarda. Malgré sa bienveillance, il devait tout de même s'interroger quelque peu sur ce cavalier aux traits fatigués surgissant au petit matin sur la crête près de chez lui. Mais ce n'était à l'évidence pas quelqu'un de compliqué. Ce fut d'un ton très naturel qu'il répondit en montrant la grange : « On peut mettre ton cheval là-bas avec le mien. Il ne lui manquera pas de quoi manger. Quant à toi, on te trouvera bien quelque chose. Il me semble que la patronne est en train de touiller la soupe. »

De fait Florent sentit qu'à l'odeur du feu de bois s'ajoutait à présent un délicieux parfum de potage. Il suivit l'homme. Dans une partie de la grange séparée par une porte fermière se trouvait un cheval de trait gris souris qui accueillit l'alezan en hennissant.

« T'inquiète pas, dit l'homme, Bijou est doux comme un agneau. »

L'écurie était plongée dans l'ombre et quand Florent ressortit dans la cour, le grand jour lui fit cligner les yeux. Le soleil tapait déjà sur les toitures. Ce n'était qu'un soleil d'hiver un peu voilé, pas chaud mais fort vaillant.

Toutes les autres fermes s'étaient réveillées. On entendait des claquements de portes, des bruits métalliques, des cris d'animaux, les hennissements de chevaux qu'on attelait. Florent songea que cela aussi était la vie, différente de celle qu'il aimait dans la solitude de son cœur mais tout aussi valable que les courses à travers les pays, les risques et les nobles idéaux. Chacun faisait, ou subissait, un choix. Ensuite, évidemment, on se débrouillait avec ce qu'on avait. Ce n'était plus qu'une question de manière. Visiblement l'homme avait la sienne : sa ferme était bien entretenue et accueillante. Une manière aussi dans les rapports humains et elle n'était pas si fréquente : la confiance.

« Vous avez une belle ferme, dit Florent pour dire quelque chose.

– Tu peux me tutoyer, mon gars ! Je ne suis pas si vieux que ça, même si je pourrais être ton père. Mon nom, c'est Auguste.

– Moi je m'appelle Florent », répondit-il en se disant qu'il allait avoir de la peine à lui dire *tu*. En s'approchant de la maison propre comme un sou neuf et encore fleurie malgré décembre, il songea que Mijane aurait aimé cet endroit. Cette pensée raviva le souvenir de sa sœur au moment de son départ de Lavon. Il en eut le cœur meurtri. L'homme souleva le rideau à mouches et cria : « Germaine ! On a de la visite. »

Florent se douta que la grosse femme qui se trouvait près du feu et tournait la soupe dans la marmite avec une longue cuillère en bois l'avait vu venir depuis longtemps par la fenêtre basse ornée de rideaux au crochet par laquelle on apercevait la crête par où il était arrivé. En tout cas elle ne manifesta aucune surprise. Elle eut juste un sourire chaleureux qui s'accordait à merveille avec les façons débonnaires de son mari.

Il faisait très doux dans cette pièce au plafond bas, aux poutres noircies par la fumée. Le feu que le dénommé Auguste avait rallumé avant de sortir pétillait sous la marmite de fonte qui dégageait un parfum très agréable aux narines de Florent. Auguste dut s'en apercevoir car il dit en rigolant : « Allez ! Assieds-toi là ! » Il montrait l'un des deux bancs de la table. « Germaine, ta soupe est prête, pas vrai ? Depuis hier qu'elle mijote !

– Je pense, dit la grosse femme avec un sourire malin.

– Alors, sers-en une assiettée à mon copain Florent pendant que je vais chercher le pain. »

Florent s'était assis brutalement. La femme prit une écuelle en grès dans la crédence puis la remplit de soupe à ras bord. Auguste revint avec une énorme miche d'un pain très gris dans laquelle il entreprit aussitôt de tailler une tranche de deux doigts d'épaisseur. Puis il s'assit devant Florent et le regarda manger.

Florent se régala et se crut obligé de dire quelque chose. Il ouvrit la bouche. Auguste l'arrêta.

« Mange, mon gars. Ça fait plaisir à voir ! Chaque chose en son temps. »

Même les manières sans vernis de cet homme enchantaient Florent, alors que d'habitude il détestait la familiarité. Il se rendait compte que cette chaleur humaine le rassurait. Cette nuit, malgré ses moments de magie, avait plongé son âme dans une sorte de déréliction dont le sourire d'Auguste et de sa Germaine, leur gentillesse et le goût de la soupe avaient eu raison.

« C'est très bon », dit-il.

Il trouva la phrase un peu bête mais il voulait féliciter cette femme et ne disait que la vérité. Il repoussa son assiette. Auguste s'exclama : « Tu peux en reprendre une autre !

– Non merci. Ça suffit vraiment, je vous assure.

– Comment ça suffit ? Tu crois que ça me suffit à

moi ? Maintenant tu vas manger du pâté ! Germaine ! Apporte la terrine de lièvre. »

Avec un nouveau sourire elle alla jusqu'à un placard aménagé dans le mur et fermé d'un rideau. Elle revint avec un pot en terre. Auguste coupa une tranche épaisse avec un long couteau de cuisine puis la posa sur l'assiette de Florent.

« Tu m'en diras des nouvelles. Ce gros lourdaud de lièvre, je l'ai eu en septembre sur la crête de Jourdan. »

Par association d'idées Florent leva les yeux. Le fusil de chasse était bien accroché au-dessus de la porte comme il l'avait pensé. Tout en savourant le pâté sur des morceaux de pain, il voulut au moins donner à ces gens une explication, même s'il était obligé de mentir.

« Je vais à Buis-les-Baronnies. Chez un notaire. Des affaires de famille. »

Auguste éclata de rire. « Si c'est aussi vrai que tu viens d'Apt, ne te fatigue pas ! »

Florent rougit violemment. À ce moment il s'en voulait terriblement. Mentir lui apparaissait bas et vil. Surtout : mentir pour sa sécurité. Il aurait tout dit sur l'instant à cet homme qui lui avait ouvert sa maison.

« Chut ! Tu n'as besoin ni de mentir davantage ni de dire la vérité. Contente-toi de finir la terrine, reprends-en si tu en as envie et après tu iras dormir un peu. Tu m'as l'air flapi. Pas vrai, Germaine ?

– C'est bien vrai, oui ! » répondit-elle sur un ton où il lut une sorte d'affection maternelle. Il en fut profondément touché. Il songea qu'il n'avait qu'à suivre les conseils de ces gens. Il étala le pâté qui restait sur le pain gris. Quand il eut terminé, c'est-à-dire pas avant qu'il n'eût ingurgité deux ou trois verres d'un excellent vin de pays, Auguste se récria lorsqu'il parla d'aller dormir une heure dans la paille avec son cheval.

Il le conduisit dans une pièce qui se trouvait au bout

d'un couloir en expliquant : « C'était la chambre de notre fils avant qu'il se marie. Il tient une ferme un peu plus haut, la dernière du hameau. »

Comme tout l'intérieur de Germaine, la pièce était d'une propreté méticuleuse. Elle ouvrit les volets de la fenêtre puis tira le rideau qui fit régner une pénombre douce et reposante. Le lit était un lit-bateau assez haut et garni d'un édredon en plumes très voluptueux.

Quand il fut seul, Florent alla jeter un coup d'œil en soulevant le rideau. La grande étendue d'herbe rousse remontait vers le nord, dans la direction qu'il prendrait ensuite. Il régnait sur tout le pays une lumière blanche. On voyait quelques nuages d'altitude au-dessus du Ventoux. Florent bâilla. Il revint vers le lit et s'assit dessus pour ôter ses bottes. Au lieu de s'allonger sur la courtepointe il ne put résister et se glissa sous l'édredon. Il régnait un silence presque total en dehors de quelques bruits métalliques venant de la cuisine. Un bien-être fou l'envahit. Il essaya malgré tout de réfléchir à la situation. Il en était incapable. Il sombra dans un sommeil de plomb.

Quand il se réveilla, la chambre était plongée dans une ombre épaisse, un peu glauque, verte. Le silence régnait, un silence étonnant et artificiel, comme si les bruits étaient éteints, étouffés par du coton. Il crut même avoir dormi tout le jour et que c'était déjà le soir qui venait. Mais en regardant dehors il vit qu'il n'en était rien. Le soleil avait disparu et le ciel paraissait rempli de nuages. Ils étaient gris avec des reflets de roux et tout pelotonnés, comme roulés sur un tapis d'où toute trace de bleu avait disparu. Le ciel d'ailleurs semblait plus bas et pesait sur la terre. Tout était immobile, il n'y avait pas de vent. Dans un appentis de l'autre côté de la cour, Auguste épointait des piquets de clôture en châtaignier avec une hachette. Florent fut frappé par la concentration avec laquelle il accomplissait ce travail.

Une fois qu'il eut chaussé ses bottes, il quitta cette chambre accueillante comme un nid. La salle commune était vide. La pièce lui parut familière tel un endroit qu'il aurait connu depuis toujours. Cela venait peut-être de ce que les murs blanchis et les poutres noires, les meubles cirés et les tomettes rougeoyantes, le feu dans la cheminée qui pétillait en dégageant une odeur très douce de chêne et de champignons, tout cela composait dans la lumière fragile de l'hiver le souvenir de la salle commune de Beaumont autrefois, quand la vie battait son plein là-bas. Ce rappel était cruel pour lui et cependant terriblement attendrissant. Pourquoi le temps passait-il aussi vite ? Il n'y avait aucune réponse à cette question si on ne voulait pas se mentir à soi-même.

L'étouffement du monde était encore plus sensible dehors. La lumière du jour, même sans être filtrée par une vitre et des rideaux comme dans la chambre, était sans commune mesure avec celle du grand soleil qui brillait quand il était arrivé. On sentait tout de même celui-ci prêt à percer par endroits. Cela expliquait les reflets roux des nuages. Tout cela atténuait considérablement les angles, et les lignes des maisons du hameau en prenaient un aspect fuyant. À quelque distance dans les pentes et encore davantage vers le plateau, les bosquets ou les grands chênes en étaient estompés, noyés, presque confondus en une sorte de glacis léger qui agrandissait à l'infini les distances vers le lointain où ce monde plat de teinte égale paraissait se déliter dans une incertitude à laquelle on ne pouvait comparer que le grand large de la mer.

Florent alla jusqu'à l'appentis où Auguste fabriquait

ses piquets. Les coups résonnaient sur le châtaignier et l'écho en revenait assourdi par l'air cotonneux.

« Ah, te voilà ! fit Auguste en posant sa hachette.

– Ne vous interrompez pas pour moi.

– Je vois que pour me tutoyer, bernique ! Ne fais pas cette tête ! Quant au travail, j'ai tout mon temps. Surtout qu'il y a des chances que je reste coincé ici quelque temps.

– Ah bon ? »

Auguste montra le ciel en insistant sur la direction du nord vers le plateau où les nuages étaient plus épais et plus sombres.

« Quand le temps se présente comme ça au-dessus de la crête de la Faye, en général il neige. Cette fois il va en tomber pas mal. Tu vois bien que j'ai le temps pour mes piquets. Ce ne sera bientôt plus le moment d'aller s'amuser dans les champs. Heureusement, on a des réserves. »

Il montrait un énorme tas de bûches, couvert par une bâche. Il devait aussi penser à ses terrines.

« Quant est-ce que vous croyez qu'il va neiger ? » demanda Florent.

Auguste regarda de nouveau le ciel. Il hocha la tête. « À mon avis, d'ici trois heures, deux peut-être si le vent s'arrête.

– Il faut que je traverse le plateau et que j'aille aux Omergues par le Pas de Redortiers. Est-ce que j'ai le temps d'ici-là ?

– Tu es fou ! Tu vas pas t'en aller sitôt arrivé ? À moins... » Il s'interrompit. Il réfléchissait. Le ton de Florent l'avait alerté. Il termina sa phrase : « À moins que tu n'aies l'obligation absolue de passer à Redortiers aujourd'hui ! Dans ce cas, il faudrait que tu partes tout de suite...

– Je pars tout de suite, dit Florent avec fermeté.

– Mais... » Auguste baissa les bras. « Comme tu voudras. »

Un quart d'heure plus tard le cheval était sellé et les sacoches remplies de victuailles. Auguste avait même imposé une bouteille de vin. Germaine avait fait ses adieux très vite et haussé les épaules lorsque Florent avait parlé de revenir un jour, puis elle était rentrée chez elle.

Auguste expliqua : « Tu vas jusqu'à la dernière ferme. C'est celle de mon fils, tu te souviens ? Après, c'est le plateau. Il est grand. À une demi-lieue tu verras un grand arbre mort, un tronc énorme. C'est là qu'il te faut suivre le chemin un peu à gauche vers les pâtures, sinon tout droit tu vas t'enfoncer dans les bois après la crête. Tu marches toujours et tu arriveras à la grande bergerie des Fraches. Tu peux pas la manquer. Tu ne verras qu'elle longtemps à l'avance. Si tu es pris par la neige dans le coin, tu peux t'y abriter et tu auras de la place pour le cheval. Il reste toujours de la paille et du bois. Après, tu n'auras qu'à suivre la crête de la Faye et tu arriveras au Pas. Lui non plus tu ne peux pas le manquer ! Méfie-toi de la descente. La pente, tu verras. Et s'il neige, alors... Enfin, puisque tu ne peux pas faire autrement...

– Non, dit Florent, c'est ça : je ne peux pas faire autrement. Je vais y aller maintenant. Je voudrais vous dire...

– Ne dis rien ! le coupa Auguste. Dans ces moments-là on dit toujours des bêtises. En tout cas, prends garde à toi. S'il neige, ne pense qu'à une chose : la bergerie. Sinon sur le plateau tout se ressemble. »

Florent monta à cheval.

« Quand j'ai dit à votre femme que je reviendrais, je le pensais, vous savez ?

– Je te crois. Elle, elle n'est jamais sûre du lendemain.

Alors, ton retour... Allez, ne tarde plus. » Il montra le ciel, de plus en plus gris et roux. « Ça va se gâter !

– À bientôt, dit Florent sincèrement.

– Adieu, mon gars. Que Dieu te garde ! »

L'alezan prit aussitôt un trot très impérial et ils remontèrent le long des maisons du hameau où l'on ne voyait personne. Tout le monde devait commencer à se calfeutrer à l'intérieur. En passant devant la dernière bâtisse il aperçut toutefois un homme debout avec une fourche à la main, devant un tas de fumier. « Le fils d'Auguste, pensa-t-il. Il lui ressemble. » À une des fenêtres, à côté d'un rideau soulevé, il vit aussi un très joli visage de femme. Mais dès qu'il la fixa, le rideau retomba. Il se dit que ce n'était pas le moment de philosopher sur les destins qui se croisent.

Devant lui le plateau s'étendait immense et sans limites. L'herbe était rase, jaune et un peu dorée par plaques. Il s'aperçut que c'étaient des immortelles. Après les bosquets qui protégeaient les fermes du vent de nord, il n'y avait presque plus d'arbres sur des distances considérables sauf vers le sud où une forêt de pins faisait une énorme tache noire. Sinon la couleur claire de l'herbe et les cailloux qui jonchaient le sol reflétaient maintenant une grande lumière blafarde malgré le ciel complètement bouché.

Le chemin remontait légèrement et à présent qu'il avait quitté l'abri des maisons Florent recevait de face le vent qui venait de se lever. Il frissonna, encouragea l'alezan en lui caressant l'encolure et remonta le col de sa veste. Bientôt, comme il se retournait, il vit que le hameau du Contadour avait disparu derrière les rochers blancs qui formaient une barrière avant le plateau.

Ce vaste espace qui s'ouvrait devant lui sous un ciel menaçant mais magnifique lui donna envie de pousser des cris de joie. Il lança l'alezan au grand galop.

## 8

La voiture s'arrêta. C'était le début de l'après-midi. Au-dessus de la Citadelle les nuages très épais semblaient vouloir s'accrocher au Rocher de la Baume mais à la fin le vent les poussait et ils filaient, déchiquetés, grisâtres, cotonneux. Sisteron se recroquevillait sous ces nuées sales. Les gens s'étaient blottis dans leurs intérieurs, au plus douillet. Ils devaient jeter de temps en temps des coups d'œil rapides vers l'extérieur avant de regagner aussitôt leurs places auprès des feux. Il n'y avait personne dans les rues, les boutiques étaient vides. Seul le factionnaire de la régie municipale montait la garde sur la place de l'Hôtel-de-Ville, emmitouflé dans une grosse écharpe de laine grège et fumant une pipe courte, un brûle-gueule de marin qui masquait encore plus son visage.

La voiture était une sorte de buggy de luxe attelé d'une jument baie aux attaches fines, toute pomponnée. On avait même tressé queue et crinière dans une quantité de rubans. L'homme qui menait la voiture descendit. Il portait une redingote grise et un chapeau à étages luisant mais pas mal élimé. Sa figure et ses grosses mains étaient rouges. Il immobilisa la voiture en serrant le frein à manivelle et décrocha le marchepied. Une jeune femme descendit. Elle était également emmitouflée de laines et de satins. Sous un petit chapeau ridicule mais *très mode* on apercevait quelques mèches de cheveux blonds et entre les laines deux petits yeux vifs, verts avec des reflets d'argent. On la devinait très jolie. Élancée, grande, elle avait une démarche fort élégante alors qu'elle remontait lentement par la rue Basse-des-Remparts. À la moitié de celle-ci elle tourna brusquement dans la première venelle à sa droite. Cent mètres plus loin elle arriva devant un porche à moitié envahi de jasmin d'hiver où l'on voyait une porte basse, sans doute lourde, en tout cas rébarbative. Une chaînette pendait contre le pilier. La jeune femme la tira. On entendit assez loin derrière la grille qui encadrait la porte un tintement de clochette. C'était un bruit très humain au milieu de ce désert de rues vides sous un ciel maritime.

Il était visible que la jeune femme était impatiente d'entrer. Au bout de quelques secondes elle sonna de nouveau puis manœuvra la poignée et essaya en vain de pousser la porte. Quand celle-ci fut ouverte de l'intérieur, elle sembla se précipiter et se jeta littéralement sur la poitrine de celui qui avait ouvert. Un homme jeune, grand lui aussi, brun, en chemise et cravate malgré la bise. Il referma précautionneusement la porte avant de serrer la jeune femme dans ses bras. Ils s'embrassèrent amoureusement et elle le suivit vers la maison à travers un ravissant jardin de curé bien entretenu. La bâtisse elle-même était étroite, collée de chaque côté contre une autre et elle aussi très soignée. Arrivé à l'entrée sous une marquise en fer forgé enrubannée d'un rosier, il s'effaça pour la laisser passer.

Une fois à l'intérieur elle l'embrassa encore avec passion. Puis elle posa sa tête contre sa poitrine pendant qu'il caressait ses cheveux en répétant : « Léopoldine, Léopoldine. »

À la fin ils joignirent leurs bouches à nouveau et l'homme l'entraîna vers l'étage où se trouvaient les chambres par un bel escalier en marbre à la rampe forgée qu'éclairaient des ouvertures rondes garnies de vitraux de toutes les couleurs.

Pendant ce temps le conducteur du buggy avait étendu une couverture en feutre sur le dos de la jument, allumé un petit cigare ordinaire et, après s'être bien assuré de l'attache du cheval, traversé la rue avant d'entrer dans un estaminet situé un peu plus haut. Une fois à l'intérieur il choisit une place près de la fenêtre à travers laquelle, après avoir frotté la vitre de la main, il vérifia qu'il voyait son attelage. Il commanda une chope de bière à une servante très jeune, visiblement rouée et jolie comme un cœur. Puis, après avoir allumé un nouveau cigarillo il écouta les conversations.

Une heure avait passé et le ciel était encore descendu sur la ville. Depuis le lit où elle était allongée nue, à travers de hautes fenêtres ornées d'un léger voile, la jeune femme contemplait l'air qui paraissait opaque. Il faisait plutôt sombre dans la chambre, malgré les grandes ouvertures et le feu de bois qui brûlait dans la cheminée. L'homme semblait sommeiller à côté d'elle. Elle lui caressa le dos et l'appela : « Justin ! » Il se redressa sur un coude. « Oui !

– Tu dors ? » Il éclata de rire. « Tu es une enfant, Léopoldine ! Tu vois bien que non, puisque je te parle. »

Elle n'eut pas l'air convaincue par sa réponse : « Ça ne veut rien dire. Je voulais savoir si j'existais encore pour toi ? »

Il eut un air inquiet, puis il rit de nouveau : « Tu te poses trop de questions. Nous sommes là ensemble. N'est-ce pas l'essentiel ?

– Si, si... », fit-elle.

Il ne remarqua pas le ton froid et détaché avec lequel elle avait prononcé ces deux mots. Elle, de son côté, se faisait la réflexion amère qu'elle avait bien cherché ce qui lui arrivait. Quand on veut trahir quelqu'un, il vaut mieux éviter de tomber amoureuse de lui. Elle avait obtenu la plupart des renseignements qu'elle souhaitait. Dans quelques minutes il lui dirait le reste, elle en était sûre, sachant comment le faire parler. Les conséquences seraient terribles pour eux deux car plus tard il comprendrait qu'elle l'avait utilisé pour avoir ces renseignements. Et ce serait la fin de leur histoire. Elle ne risquait rien, il était trop doux pour lui nuire. Mais elle le regretterait car il lui plaisait.

Malgré tout, malgré les conséquences, elle demanda : « Ce Florent dont tu m'as parlé, par où vient-il d'après tes amis républicains ? »


Le cocher se frotta les mains en sortant du caboulot. Il faisait très froid maintenant et le ciel s'était fort assombri. Il pensa à la neige qu'on avait vue sur les sommets dégagés des Alpes tous les jours précédents. « Si ça continue, pensa-t-il, elle va tomber ici avant ce soir. » Il remonta le col de sa redingote. Après le brouhaha de l'estaminet plein à craquer bien qu'on fût à la moitié de l'après-midi, le silence de la rue était impressionnant. Il alluma un autre cigare et se prépara à attendre. Il avait l'habitude. Cela faisait longtemps qu'il travaillait pour Lombardi et six mois qu'il était « mis à la disposition » de Mlle Léopoldine. Il aimait bien cette fille, elle était polie avec lui et toujours souriante. Même s'il la méprisait un peu car il était bien placé pour observer les manigances, il s'efforçait de remplir son service au mieux.

Il approcha de la jument qui sommeillait sous sa couverture et dodelina de la tête en l'entendant arriver. Il aurait parfaitement pu rester dans le bistrot. Mais il ne supportait pas longtemps le bruit des conversations ni, malgré sa propre manie, l'atmosphère enfumée de tabac de tels endroits. En fait il préférait le grand air. Au service de Lombardi il était servi. La plupart du temps c'était en pleine nature qu'il lui confiait des missions. Là il était parfaitement à l'aise. Cela faisait un moment que cela ne s'était pas produit. Pourtant si l'ordre arrivait il passerait aussitôt à l'action. Bien sûr, à son âge il faisait tout avec réflexion, sans la fougue d'autrefois, mais avec plus de sérieux aussi. Avec lui Lombardi était tranquille. Ce n'était pas comme ces jeunes qui couraient la contrée pour lui. Des crétins capables de gâcher la meilleure occasion. Pas lui : il savait réfléchir. La demoiselle, ça faisait six mois qu'il conduisait sa voiture et avait arpenté tous les chemins du pays. Elle sortait de chez elle et disait gentiment : « Joseph, s'il vous plaît, emmenez-moi ici, emmenez-moi là... » Avec toujours ce sourire un peu triste qu'elle avait. Il menait le buggy et elle croyait que c'était tout. Mais Lombardi avait dit autre chose : « Joseph, tu réponds de sa vie sur la tienne. » Il n'avait pas protesté, pas discuté. Pas davantage cette fois que les autres. Il devait trop à cet homme : la vie justement. C'était une vieille histoire qu'il voulait oublier – l'histoire ! pas le fait que Lombardi lui ait sauvé la vie. Pour la petite il avait compris ce que voulait dire le patron. Il savait très bien que ce dernier n'était pas aimé. C'était peu dire : quantité de gens le détestaient. Comme il était trop fort, un trop gros morceau pour tous ces types, ils pouvaient s'en prendre à la demoiselle. Logique. Lui, Joseph, était là et il *répondait de sa vie*.

Il entendit sonner cinq coups à la cathédrale. Elle n'allait plus tarder. Chaque fois qu'elle se rendait dans cette rue, elle revenait à la même heure. Ce qu'elle allait y faire ? Il le savait mais cela ne le concernait pas. Certains jours Lombardi demandait à Joseph ce qu'ils avaient fait, où ils étaient allés. Il énumérait les endroits. Lombardi ne disait rien. Quand il avait donné le nom de la rue la première fois, son œil s'était allumé. Joseph avait parfaitement compris pourquoi son patron lui avait dit alors en insistant : « Oui et je suis au courant. » Pour lui cela suffisait. Alors quand la demoiselle revenait, il faisait semblant de s'occuper du cheval parce que les premières fois elle avait eu l'air gênée. Tout ça c'étaient les affaires du patron...

Une porte claqua un peu plus haut dans la rue. Il redressa la tête et la regarda venir. Puis comme d'habitude il s'occupa de la jument et roula la couverture. Il l'entendit monter dans le buggy, le froissement de sa robe. Cela le gênait toujours un peu à lui aussi mais ça passait vite. Il monta à son tour sur son siège, desserra la manivelle du frein et attendit.

« Chez moi, Joseph ! » dit-elle.

Il fit claquer les guides. La jument démarra. Ses fers choquaient les pavés, ça faisait une petite musique qu'il appréciait bien. Il trouva qu'il faisait de plus en plus froid. Elle était tassée sur son siège, tout emmitouflée dans ses lainages. Elle se taisait. Joseph savait qu'elle ne dirait rien. Elle qui aimait tant parler à propos de tout et de rien ne disait jamais le moindre mot en revenant de cet endroit. Cela n'avait aucune importance. Il remonta la rue Porte-Sauve tout en enfonçant sa tête entre ses épaules à cause du froid.

Quand ils approchèrent de l'endroit où elle habitait, il vit que la voiture du patron attendait sur la petite place habituelle. La vitre de la portière était abaissée, donc il était à l'intérieur. Joseph se rangea contre la voiture. La demoiselle descendit du buggy et monta dans cette dernière. Joseph asticota la jument et s'éloigna. Il entendit la voix du patron : « À Saint-Just ! »

C'était un pavillon de chasse sur la route de Château-Arnoux à deux lieues de Sisteron. Un endroit que le patron aimait bien. Il l'avait dit une fois à Joseph : « ... À cause de cette forêt de chênes qu'il y a là-bas. » Il le préférait en tout cas à l'appartement de la demoiselle que pourtant il payait, Joseph savait aussi ça. À Saint-Just une femme s'occupait de tout. De temps en temps c'était Joseph qui y conduisait Mademoiselle. Le plus souvent ça se passait comme ce soir : le patron attendait sur la place.

En approchant de Saint-Just, Lombardi regarda par la portière. Vers les plateaux du Vaucluse le ciel du couchant était aussi sombre que le reste et le soleil paraissait avoir été mangé. Lui aussi tout à l'heure, pendant qu'il attendait la jeune femme, avait senti la neige. Peut-être tombait-elle déjà là-haut. Depuis qu'elle était montée ils n'avaient pratiquement rien dit. Seulement quelques banalités. C'était pareil que d'habitude. Une certaine gêne à chaque fois, même s'ils savaient l'un et l'autre ce que tout cela signifiait. Il faisait chaud dans la voiture mais elle restait toujours autant ensevelie dans ses chiffons. Ça ne l'ennuyait pas, il attendrait d'être à Saint-Just pour l'interroger.

Le vent claquait contre la caisse et faisait battre les rideaux de toile cirée des portières en passant par les interstices. On entendait aussi les saccades des roues et le grincement lancinant des ressorts et des essieux. Ça faisait comme une petite musique, juste un peu monotone mais qu'il aimait depuis ces vieilles années où il avait parcouru l'Europe. Ce soir, dans cet hiver qui commençait, il trouvait cette rengaine rassurante. Tout comme les lampes allumées sur son ordre à Saint-Just qu'il distinguait à présent à droite de la voiture. Celle-ci remonta une allée bordée de marronniers avant de s'immobiliser devant le pavillon, une bâtisse carrée de faible hauteur, au toit presque plat et adossée à un bois de chênes dont les feuilles paraissaient rouges dans la demi-obscurité. Ces feuilles malaxées par la bise faisaient un bruit sec très agréable. Une femme sortit du pavillon à pas pressés. D'un certain âge, pour autant qu'on pût en juger, elle était elle aussi emmitouflée dans un manteau à capuche qui la dissimulait presque entièrement.

Dès que le cocher eut abaissé le marchepied, Lombardi descendit et tendit la main à la jeune femme. Le vent paraissait méchant. Une rafale courte et brutale souleva sa robe et l'obligea à maintenir de la main son cache-col. Ayant passé son bras sous celui de Lombardi, elle l'accompagna vers le pavillon, tandis que le cocher remontait le marchepied et conduisait la voiture à l'abri dans la grande écurie établie sur un flanc de la bâtisse. À côté de l'allée principale, un vaste espace était occupé par des massifs et des parterres dont les fleurs maintenant sèches étaient secouées par le vent. Un bassin ovale brillait dans la pénombre du soir comme un miroir où se serait reflétée la course des nuages.

Sur la façade du pavillon on distinguait la découpe de plusieurs fenêtres muettes et fermées par des persiennes à l'italienne, sauf deux éclairées au rez-de-chaussée qui encadraient une porte massive, vitrée et ornée d'une grille. De chaque côté un rosier grimpant escaladait la façade. Ses feuilles vert foncé n'étaient pas encore tombées et traçaient deux lignes sévères de part et d'autre de la porte.

Pendant que Lombardi et la jeune femme approchaient de la maison, la femme au manteau leur ouvrit la porte. Un grand feu flambait dans la cheminée en pierre de Fontvielle. Les murs passés au lait de chaux reflétaient les éclats des flammes qui dévoraient de grandes bûches de chêne. Dans cette pièce tout donnait une impression de confort et d'aise, à commencer par le grand canapé où Lombardi vint s'asseoir avant de tendre les mains vers la cheminée. Il regardait fixement le jeu des flammes et paraissait préoccupé. Léopoldine se débarrassa à son tour de ses lainages et de son chapeau que la femme de chambre emporta dans une autre pièce.

« Viens t'asseoir près de moi, Marietta », dit Lombardi en tapotant de la main l'assise du canapé.

Il eut une nouvelle fois l'occasion d'admirer sa beauté. Sa démarche était souple et naturelle. Ses cheveux libérés du chapeau cascadaient maintenant sur ses épaules. Ils étaient très blonds, presque blancs. « On dit : "une couleur de blé" », pensa Lombardi. Elle avait des lèvres minces ourlées d'une petite moue de dépit qui lui était habituelle. Ce qui le frappait le plus c'étaient ses yeux. « Les beaux yeux de Marietta », disait-il pour lui-même. Dans ce monde âpre avec lequel il luttait depuis des années, ces seuls mots formaient une sorte d'oasis. De beaux yeux certes, mais où il lisait aussi autre chose que la simple beauté. Un sentiment qu'il n'arrivait pas à définir. Le mot le plus approchant qu'il eût jamais trouvé était *tristesse*. C'était inexact car cela apparaissait parfois au milieu de la joie la plus exubérante. Non : pas « tristesse ». Mais quoi ? Il se posa la question pour la centième fois peut-être sans trouver davantage de réponse. Il se rendit compte qu'il s'intéressait beaucoup à elle. Ce qui au début avait été une relation de pur intérêt pour l'un comme pour l'autre avait pris, de son côté à lui du moins, une tournure nouvelle. Jamais Lombardi n'aurait parlé d'*amour*. Pourtant... Il chassa vigoureusement toute idée de cet ordre. Il y avait beaucoup plus important à débattre ce soir. Il répéta son invite sur un ton plus net : « Viens t'asseoir, nous avons à parler.

— Je suis lasse, dit-elle en s'asseyant et en tendant à son tour les mains vers le feu.

— Alors faisons bref. Que t'a appris notre jeune ami républicain au sujet de ce type qui court la campagne à cette saison dans le but probable de m'assassiner ? » demanda Lombardi sur un ton de gaieté forcée, très artificiel.

Elle soupira, sourit faiblement. « Il a dit qu'on ne voulait pas t'*assassiner* ! Seulement te faire peur pour que tu laisses leurs amis en paix...

— Pour moi c'est la même chose, Marietta ! la coupat-il sèchement. M'enlever mes *coudées franches*, ce serait ma fin, très vite. Tout est trop intriqué ! Qu'est-ce qu'il a dit d'autre ? C'est *ça* qui m'intéresse. »

Une façon de lui faire comprendre qu'elle n'avait pas à interpréter. Elle saisit très bien l'allusion et continua : « Aucun d'eux ne sait où se trouve précisément cet homme en ce moment. Quelque part entre Apt et Sisteron. Mais ça fait beaucoup d'endroits et de chemins différents pour arriver jusqu'ici !

— Comme tu dis. Quoi d'autre ?

— Eh bien il doit s'arrêter avant Sisteron dans une ferme de Noyers-sur-Jabron où *ils* ont un point de chute pour y prendre ses dernières instructions.

– Tu en sais davantage sur cette ferme ?

– Oui. Elle s'appelle la Gaillarde. Un domaine à la sortie de Noyers-sur-Jabron, près de la forêt.

– Oh, mais c'est très bien tout ça, Marietta ! »

Il se mordit les lèvres, il avait failli ajouter : « Tu as bien travaillé ! » Il était satisfait. D'abord ce qu'elle avait dit confirmait le rapport que lui avait fait Kurt dans l'après-midi. Le type repéré sur le plateau d'Albion et que ses hommes avaient ensuite perdu au Revest était à tous les coups celui qui l'intéressait. Mais ce soir, il en apprenait beaucoup plus. Grâce à elle, il connaissait l'endroit où ce salaud allait s'arrêter avant de venir jusqu'ici. Il n'y avait plus qu'à... Il s'efforça de ne pas trop laisser apparaître sa satisfaction et dit gentiment : « Le dîner que j'ai commandé à Gertrude doit être prêt. Ça nous réchauffera de manger un peu. Qu'en dis-tu ? »

Elle lui sourit. « Toujours avec les yeux », pensa-t-il, avant de se lever pour tirer le cordon.

Vers minuit Lombardi rentra chez lui. Il avait laissé Léopoldine endormie à Saint-Just. On sentait la neige partout alentour mais pas sur Sisteron à cause du froid glacial qui y régnait. La bise sifflait en passant sur les toits de la ville. On entendait rouler la Durance.

Arrivé au domaine, au lieu d'aller se coucher, Lombardi fit venir le cocher Joseph. Celui-ci entra dans le bureau peu après. Vêtu de la même redingote grise malgré le froid, il avait cependant troqué son chapeau contre un confortable bonnet doublé de fourrure qu'il tenait entre ses mains en attendant que son patron parle.

« Tu connais Noyers-sur-Jabron ?

– Bien sûr, monsieur.

– Non, je me suis mal exprimé : je me doute que tu

sais où ça se trouve. Mais est-ce que tu connais bien ou même *très bien* ?

– Très bien, monsieur. » Il hésita et finit par dire : « J'ai eu une... bonne amie là-bas, à une époque.

– Bon, ça va ! fit Lombardi. Alors tu connais une ferme qui s'appelle la Gaillarde ? »

Joseph sourit. « Parfaitement, c'était juste à côté que j'allais...

– Cette ferme de la Gaillarde va recevoir, demain ou après-demain, je ne sais pas, une visite. Il ne faut pas que celui qui va venir et qui arrivera du plateau parvienne ensuite jusqu'ici, jusqu'à moi.

– Vous voulez dire : ne parvienne *pas du tout* jusqu'ici ? demanda Joseph très naturellement.

– C'est bien ça, Joseph : *pas du tout*. Je ne sais pas grand-chose de lui. Il est jeune et c'est un bon cavalier. Il a semé nos hommes l'autre nuit au Revest-du-Bion. Je sais seulement qu'il faut qu'il s'arrête à cette Gaillarde avant de venir ici.

– Il n'atteindra pas Sisteron, monsieur, affirma Joseph avec fermeté.

– J'y compte, c'est important. Je te fais confiance, tu le sais. »

Joseph ébaucha ce qui aurait pu passer pour un sourire, n'eût été la froideur du regard accompagnant sa mimique.

« Est-ce que je peux prendre Sultan ? C'est le cheval qu'il me faut par ce temps.

– Tu prends celui que tu veux ! » fit Lombardi.

Joseph s'inclina et sortit. Dehors, la bise faisait craquer les branches nues des hêtres. Le ciel était complètement bouché. Un clocher sonna une heure au moment où, ayant échangé sa redingote contre une houppelande dans les vastes poches de laquelle il avait glissé deux pistolets, il sortit par le portail du domaine

Lombardi et s'enfonça dans la nuit, en direction de la vallée du Jabron.

Le plateau tout entier s'étendait maintenant devant Florent, nu et borné par un horizon où les nuages roux qu'il avait vus plus tôt étaient entassés comme des meules de foin. Après le hameau les contours semblaient plus nets, moins estompés. Leurs objets étaient rares : quelques souches maigrichonnes, quelques bosquets très minces, des arbres isolés et presque couchés par le vent dominant. Loin là-bas, très en avant de sa route, il avait l'impression de voir des cabanes ou des bories mais il n'aurait pu le jurer. Sinon, tout l'espace était occupé par les prairies rases qui ondulaient légèrement et remontaient un peu vers la crête plus claire. Il n'était pas encore très éloigné du Contadour mais, après s'être retourné deux ou trois fois et avoir aperçu les fumées de ses feux, il avait jugé préférable de ne pas récidiver tellement la simple idée du confort et de la sécurité de ses maisons, et spécialement celle d'Auguste, l'avait fait s'interroger sur sa folie de se hâter ainsi dans cette course dangereuse au milieu d'un pays hostile et qui le deviendrait encore davantage si la prédiction de son nouvel ami au sujet de la neige se vérifiait. D'après la couleur du ciel et le silence de plus en plus pesant, cela semblait probable.

Le cheval remuait les oreilles, il devait s'interroger lui aussi ou peut-être sentait-il venir les événements. Florent aurait pu le lancer au galop mais il restait pas mal de route avant Sisteron, mieux valait-il se garder quelques réserves. De plus, il n'était pas question de manquer le chemin au premier carrefour. Sur cette étendue vague on devait pouvoir errer longtemps, surtout si le brouillard se levait.

Toutefois Florent n'était guère inquiet. Bien sûr les choses risquaient de mal tourner à n'importe quel moment. Cependant, depuis qu'il avait repris la route, il ressentait de nouveau les si agréables petits picotements de l'aventure. En outre, en dépit du ciel de cimetière, le plateau était d'une beauté magique devant laquelle les questions devenaient superflues. Malgré le froid il sentait les odeurs accumulées du pays lavandier que même les orages d'automne n'avaient pas réussi à chasser, incrustées qu'elles étaient, depuis la fournaise d'août, dans les pierres et la terre du chemin. De petits buissons rampants aux feuilles dentelées, épineuses et coriaces luisaient sous la lumière pourtant éteinte. Cela provoquait de fins éclats qui tranchaient sur la couleur par ailleurs terne et monotone des prairies pelées où les fleurs avaient séché et déposaient des taches de pain cuit entre les rochers sans ombre.

Après une demi-heure Florent vit apparaître sur sa gauche le gros tronc mort que lui avait indiqué Auguste. Il y avait tellement longtemps qu'il était parvenu à l'état de squelette qu'il était impossible de savoir quel arbre cela avait été. Florent paria sur un chêne, tant il avait plaisir à imaginer sa majesté au milieu de ces solitudes, accompagnant les saisons du bruissement de ses feuilles, de leur couleur, du crépitement que le vent du plateau devait déclencher dans cette masse plantée comme un pivot au centre de ce monde. Qu'aujourd'hui un tel géant soit ainsi devenu une carcasse hérissée de moignons grisâtres donnait beaucoup à penser sur la pérennité des choses.

Après le tronc mort, le plateau semblait encore plus vide. Le vent, bien que peu violent, remontait du nord sur de telles distances que sa force en était décuplée et qu'il paraissait se jeter comme un fauve sur le moindre bosquet, avant de poursuivre et d'aller se perdre au sud vers les vallées où l'on voyait frémir la ligne noire des forêts. Il s'acharnait aussi sur Florent et le cheval. Le premier avait remonté le col de sa veste jusqu'aux oreilles et rentré la tête entre les épaules, le second se contentait de faire face, tout en fouaillant de la queue à chaque rafale. Tant que ce vent soufflerait ainsi, il tiendrait la neige à distance.

Il avança ainsi pendant une heure après avoir dépassé l'arbre mort en suivant le chemin qui filait à travers les prairies vers la crête de la Faye, le but de son périple. Au moment où il passait entre des murets bas en pierres blanches, mouchetées de lichens d'or, avec la même brusquerie que le rideau d'un théâtre tombant à la fin de la pièce le vent cessa de souffler et il se fit alors un silence extraordinaire. Le cheval réagit par de nouveaux mouvements d'oreilles comme s'il s'étonnait de la disparition du bruit qui les avait accompagnés.

La lumière aussi avait changé, un voile jaune presque palpable se mêlait à la grisaille du ciel. Par contraste, le chemin et la terre des prairies en paraissaient presque blancs.

Un quart d'heure après, le silence parut encore plus épais, la lumière plus trouble et lentement la neige commença de tomber. Au début les flocons étaient petits, dispersés, puis peu à peu ils devinrent gros et lourds et occupèrent l'espace en rangs serrés avant de couvrir la terre d'une couche de plus en plus épaisse dans laquelle même la trace du chemin finirait bientôt par se fondre. Florent essayait de ne pas quitter des yeux son dernier repère : l'horizon plus clair au-dessus de la crête de la Faye. Cela devenait de plus en plus difficile à travers le rideau de neige. Peu après il s'aperçut que le chemin avait complètement disparu. À ce train-là, il n'allait pas tarder à être égaré. Il respira un grand coup en s'efforçant de lutter contre la panique qu'il sentait proche.

Cinq minutes plus tard, il comprit qu'il était perdu. Il allait s'affoler quand il crut discerner une masse sombre sur sa droite. Cette tache lui parut rassurante au milieu de tout ce blanc qui couvrait le plateau, au point qu'il poussa le cheval dans cette direction. Peu après, il vit le toit de tuiles très bas et rosé de la bergerie des Fraches dont avait parlé Auguste. De sa propre initiative l'alezan partit au trot vers la bâtisse.

Un muret en pierre l'entourait sur trois côtés. Le quatrième, à l'arrière, était fermé par une claie en châtaignier dont les lames rayaient la neige déjà épaisse de leurs bandes gris foncé. Le cheval s'était instinctivement porté dans cette direction. Devant la claie il s'arrêta et attendit. Florent mit pied à terre, ôta un verrou rudimentaire en corde qui retenait la barrière à un piquet et l'ouvrit. L'alezan le poussa du museau et avança jusqu'à un large auvent couvrant l'arrière de la bergerie.

La lumière avait encore baissé. La neige tombait à présent très dru. Les contours de la bergerie et des murets du parc à moutons s'arrondissaient jusqu'à disparaître dans la masse de blanc. La première chose à faire était de mettre le cheval à l'abri. Une grande porte donnait accès à la bergerie proprement dite. Une barre en bois calée en diagonale dans les pierres du porche la fermait. Il la souleva et ouvrit la porte. Une intense odeur de fumier de mouton lui sauta au visage. Elle n'était pas désagréable. Au contraire, elle tranchait avec l'indifférence minérale qui l'entourait. Il faisait aussi beaucoup moins froid à l'intérieur. Par une petite ouverture carrée fermée par une vitre il vit qu'elle donnait sur le plateau dans la direction du Contadour. Le chemin avait à présent complètement disparu. Il eut l'impression d'être tout à fait coupé du monde. À sa surprise il la trouva plaisante.

Des poignées de fourrage étaient restées dans les râteliers des brebis. Sans attendre, l'alezan se mit à mastiquer. Le foin craquait avec un joli bruit de noisettes qu'on casse. Florent dessella le cheval et le bouchonna avec une grosse poignée d'herbes sèches qui sentaient l'été. Ensuite il grimpa sur un petit fenil en planches où étaient entassées des bottes de fourrage. Il y faisait tiède. S'il ne trouvait pas mieux de l'autre côté de la bergerie, il pourrait toujours venir s'installer là près du cheval. Il démonta une botte et la jeta dans un des râteliers. L'alezan abandonnant ses rogatons se jeta goulûment sur le foin frais.

En redescendant du fenil Florent remarqua une petite porte dans le mur gauche, elle aussi bloquée par une simple barre et qui s'ouvrit sans difficulté. Elle donnait sur une pièce de dimensions moyennes mais basse de plafond. Une vague lueur pénétrait par les interstices du volet de la fenêtre aux vitres sales. Florent alla ouvrir, faisant pénétrer un flot de lumière très blanche. Dehors la neige s'était accumulée autour de la bergerie. Elle formait un chapeau sur le muret qui entourait celle-ci à quatre ou cinq mètres de distance. On n'entendait rien en dehors de son frottement feutré. Au moment où il se délectait de ce silence quasi complet, Florent entendit des cris qui ressemblaient à une conversation animée. Puis à travers les flocons il vit passer à vingt mètres de distance une troupe de gros corbeaux qui se dirigeaient tranquillement à travers cet espace terne et disparurent bientôt dans la direction de l'ouest. Il entendit leurs cris longtemps encore après leur passage.

Une cheminée minuscule, noire de suie mais au très joli manteau en campagne, occupait un des angles de la pièce. Près d'elle il y avait un petit banc et juste à côté une confortable réserve de bois sec. Il monta un feu avec des touffes d'allumes en herbes sèches, des brindilles et deux ou trois bûches. Le feu prit rapidement en crépitant. La cheminée fuma un peu puis le tirage s'établit malgré le plafond bas de la neige. Bientôt la chaleur se répandit.

Il revint dans la bergerie où le cheval dormait debout, les naseaux dans le foin frais. Il prit ses sacoches de selle. Dans la pièce de devant, il dépoussiéra la table de la manche et sortit les provisions d'Auguste. Grâce au feu très vif il faisait chaud et Florent ressentit un vrai bien-être. Il se coupa une tranche de pain et l'accompagna de saucisson. C'était royal. Son ami du Contadour avait aussi glissé dans sa sacoche une bouteille de vin bouché. Quoique un peu âpre, il était excellent.

Tandis qu'il ajoutait du bois, il se dit qu'en plus d'avoir eu la chance de trouver la bergerie, il y passait un fort agréable moment. Il frémit en songeant que son sort eût été moins enviable s'il s'était trouvé à errer au milieu de cette blancheur infinie où tout point de repère avait disparu. La neige tombait moins fort à présent mais une brume grisâtre semblait se lever du sol. Si le brouillard s'installait pour de bon, il lui serait difficile de reprendre la route. À un autre moment cette constatation l'eût inquiété. Là, elle n'eut d'autre effet que de lui faire apprécier davantage la chaleur du feu et le vin de coteau d'Auguste. Bien calé sur le banc de la cheminée, les pieds allongés vers les flammes, il se laissa aller à une douce rêverie où le monde entier lui parut exempt de toute hostilité. Son bien-être physique s'accompagnait d'un sentiment de paix et de joie intérieure que même l'évocation de ce qui lui restait à accomplir ne parvenait pas à entamer.

Et pourtant ! Qu'y avait-il au bout de cette route qu'il avait prise ? Maintenant qu'il approchait du but, il voyait avec plus de netteté les conséquences graves de tout cela. Aurait-il d'ailleurs été possible qu'il en soit autrement ? Sûrement pas car les événements qui avaient décidé de tout étaient graves, justement. La mort peut-être pour des gens dont le seul crime était de croire à des idées généreuses et de les défendre, ce qui ne faisait pas l'affaire de tout le monde. Sinon la mort, au moins l'exil dans des contrées lointaines au-delà des mers, ce qui souvent revenait au même. Le responsable ? Ce Lombardi vers lequel Florent marchait et qui, dès qu'apparaissait un homme qui le gênait, n'avait qu'une réaction : l'éliminer. Ce qui menaçait directement les amis de Florent. Et lui, Florent, qu'allait-il faire ? Parce que, alors qu'il n'était plus qu'à quelques lieues de Lombardi, pouvait-il encore se bercer de l'illusion qu'il suffisait de l'impressionner pour qu'il arrête ses persécutions contre des *amis de la liberté* ? Car il n'y avait pas que les deux marchands de grains actuellement emprisonnés ! Les rapports des cercles républicains étaient formels : chaque fois qu'un des leurs était arrêté ou même pire – un accident arrive si vite... –, on tombait sur Lombardi. Oh, jamais directement, cela aurait été trop simple, mais sur un de ses proches, un de ses employés ou encore un de ses hommes de main qui couraient la campagne en bandes et dont faisaient sûrement partie ceux qui l'avaient pourchassé au Revest-du-Bion. Impressionner un type pareil ? Comme si des menaces pouvaient arrêter des gens tels que lui dont la malfaisance était une seconde nature ! Penser cela amenait de nouveau une question : si les menaces ne suffisaient pas, que faudrait-il faire ? Florent venait de réaliser une fois de plus la naïveté des discours généreux. C'était là que le bât blessait : des discours ! La réalité était souvent différente, beaucoup plus noire et terre à terre. Les gens comme Lombardi se trouvaient du côté de cette réalité, prêts à s'en servir, à la façonner à leur guise pour en tirer profit. Et ils ne parlaient pas, eux, ils s'abstenaient de discours, ils agissaient. Florent devrait faire pareil le moment venu : s'abstenir de discours et agir. Ce qui signifiait presque à coup sûr : éliminer Lombardi. Formuler cela le soulagea beaucoup.

Le temps avait passé, le feu baissé mais sa chaleur avait envahi toute la pièce. Florent alla jeter un nouveau coup d'œil à la fenêtre. De la buée s'était formée sur la vitre, il dut l'essuyer du dos de la main pour y voir clair. Il ne neigeait plus. Tout n'était que blanc. La neige, épaisse d'au moins un pied autour de la bergerie, avait gommé tout relief. Cailloux, souches mortes et les arbres eux-mêmes, tout était arrondi. La faible lumière du jour qui était en train de baisser encore sur cette ouate épaisse entretenait un sentiment de délitement. Florent se prit à regretter le passage des corbeaux. Eux au moins, dans leur secrète conversation, avaient amené un peu de vie dans ce désert.

À force de regarder, ses yeux se mirent à cligner. Il alla s'assurer que tout se passait bien du côté du cheval. Quand il entra, l'alezan dormait. Il entrouvrit un œil, reconnut son cavalier et referma la paupière. Florent sortit à l'arrière. C'était exactement le même spectacle monotone que devant la bâtisse. Seulement, ici on distinguait vaguement la crête à une clarté légèrement plus marquée du ciel. Mais la distance qui l'en séparait était considérable... Et même si Florent avait eu le courage de se lancer malgré l'heure avancée, ce qu'il voyait vers l'ouest où un fin brouillard montait lentement eût suffi à l'en dissuader. Entreprendre un tel trajet à ce moment de la journée aurait été pure folie. D'autant qu'Auguste l'avait mis en garde au sujet de la pente qui se trouvait au-delà du Pas de Redortiers. Ce dernier serait bien difficile à reconnaître dans cette lumière chiche, sous l'épaisse couche de neige. Une fois tout bien pesé, il conclut qu'il n'avait guère de marge de manœuvre. Le plus raisonnable était de passer la nuit dans la bergerie en espérant que demain, le temps serait meilleur.

Il rentra dans l'étable et raconta son idée au cheval que le courant d'air glacé provoqué par l'ouverture de la porte avait réveillé. L'alezan paraissait apprécier cette conversation et tournait la tête gentiment dans la direction de son patron. Toutefois, peu après, il jugea préférable de recommencer à mâcher son fourrage. Une fois de retour dans la pièce d'habitation Florent posa une grosse bûche sur le feu qui repartit aussitôt dans une gerbe d'escarbilles. Une longue flamme jaune s'éleva. Il y vit un signe d'espérance dans cette solitude glacée que l'hiver venait de répandre autour de lui.

Quand il se réveilla, il fut surpris par l'extraordinaire lumière qu'il apercevait à l'extérieur, à travers la fenêtre. Même la vitre sale ne parvenait pas à l'éteindre. Il se leva en songeant qu'il avait dormi d'une traite depuis la fin d'après-midi de la veille. Il sortit en poussant la neige qui s'était accumulée contre la porte. Un soleil magnifique avait déjà basculé au-dessus de l'horizon. Le ciel était bleu, un bleu très tendre et uniforme, sans un nuage. Le silence était seulement troublé par des craquements de glace. Il faisait extrêmement froid, mais pas un souffle de vent. Florent fit quelques pas dans la neige qui crissa sous ses bottes. La couche avait au moins trente centimètres d'épaisseur. À une dizaine de mètres devant la bergerie il découvrit la trace de sabots très fins. Il songea à une biche. La piste s'en allait ensuite entre les rochers qui bordaient le chemin. Il trouva ce signe de vie attendrissant.

Le feu était éteint mais il faisait encore tiède. Il mangea un peu et se dit qu'il pourrait rester des heures, voire des jours dans cet endroit douillet à contempler le spectacle de la neige et du ciel. Impossible ! Il lui fallait profiter du beau temps pour descendre dans la vallée. Si la neige retombait un peu plus tard, il risquait de se retrouver bloqué pour de bon. Et puis, il *devait* aller. Les interrogations n'étaient plus de mise. Pourtant le bonheur qu'il connaissait depuis la veille avait de quoi les renforcer. Il balaya tout cela. Non ! Il n'était plus temps ! Il jeta de la neige sur le feu pour éteindre les dernières braises, referma soigneusement le volet, prit ses sacoches et revint dans l'étable où il sella le cheval.

Il sauta en selle dans une orgie de lumière. Après cent mètres il se retourna pour jeter un dernier regard vers la bergerie qui lui avait sauvé la vie. Le soleil formait une énorme boule jaune au-dessus du toit. Plus loin, quelques arbres couverts de neige et de givre paraissaient brûler comme des chandelles. Presque à l'horizon, on apercevait la crête de la Faye dont avait parlé Auguste. Les distances étaient faussées par tout ce blanc. Surtout, au-dessus de la crête, on voyait l'énorme masse de bleu du ciel. Là-bas, tout semblait aussi avoir disparu dans la même couleur uniforme. L'alezan fonçait vers ce bleu.

Le soleil était monté et sa lumière était plus douce. Il devina aux rochers qui bordaient le chemin qu'il était arrivé au Pas de Redortiers. L'alezan s'était arrêté de lui-même à l'endroit où le chemin basculait vers la vallée. Celle-ci, dont de grands pans étaient encore plongés dans l'ombre, était baignée d'une couleur violette qui semblait une métamorphose du bleu du ciel. Il était tombé moins de neige en bas que sur le plateau et Florent distinguait même les touffes rousses des grands chênes d'une forêt très étendue. Plus loin sur la gauche, les cheminées d'un village fumaient. Il n'y avait pas plus de vent en bas que sur le plateau et les fumées montaient droit. Vers la droite à la sortie de ce village, qui selon toute vraisemblance était Les Omergues, une route assez large prenait la direction de l'est au fond de la vallée du Jabron. C'était celle de Sisteron. Une fois en bas, Florent serait tout près du but de son voyage. Il se refusa à ranimer les questions qu'il avait en vain débattues la veille. Comme pour mieux affirmer sa résolution, il poussa l'alezan vers la descente. Par chance, dans la pente fort raide, le vent avait chassé la neige en congères sur le côté gauche du sentier qui allait presque droit sur cent mètres avant de suivre plusieurs lacets qu'on apercevait entre les branches des chênes.

Au sommet de la crête Florent avait redouté que la descente ne se transforme en cauchemar à cause de toute cette neige et du froid qui glaçait l'ubac. Il n'en fut rien ; au contraire, en moins d'une heure il parvint dans la vallée à travers la chênaie. Peu à peu la pente se fit moins marquée, se redressa et finit même par presque disparaître sur un replat qui traversait des éteules. Il était encore à un quart de lieue des Omergues et le coin était désert.

Après les éteules il vit apparaître un bosquet de grands cyprès noirs. Il pensa à un cimetière mais au milieu des arbres sombres il y avait seulement un puits à la margelle de pierre surmontée d'un petit toit en lauzes sous lequel pendait un seau au bout d'une corde. Après avoir mis pied à terre, Florent fit boire l'alezan et but lui-même goulûment. Ensuite il remonta en selle. Au moment où il sortait du bosquet de cyprès, une silhouette jaillit de l'abri des troncs très serrés. C'était un cavalier. Florent, ébloui par la lumière, mit quelques secondes à le reconnaître avant de s'écrier : « Dominique ! »

*Troisième partie*

# SAINT-ESPRIT

9

« Comment m'as-tu trouvé ? » demanda Florent après avoir raconté à Dominique son périple depuis Gordes.

La neige formait une couronne blanche autour des troncs très sombres des cyprès. Au-delà, elle recouvrait tout d'une couche plus fine que sur le plateau. Par places elle faisait penser à du linge de soie. Le hameau des Omergues dressait ses murs dorés sous le soleil de la matinée. De grands arbres aux branches nues servaient de perchoirs à des troupes de corbeaux qui paraissaient attendre quelque chose.

« Ce n'était pas très difficile, répondit Dominique, je savais où tu allais.

– C'est impossible ! le coupa Florent.

– Faut croire que non !

– Seuls quelques amis sont au courant de ce que je fais ici ! Tu n'es plus des nôtres, tu ne peux pas savoir.

– Il te manque une partie du puzzle, répliqua Dominique. D'abord, il est à craindre qu'il y ait davantage que *quelques amis* comme tu dis qui soient au courant. Ensuite j'ai repris du service...

– Quel service ?

– T'aider. Et, pour ma propre conscience, te protéger.

– Ça ne me dit toujours pas comment tu as fait pour savoir que je passerais ici.

– Je n'allais tout de même pas imaginer que tu irais à Sisteron par Aix ! Sur la grand-route !

– Non, mais j'aurais pu passer au sud du plateau d'Albion.

– C'était un risque à courir. Comme tu as quitté Lavon en allant vers le nord-est...

– Comment sais-tu ça aussi ?

– À ton avis ? Mijane, bien sûr... Ensuite, j'ai appris que tu étais passé à l'Auberge de la Route dont je connais le patron qui se prétend républicain mais mange à tous les râteliers. Après Le Revest-du-Bion il n'y avait pas trente-six possibilités. J'ai simplement coupé plus court que toi ! Comme la neige menaçait, je suis descendu ici très vite. Je t'attends depuis hier.

– Chapeau », dit Florent. Il était sincère. Dominique avait dû traverser le plateau et descendre au Pas de Redortiers pendant que lui-même dormait chez Auguste. Il reprit : « Pourquoi dis-tu que tout le monde est au courant de ma mission ?

– Désolé de t'apprendre ça, mais c'est un secret de Polichinelle parmi les nôtres.

– Comment est-ce possible ?

– Évidemment quelqu'un a parlé. La trahison est plus répandue qu'on ne croit. Remarque, je parle de trahison sans savoir. Rien ne dit que ceux de l'autre camp soient au courant. Ce n'est qu'une hypothèse de ma part. Disons qu'il y a de grandes probabilités pour qu'il en soit ainsi.

– On peut toujours espérer le contraire ! dit amèrement Florent. Remarque : cela expliquerait que ces types m'aient pourchassé au Revest-du-Bion.

– Tu sais qui ils sont ?

– Non. Mais je suppose qu'il s'agit des sbires de Lombardi.

– Il y a des chances. Ce que tu m'as raconté tout à l'heure ne cadre pas avec les méthodes de la police.

– Et maintenant ? demanda Florent.

– Tu as une mission, non ?

– *J'ai* une mission, souligna Florent.

– Je ne veux pas m'imposer. Mais si tu es d'accord, on va y aller ensemble. Ça me paraît plus agréable que de te surveiller de loin pour voir si tu ne fais pas de bêtises. »

Dominique avait parlé d'un ton léger, forcé à l'évidence. Il ajouta : « Ce Lombardi n'est pas un enfant de chœur, Florent. C'est un dur. Et il n'est pas seul. Il a des tas de types à son service, toute une bande d'après ce qu'on dit. Sans compter les appuis officiels qu'il s'est faits en graissant les pattes depuis dix ans dans une bonne partie des Basses-Alpes. Dans son coin il fait la pluie et le beau temps. Sans doute même jusqu'ici !

– Tu sais que je suis censé lui *faire peur* ?

– Tu crois que c'est possible ?

– Pas vraiment..., admit Florent.

– Alors ?

– Alors : il n'y a qu'une solution pour l'empêcher de nuire. »

Il n'osait pas exprimer à haute voix le fond de sa pensée. Dominique s'en chargea : « Il faut l'abattre. » Comme son cheval piétinait dans la neige il ajouta : « On va finir par avoir froid. Allons-y !

– Tu as raison. On a encore un bout de chemin jusqu'à Sisteron.

– Raison de plus ! Passe devant. C'est toi le patron.

– Je l'espère ! » s'exclama Florent en riant.

Il devait être près de dix heures. En traversant Les Omergues il remarqua qu'il était très heureux d'avoir Dominique à ses côtés comme à l'époque où ils étaient inséparables. Ce que son frère avait dit lui donnait à réfléchir. Était-il vraiment possible que quelqu'un ait trahi ? Et qui ? Une ribambelle de questions découlaient ainsi les unes des autres. Le problème était qu'il n'aurait aucune réponse avant un bout de temps, si même cela arrivait... Que faire en attendant ? Ce qu'ils faisaient, Dominique et lui : arriver jusqu'à ce type, ce Lombardi et, comme avait dit son frère : l'abattre.

Le bourg paraissait désert, avec ses maisons barricadées. On n'entendait guère les bruits habituels. Peut-être les gens d'ici avaient-ils été surpris par la neige. Tout semblait mort dans ce village peureusement rencogné sur ses feux.

Ils sortirent des Omergues par une route qui s'enfonçait au milieu de vastes sapinières remontant à droite vers les à-pics sous le plateau. Les troncs très élancés, grisâtres, et où pendaient de grands lambeaux de mousse d'Espagne, rejoignaient les hêtraies sous la crête de la Faye dont le ciel bleu ourlait le contour. À cause des buissons il ressemblait à de la dentelle. Ces pentes sous le plateau étaient dans l'ombre. Elles y resteraient tout au long du jour. On voyait scintiller des lames de glace entre les hêtres.

Dans la plaine il faisait beaucoup moins froid. Si le soleil continuait à faire fondre la neige, la route deviendrait impraticable à cause de la boue. Pour le moment, seules quelques flaques disséminées obligeaient les chevaux à patauger. Sinon l'avance facile sur ce chemin était seulement ralentie par les ornières des charrois d'automne de bois de chauffage qui avaient entaillé profondément le sol.

Peu après ils s'engagèrent entre les sapins. Ces bois s'étendaient sur une lieue environ avant de se terminer en pointe de chaque côté de la route. Ensuite celle-ci traversait les espaces lisses et tout blancs de grands champs qui appartenaient sans doute à une énorme ferme qu'ils voyaient au loin, un peu surélevée et entourée d'arbres magnifiques. Une métairie presque aussi grosse était établie vers les sapins. Sa cheminée et celle de la ferme fumaient verticalement dans l'air de cristal. Ce signe de vie humaine toucha les deux hommes cheminant au milieu de ce pays splendide mais étranger.

Vers midi ils virent apparaître les toits d'un gros bourg. En le montrant du doigt Dominique annonça : « Saint-Vincent-sur-Jabron !

— Tu connais ? demanda Florent un peu surpris.

— Oui. Comme tout ce coin d'ailleurs. Je suis souvent venu par ici à une certaine époque... »

Florent avait arrêté l'alezan. « Crois-tu qu'on peut se permettre d'aller là-bas ? demanda-t-il. Je pense "auberge, ravitaillement", etc.

— Je ne crois pas qu'il soit bien raisonnable de trop se faire voir si près de Sisteron.

— C'est aussi mon avis, je ne te posais la question que pour la forme. On se contentera de ce que m'a donné mon copain du Contadour.

— Et de mes propres réserves, fit Dominique en tapant sur sa sacoche de selle.

— Dans ce cas, dit Florent en riant, c'est Byzance ! Allez ! On va couper par ces prairies et contourner ce gros village. »

Dominique suivit son frère qui avait lancé l'alezan sur un chemin de terre entre des saules têtards, contournant plusieurs fermes au large des prés.

Ils firent ainsi un grand détour qui leur prit plus

d'une heure. Après les prairies le chemin longeait des bois très noirs où ils entendirent des coups de cognées. Normalement les coupes de bois étaient finies depuis longtemps, mais le soleil avait dû pousser quelque fermier à compléter sa réserve. C'était sagesse car malgré la belle journée on sentait que ce ciel dégagé préparait un fort gel pour la nuit à venir, ainsi probablement que pour les suivantes.

En revenant avec précaution vers la grand-route après les bois ils virent qu'ils avaient largement dépassé Saint-Vincent.

« On arrive en haut de cette côte et là on casse la croûte », dit Florent.

Il montrait en même temps le sommet d'une grande pente qu'escaladait la route en avant d'eux. Quand ils y parvinrent, ils découvrirent un chemin perpendiculaire menant à une accumulation de gros rochers. Ceux-ci présentaient le double avantage de former une sorte de cirque où il faisait presque chaud et de les rendre invisibles depuis la route sur laquelle, en revanche, aucun mouvement ne leur échapperait. Il y avait même, comble d'abondance, un grand carré d'herbe encore verte parsemée de gros pissenlits très gras que les deux chevaux entreprirent aussitôt de tondre.

Ils s'installèrent sur des rochers plats et, après avoir ouvert leurs sacoches de selle, commencèrent à déjeuner, le dos calé aux rochers. Il faisait bon à cet endroit car les pierres avaient emmagasiné la chaleur du soleil depuis le matin. Il n'y avait pas un souffle de vent et le ciel était du même bleu profond et paisible d'un bout à l'autre de l'horizon.

Le soleil était maintenant très haut au-dessus d'eux. Florent suivit un moment la course d'un gros oiseau fuyant vers le sud, peut-être un migrateur qui avait pris du retard sur ses compagnons, ou un solitaire. Florent, qui aimait la solitude, se dit que la présence de son frère était tout de même un réconfort. D'abord elle prouvait que ce dernier n'avait pas totalement abandonné le combat d'autrefois. Surtout, il avait répondu sans fard à la question que Florent se posait depuis le début concernant l'Italien. Il exprima pour lui-même la réponse avec clarté comme Dominique l'avait fait : « Il n'y a qu'une solution : abattre Lombardi. » Curieusement il fut heureux de parvenir à prononcer ces mots à son tour. Désormais, croyait-il, ce n'était plus qu'un problème pratique.

« Est-ce que nous sommes loin de Noyers-sur-Jabron ? demanda-t-il tout en rangeant le reste de ses provisions dans ses sacoches.

— Deux lieues environ. Pourquoi tu me demandes ça ?

— Parce que je dois me rendre à une ferme à côté de Noyers. La Gaillarde, tu connais ?

— Non », répondit Dominique, qui avait l'air d'attendre une explication.

Florent estima qu'il y avait droit. « C'est là qu'on doit me donner les derniers détails concernant Lombardi.

— Ah bon », dit simplement Dominique, avant d'ajouter : « Je suppose que tu ne dois pas y arriver en plein jour...

— Bien sûr. Il faut attendre ce soir.

— Sans problème. On est très bien ici.

— D'autant qu'on peut facilement surveiller la route de Sisteron.

— Tu penses à quoi ?

— Je ne crois pas que ceux qui me cherchaient déjà au Revest-du-Bion aient abandonné la partie aussi facilement ! À un moment ou un autre, ils vont bien réapparaître, non ?

– C'est probable. Toutefois, s'ils viennent sur cette route, on ne peut pas les manquer. On voit les passants comme si on y était : regarde. »

Un fardier était en train de gravir la longue côte qui les avait menés jusqu'à leur abri entre les rochers. Il était attelé de six chevaux énormes et chargé de sacs de grains. Il mit un temps infini à parvenir au sommet avant de basculer dans la descente vers Noyers-sur-Jabron. Tout le temps de la montée le conducteur avait houspillé ses chevaux à grands cris et claquements de fouet. Dès le sommet, il s'assit sur le timon et passa à quelques encablures de la cachette des deux frères en sifflotant. C'était un gros homme à l'aspect débonnaire dont la tranquillité évidente, malgré ses grands gestes, s'accordait avec la force calme des percherons et la paix de l'après-midi.

Un peu plus tard ils virent passer deux femmes avec des paniers. Mais elles quittèrent bientôt la grand-route pour un chemin tortueux qui montait à travers les terres vers un groupe de maisons qu'on apercevait au sommet d'une colline, assez loin. Ensuite un homme apparut, venant de Noyers-sur-Jabron. Il était monté sur un cheval pie très grand, portait une redingote marron, un chapeau de la même couleur et tenait une sacoche en travers de sa selle. Florent imagina qu'il s'agissait du médecin du canton. Il disparut bientôt dans la direction de Saint-Vincent.

Pendant plus d'une heure la route resta déserte. Florent s'était assoupi lorsque Dominique lui tapa sur l'épaule : « Regarde ! »

Deux silhouettes de cavaliers venaient à vive allure de Saint-Vincent. Florent écarquilla les yeux, cherchant quelque détail qui lui rappellerait ses poursuivants du Revest. En vain. Pourtant les deux hommes allaient très vite comme s'ils avaient le diable à leurs trousses. Il commençait à échafauder de vastes hypothèses à leur sujet quand, ayant passé le col et entamé la descente, ils prirent tout bêtement la direction suivie par les femmes avec les paniers, vers les maisons sur la colline.

Le temps avait passé, le soir s'annonçait déjà à quelques signes : le soleil était descendu sur l'horizon, la lumière moins vive semblait peser davantage sur les choses dont l'ombre était maintenant plus longue et plus indécise. Il faisait aussi beaucoup moins chaud. Vers quatre heures le vent du nord se leva : la nuit promettait d'être claire et froide. De plus, il charriait les odeurs des grandes collines blanches d'où il descendait. Parmi elles, Florent reconnut avec une pointe d'émotion celle de la lavande. Les deux frères ouvrirent la bouche presque en même temps : « Je crois... », commença chacun d'eux. Ils éclatèrent de rire, complices, et Florent résuma : « Il vaut mieux y aller, c'est ça ?

– On a deux lieues jusqu'à Noyers. Cette Gaillarde, tu sais où ça se trouve ?

– Près d'un bois qui s'appelle Saint-Michel.

– Nous voici bien avancés : les bois, ce n'est pas ce qui manque à Noyers-sur-Jabron !

– À l'orée de celui-là, il y a un grand pigeonnier à côté d'une croix.

– Mazette ! Quelle précision ! Tant mieux. Je n'aimerais pas passer la moitié de la nuit à chercher cette ferme avec le froid qui s'annonce. J'espère qu'au moins ses occupants vont pouvoir nous accueillir.

– C'est en tout cas ce qui est prévu pour moi ! En ce qui te concerne, tu devras peut-être camper dans les bois... »

Dominique fit mine de lui lancer la sacoche qu'il était en train d'accrocher à sa selle. Ils riaient tous les deux.

Avant de quitter leur poste d'observation, ils regardèrent avec attention si personne ne venait sur la grand-route. Elle était déserte et son empierrement traçait un long ruban clair qui descendait vers la vallée. Ils la rejoignirent et marchèrent en direction de l'est.

Dans leur dos le ciel se colorait de rouge. En avant le pays était occupé par de grands champs labourés à la terre ocre et des jachères à peine couvertes de neige. Les quelques fermes qu'ils voyaient étaient toutes situées sur le haut de collines très arrondies qui portaient elles aussi de vastes champs aménagés sur leurs pentes. Cependant, ici comme aux Omergues le pays semblait déserté. Il était probable que ses habitants, redoutant à l'avance le froid de la nuit, avaient regagné leurs gîtes et se chauffaient à cette heure au foyer de leurs cheminées. Ils firent une lieue à petite vitesse.

Tout en se laissant bercer par le pas lent et léger de l'alezan, Florent songea de nouveau à la présence de Dominique. Il se souvenait de ce que lui avait dit Mijane à Lavon. Elle avait parlé de « malice » dans son regard, tout en concédant que ce n'était pas le terme exact. Lui n'avait rien lu de tel dans ses yeux. À vrai dire elle avait aussi parlé du « détachement » de son frère mais cela n'était plus vrai aujourd'hui. À ses côtés Dominique menait la même lutte que lui. Qu'il le fît davantage pour aider Florent que par conviction ou par goût était possible, mais cela mettait de toute façon à mal cette impression d'indifférence que lui-même avait pourtant constatée auparavant. Tout cela faisait un réseau serré de « pourquoi » et de « comment », serré au point d'en être inextricable. Florent savait d'expérience que cela se terminait souvent ainsi. Dès lors, il valait mieux ne pas trop chercher à comprendre et suivre le fil des événements tout en se tenant prêt. Il chassa ses interrogations et regarda le paysage encore fort beau dans la lumière affaiblie précédant le crépuscule dont le rougeoiement intense colorait désormais les grands bois et les collines.

Ils avaient quitté depuis longtemps les champs cultivés de Saint-Vincent et après pas mal d'étendues en jachère, des petites landes rases de buis et de genévriers bordaient maintenant la route. Des pierres énormes les parsemaient, qui prenaient parfois des allures menaçantes dans le mélange des ombres du soir. Florent remarqua qu'une première étoile très blanche et tremblante venait de s'allumer vers l'est. Il se refusa à lire dans sa présence le moindre présage.

Peu après, la route continuait son chemin entre des alignements de trembles dont certains avaient gardé leurs feuilles. Elles étaient d'or pur et la lumière y prenait une consistance de poudre qui dorait l'herbe haute et les bardanes. Les bas-côtés en étaient tout enluminés. Cette double ligne de trembles menait jusqu'au sommet lointain d'une côte.

« Noyers-sur-Jabron est là-bas derrière, dit Dominique.

– Selon ce que je sais, la Gaillarde se trouve juste avant, sur la droite.

– Reste à trouver le pigeonnier et la croix dont tu m'as parlé. Et surtout le chemin qui y mène.

– La nuit va venir, fit Florent.

– Et des chemins il n'y en a guère par ici. On n'a pas vu beaucoup de fermes !

– En effet, reconnut Florent un peu désabusé.

– Il faut toujours se fier à la chance. Regarde ! »

Un chemin prenait naissance à droite de la route

après un petit pont de pierre et une construction qui pouvait passer pour un pigeonnier.

« Ça y ressemble, admit Florent. Il n'y a qu'un moyen de s'en assurer ! »

Il fit virer l'alezan vers le chemin après avoir franchi le petit pont sous lequel coulait un paisible ruisseau tout encombré de longues herbes vertes évoquant une chevelure en désordre. Il s'agissait bien d'un pigeonnier.

« Il ne manque que la croix !
– La voici », dit Florent en désignant une sorte de calvaire en pierre blanche dressé au sommet d'une petite éminence que franchissait le chemin après le pigeonnier. Ce dernier était celui d'une ferme ruinée dont les chicots de murs émergeaient à peine de grands sureaux et de ronces violettes.

« Ta Gaillarde doit être là derrière », estima Dominique.

Le chemin montait entre des chênes caparaçonnés de brun. Florent fut intrigué par une tache qu'il voyait à mi-pente. Une tache presque rouge sur le brun des chênes. Il s'agissait d'un cheval très roux qui lui rappela quelque chose. Ses rênes pendaient et il secoua la tête en les voyant arriver mais ne s'enfuit pas lorsqu'ils approchèrent.

« Je me demande où est son cavalier..., demanda Florent.
– Dans ce fourré », répondit son frère qui à ce moment avait quelques mètres d'avance.

Un homme gisait en effet au milieu d'un buisson de salsepareille. Il était grand et entièrement vêtu de noir. Selon toute apparence il était mort. Florent le reconnut aussitôt : c'était l'émissaire de Santel ; et ce cheval qui contemplait tristement son maître étendu était celui sur lequel il était venu à Lavon délivrer son message. Santel avait écrit dans sa lettre qu'il lui en enverrait un autre. Florent mit pied à terre et s'approcha du cadavre.

« Tu le connais ? demanda Dominique.

— Oui ! Il m'a déjà porté une lettre à Lavon. Il devait me remettre un autre message.

— Il a dû essayer. » Comme Florent se penchait pour faire les poches du mort, il observa : « Ça m'étonnerait qu'on ait laissé traîner la lettre qui t'était destinée. »

Bien sûr les poches étaient vides et l'une d'elles avait été retournée. Tout en palpant le corps, Florent s'aperçut que l'homme ne devait pas être mort depuis très longtemps. Il découvrit aussi l'origine de cette mort. Il portait à la poitrine, au niveau du cœur, une blessure provoquée par une balle tirée de très près. Cela avait pu se passer une heure plus tôt. Florent fit part de ses constatations à Dominique qui dit alors : « Peut-être celui qui l'a abattu est-il encore par là ? On n'a vu personne ni entendu quoi que ce soit, mais cela ne prouve rien. Il y a une heure, nous étions loin. »

Florent s'approcha du cheval roux qui avait l'air totalement abandonné. Il regarda aussi le sol autour de l'endroit où le corps était couché. « Dommage qu'il n'ait pas neigé ici comme sur le plateau », pensa-t-il. Non seulement il n'avait pas neigé mais il ne devait pas avoir plu depuis un bout de temps dans ce pays. Le sol était très sec, il était illusoire d'y rechercher la moindre empreinte. À quatre ou cinq mètres de là Florent découvrit seulement deux branches cassées dans un buisson de noisetiers. Difficile d'appeler ça une piste !

En se relevant après avoir découvert ces maigres indices, il s'aperçut que la lumière avait encore décliné. Seule la contrée au-delà de la crête était illuminée par le soleil couchant. Du côté où ils se trouvaient, l'ombre avait envahi les combes et le chemin par où ils étaient arrivés était plongé dans l'obscurité à cause des bois. Dominique devait avoir fait la même constatation, car il demanda : « Le soir tombe ! Que faisons-nous ?

– Nous allons à la Gaillarde, bien sûr !

– Oui, ça je sais. Je pensais à cet homme et à son cheval.

– Pour lui nous ne pouvons rien de plus pour le moment. Quant au cheval rouge, on va l'emmener à la ferme.

– C'était mon idée mais je voulais te l'entendre dire. C'est toi le chef, après tout !

– C'est tout ce que tu as trouvé ? demanda Florent en souriant.

– Ma foi, je voulais détendre l'atmosphère. C'est raté ! »

Il s'approcha du cheval roux, prit sa bride et partit vers le sommet de la colline. Florent le suivit. Il se demandait quel était le contenu du message de Santel. Si c'étaient de nouvelles instructions, elles n'étaient pas arrivées jusqu'à lui. Il fallait espérer que les gens de la Gaillarde n'aient pas eu le même genre d'ennuis que l'homme en noir. Il le saurait dans un moment. Florent était certain que c'était bien le messager de Santel qui était visé. Donc son assassin rôdait probablement quelque part alentour avec l'intention de s'en prendre à lui-même aussi.

Ils parvinrent bientôt au sommet de la pente où de longs alignements d'arbres marquaient la limite des bois. De là-haut on avait vue sur une grande vallée encore claire, même si le soleil était considérablement descendu vers l'horizon. Vers l'est, le ciel couvert paraissait sombre et menaçant. Pourtant, au-dessus d'eux comme dans la partie éclairée de la vallée, il était encore d'un beau bleu, sauf dans le bas où de grandes lames superposées de rouge et d'orange s'empilaient au-dessus de l'horizon.

Après les bois, ce versant de la colline était cultivé et l'on voyait de grands espaces d'éteules rousses et de sombres terres labourées et finement hersées. Il y avait de fortes chances que ces champs fassent partie de cette Gaillarde où ils allaient.

Dominique étendit le bras. « Si je ne me trompe, ta ferme se trouve là-bas, derrière ces sapins. »

Florent regarda dans cette direction. Après quelques sapins pointus le soleil couchant teintait en rose vif le toit d'une grande bâtisse. Tout autour, des barrières en bois séparaient des parcs à moutons vides du reste des champs. À gauche, un vaste jardin potager avait encore bonne allure malgré la saison. Sur un chemin qui paraissait venir du bout du monde, un homme rentrait à la ferme en tenant par la bride un mulet attelé à un tombereau avec des roues immenses. Les deux silhouettes cahotantes de l'homme et du mulet paraissaient minuscules et perdues dans l'immensité de la vallée. Avec le soir qui venait, il s'en dégageait même une impression de solitude un peu déchirante.

« Cet homme, dit Florent en montrant le paysan à la charrette, est sans doute celui que je dois rencontrer.

– Comment le sauras-tu ? demanda Dominique.

– Tu as oublié ? fit Florent en riant. Nous autres, républicains, avons nos signes de ralliement.

– Non, je n'ai pas oublié. C'est même quelque chose qui m'a toujours agacé par son côté puéril. Ça ressemble à un jeu... Mais les autres ne jouent pas !

– Parce que tu crois que les ultras ou les gens de Louis Napoléon n'ont pas leurs rites ?

– Qui sait ? Je ne les ai jamais fréquentés. Toi non plus d'ailleurs !

– Non. Je les crois au fond plus tristes que nous.

– Et quel est ton mot de passe, cette fois ?

– Ne ris pas : "Liberté égale", c'est ce que je dois dire.

– Et lui ?

– "Fraternité".

– Enfin..., remarqua Dominique avec une moue. Si ça fonctionne... Tout ça moi... »

Florent encaissa le coup. Cette dernière phrase impliquait qu'il ne les avait pas tout à fait rejoints. Pourquoi était-il là, alors ? Seulement pour lui, Florent ? Était-ce bien le moment de se poser ces questions ?...

« On descend », fit-il d'un ton neutre en poussant l'alezan.

Le chemin qui conduisait à la ferme était parfaitement entretenu. Les ornières, les nids-de-poule avaient été réparés avec beaucoup de soin. C'était d'ailleurs l'impression générale qui se dégageait de cette vallée : l'ordre. Venant après les quartiers sauvages que Florent avait traversés depuis son départ, c'était frappant.

Ils arrivèrent dans la cour de la ferme à peu près en même temps que l'homme à la charrette qui se dirigeait déjà vers une grange bâtie sur l'arrière de la grande maison et attenante aux communs. C'était aussi le moment où le soleil jetait ses derniers feux contre les vitres de la maison alors que l'ombre avait déjà envahi les alentours. On ne distinguait plus la crête d'où ils étaient descendus que par le léger contraste que faisait le ciel avec la terre sombre.

Au-dessus de la bâtisse, une grosse cheminée fumait. Il flottait dans l'air une odeur de feu de bois mêlée à un léger parfum de soupe.

Au moment où ils entraient au grand trot dans la cour, l'homme leva la tête vers eux. Il était d'un âge moyen, assez grand, vêtu d'un bourgeron noir et de gros godillots. Il portait un chapeau plat en feutre, noir aussi, et son visage s'ornait d'une énorme moustache *à la Léopold* qui lui mangeait la moitié de la figure. Il avait de grands yeux d'un bleu très clair, presque délavés, qui frappaient par leur vivacité. Il caressa de la main l'encolure du mulet puis serra la mécanique du frein de la charrette et fit quelques pas dans la direction des deux cavaliers avant de s'immobiliser.

« Liberté égale... », dit Florent qui aimait bien se fier aux apparences. Pour une fois il avait raison. L'homme répondit : « Fraternité. »

Sa voix était aiguë, très étonnante. Il fit un signe de la tête vers Dominique qu'il avait déjà observé du coin de l'œil, sans doute étonné de ne pas voir Florent arriver seul. Ce dernier jugea utile de préciser : « Mon frère est avec moi.
– Ah bon, dit l'homme. Descendez de cheval et venez. On va mettre vos bêtes dans mon écurie avec le mulet. »

Sans autre formalité, il revint à la charrette, desserra le frein et reprit la direction des communs comme si de rien n'était. « Il faut être très fort, ou très inconscient », pensa Florent. Le premier terme devait être le bon.

L'écurie était très propre. Ils dessellèrent les chevaux.

« Vous allez rester ici cette nuit », avait dit l'homme aux yeux bleus. Comme Florent se préparait à répondre qu'ils dormiraient très bien dans la paille de cette écurie, il avait complété : « Nous ne manquons pas de chambres. »

Les chevaux s'étaient précipités vers les grands râteliers que le fermier de la Gaillarde venait de remplir d'un foin gras à la forte odeur d'été, dans cette écurie dont les fenils semblaient pleins à craquer. Une fois les bêtes à l'abri, ils avaient tous trois pris la direction de la maison dans une lumière de plus en plus faible, alors que seul un fin liseré orange subsistait vers l'ouest, à la limite des montagnes.

En approchant de la bâtisse, Florent vit qu'à l'intérieur on avait allumé les lampes. Ils secouèrent leurs bottes avant d'entrer. L'homme avait ouvert la porte en criant : « On a de la visite ! »

L'odeur de la soupe évoquait la paix du soir, la famille, une vie assise.

Ils entrèrent dans la salle commune, une vaste pièce au plafond noirci par les années, aux épais murs chaulés, éclairée par une suspension en cuivre à boule et système. Au milieu, une table en chêne ciré brillait des éclats du feu allumé dans une énorme cheminée. Sur le mur opposé, un vaisselier en noyer présentait une série d'assiettes magnifiques que Florent reconnut pour être du moustiers. Ces faïences donnaient le ton à l'ensemble : un confort simple plutôt cossu, en accord avec les champs et la ferme elle-même. Une richesse fondée sur le travail, sans rien d'ostentatoire, une harmonie entre les hommes et la terre.

Une femme touillait avec une grande cuillère en bois dans un toupin posé sur un trépied garni de braises qu'elle avait écartées du feu. Elle avait le même âge que l'homme aux yeux bleus et était d'une corpulence au-dessus de la moyenne. Ses cheveux étaient d'un gris très beau, comme doré. Surtout, elle avait des yeux magnifiques qu'elle posa sur les deux arrivants avant de sourire. Elle leur adressa un petit signe de tête et se remit à sa besogne.

On entendait des bruits de vaisselle dans la pièce attenante à la salle commune. Florent se sentit un peu gêné de pénétrer ainsi dans l'intimité de ces gens.

Comme il songeait que ce sentiment était nouveau pour lui, un bruit de pas résonna sur les tomettes et une jeune fille sortit de la souillarde en portant un plat. Elle devait être âgée d'une vingtaine d'années. Ses cheveux étaient aussi blonds que ceux de sa mère étaient gris. À voir les mêmes yeux magnifiques de ces deux femmes il n'y avait guère à s'interroger sur les liens qui les unissaient. Elle eut un regard de surprise en découvrant les deux frères. Mais avec beaucoup de grâce, elle baissa les paupières et vint jusqu'à la table où elle déposa son plat. Puis elle rejoignit sa mère et se mit en devoir de pousser de nouvelles braises sous le toupin.

Pendant ce temps, l'homme aux yeux bleus était allé jusqu'à la crédence où il avait pris deux verres et une bouteille de fine. Puis il était revenu près de la table et, montrant les bancs à Florent et Dominique, leur avait dit : « Goûtez-moi de celle-là ! Rien de tel pour vous remettre d'une longue marche à cheval. Surtout à cette saison. » Puis il servit une dose conséquente d'alcool dans les deux verres avant d'ajouter comme pour s'excuser : « Si je ne bois pas avec vous, ce qui n'est pas poli, c'est que justement moi je n'ai pas fait cette longue marche ! Que cela ne vous empêche pas. »

Florent trouva la fine particulièrement raide mais de fait elle réchauffait bien. Dominique sembla partager cette opinion. Florent remarqua que son regard était fixé sur la jeune fille. Il se dit en lui-même : « S'il pouvait tomber amoureux, ce serait ce qui peut lui arriver de mieux ! » Puis il se tourna vers l'homme aux yeux bleus. « Excusez-moi, mais on ne m'a pas indiqué votre nom, seulement celui de votre belle ferme. »

L'homme eut un hochement de tête comme pour remercier du compliment, puis il dit toujours de sa petite voix aiguë : « Je m'appelle Adrien Mesureur.

– Moi je me nomme Florent Barthe et mon frère, Dominique. On m'a dit que vous sauriez me renseigner sur le dénommé Domenico Lombardi et les moyens de l'atteindre.

– Oui..., commença Mesureur.

– Attendez ! le coupa Florent. Il y a un nouvel élément : avant d'arriver chez vous nous avons trouvé un homme mort dans le bois à mi-pente de l'autre côté de la colline par laquelle nous sommes venus. Un coup de fusil. C'était lui le propriétaire du cheval roux. »

L'homme siffla légèrement entre ses dents. Florent remarqua que sa femme avait levé la tête et écoutait avec beaucoup d'attention.

« C'était donc cela ! fit Mesureur après quelques secondes.

– Quoi donc ? demanda Florent.

– J'ai entendu un coup de feu, il y a deux heures de ça. J'étais dans un champ près de la colline. J'ai pensé qu'il s'agissait d'un chasseur. Il y en a toujours un qui profite de l'hiver... »

Il paraissait réfléchir. Florent devinait à peu près le fil de ses pensées. Aussi quand l'autre demanda : « Vous croyez que ça a un rapport avec Lombardi ? » il répondit aussitôt : « Je dois reconnaître qu'il est difficile d'imaginer que l'assassinat de cet homme soit une simple coïncidence.

– Certes ! l'approuva Mesureur. Je suis de votre avis. Mais en principe personne ne savait que vous alliez venir ici et encore moins dans quel but.

– Ça, c'était vrai jusqu'à hier pour moi aussi, mais mon frère m'a détrompé. C'est pour cela qu'il est venu me rejoindre : il y a eu des fuites.

– Je n'aime pas ça..., fit l'homme. Qui était le mort ?

– Il était envoyé par un de nos chefs pour m'apporter un message... J'étais prévenu.

– Message qui n'était plus sur lui quand vous l'avez trouvé, évidemment.

– Évidemment », confirma Florent.

La femme de Mesureur s'était remise à touiller sa soupe avec application, mais Florent nota qu'elle ne perdait pas une miette de la conversation. La jeune fille avait de nouveau disparu dans la souillarde.

« Vous croyez que c'est grave ? demanda Mesureur.

– Pour le message ? Je ne crois pas : celui qui m'écrivait a l'habitude de prendre des précautions. Mais que cet homme se soit fait descendre est grave, bien sûr. Il va falloir ouvrir l'œil.

– Ici, en tout cas, vous ne risquez rien.

– Alors ? questionna Florent. Ces informations sur Lombardi ? »

Une demi-heure plus tard les deux frères en savaient autant sur leur cible que s'ils l'avaient fréquentée durant des années. Ils avaient maintenant un calendrier précis de ses déplacements, avec les horaires, les lieux, les circonstances prévisibles, ceux qu'il irait voir, ceux qui l'accompagneraient. Florent se dit qu'à présent il ne restait plus qu'à agir. C'était évidemment le plus difficile. Il pensa aussi qu'il se trouvait bien dans cette maison et qu'après tout, rien n'interdisait d'en profiter. Demain il serait temps de mettre au point l'un ou l'autre des quatre ou cinq plans qui avaient commencé à germer dans sa tête pendant qu'Adrien Mesureur parlait.

« Et le corps de l'homme en noir ? On le laisse là-bas dans les ronces ? demanda Dominique.

– À la vérité, je ne crois pas qu'il soit très prudent d'aller se promener par là en pleine nuit. Son assassin doit être encore dans le coin en train de guetter. De plus, si on y va ensemble, il faudra laisser seules ici ma femme et ma fille. On s'occupera de lui demain. Espérons que, d'ici là, les chiens et les renards... »

Il ne termina pas sa phrase, ayant vu le regard de sa femme posé sur lui.

Ils échangèrent des banalités pendant un moment avant que la jeune fille ne revienne mettre le couvert. Le repas était savoureux et Florent se rendit compte qu'il attachait un peu plus de prix qu'autrefois à cette paix familiale qui l'entourait. Un peu trop ! pensa-t-il. Il se doutait bien qu'il n'y avait rien de tel pour miner les plus fermes résolutions. Toutefois, s'y abandonner un moment était agréable. Il s'aperçut que son frère parlait fort avec Mesureur et sa fille. Des histoires de montagne. La jeune femme riait beaucoup et Dominique paraissait enfin gai. Petit à petit il eut l'impression que tout cela sombrait dans un bourdonnement confus avant de réaliser qu'il était épuisé et tombait de sommeil. Il demanda à Mesureur de lui montrer l'endroit où il devait dormir. Sa femme le conduisit au premier étage.

Une fois seul dans la chambre, il se jeta sur le plus proche des deux lits et souffla la bougie. Cette pièce était traversée sur un des murs par le conduit de cheminée. Il y faisait particulièrement bon, presque chaud. Un silence très doux régnait, seulement rompu de temps en temps par un éclat de voix ou de rire. Florent se rendit compte que c'était Dominique qui s'exclamait ainsi. Les volets n'avaient pas été fermés et une grosse lune d'argent vint inscrire son cercle dans la vitre du bas. Malgré sa fatigue, il se releva et alla jusqu'à la fenêtre. La lumière de cette lune ronde éclairait fort bien les alentours de la Gaillarde. Florent s'attacha à chercher un détail anormal. Comme un homme à cheval, par exemple. Ainsi que l'avait dit Adrien

Mesureur, l'assassin du messager de Santel devait se tenir en embuscade quelque part. Car il était évident que c'était après Florent qu'il en avait. La *fuite*, d'abord limitée aux cercles républicains, avait dû parvenir jusqu'à Lombardi et il avait envoyé ses hommes : d'abord ceux du Revest-du-Bion et maintenant ce tueur.

Mais Florent eut beau scruter l'obscurité, hormis les ombres des arbres et des fourrés, aucun détail particulier n'attira son attention. Au demeurant, discerner une silhouette au milieu de tant d'ombres était une véritable gageure. Il retourna se coucher. Dix minutes plus tard, il dormait à poings fermés.

Les premières lueurs d'un jour par ailleurs fort pâle le surprirent au milieu d'un sommeil profond qui avait duré toute la nuit. Il se réveilla. Quand il fit craquer les lames du parquet en marchant vers la fenêtre, Dominique s'éveilla à son tour, bâilla longuement et demanda : « Quelle heure est-il ?

– Tard ! Le jour se lève.

– Déjà ? J'ai l'impression que je viens de me coucher. »

Florent regarda au-dehors. La lumière était comme éteinte par un plafond bas de nuages mélangés de noir et de gris très pâle qui semblaient peser sur le dos des collines. Dans les fonds, entre les champs et les bois de la Gaillarde, flottaient de légères nappes de brume qui se déchiraient en s'accrochant aux saules têtards longeant un ruisseau. Derrière ce brouillard les éteules n'en paraissaient que plus jaunes, presque dorées et croustillantes. Autour, des arbres ayant perdu toutes leurs feuilles, contrairement à quelques chênes rouvres, dressaient leurs branches dans la grisaille vers un ciel fermé.

Florent aperçut Mesureur qui revenait avec sa charrette attelée du même mulet que la veille. On devinait une forme allongée sous une grosse couverture. « Il a dû encore penser aux renards et il est allé chercher tout seul le corps du messager ! » pensa Florent qui admirait son courage.

Dans la cour il salua Mesureur : « Qu'allez-vous en faire ?

– Pour le moment, le mettre à l'abri dans cette remise. Plus tard, je l'enterrerai à la lisière du bois.

– Vous ne voulez pas qu'on vous aide ?

– Ne vous tracassez pas pour ça. Vous avez autre chose à faire ! »

Florent se demanda si c'était un reproche voilé pour ne pas avoir pris la route bien avant l'aube comme ils avaient prévu. On ne lisait rien de tel dans le regard bleu transparent d'Adrien Mesureur. Toutefois, il rejoignit rapidement Dominique qui buvait paisiblement un bol de lait chaud dans la salle commune en compagnie de la belle jeune fille aux yeux rieurs. Il fit comme lui puis ils allèrent seller et équiper leurs chevaux.

Une demi-heure après, ils étaient en selle et prêts à partir.

« Adrien, je voulais vous dire...

– Rien du tout, mon ami », le coupa Mesureur en usant exactement des mots d'Auguste : « Dans ces cas-là on dit toujours des bêtises.

– Alors, on y va ! »

Florent fut surpris d'entendre à ses côtés Dominique ajouter : « Mais on reviendra quand *tout ça* sera fini. »

Florent devinait très bien à qui ces mots s'adressaient. Mesureur aussi peut-être car il répondit : « C'est bien ce que *nous* souhaitons. »

Puis Florent tourna la bride et s'élança vers le sommet de la colline par laquelle ils étaient arrivés la veille.

Le ciel était toujours aussi gris et lourd. On sentait même de nouveau une odeur de neige mélangée aux vapeurs de la brume.

10

Ils avaient quitté la Gaillarde depuis une demi-heure et traversaient de grandes landes hérissées de genêts rouges, lorsque la neige recommença à tomber.

Au-delà de ces terres plates, sur les crêtes vers Sisteron, des hêtres dénudés formaient un grillage noir derrière les gros flocons. Bientôt les champs et ces landes furent entièrement recouverts. Puis le chemin lui-même disparut presque. Toutefois un large fossé qui le bordait permettait de ne pas s'égarer. En outre, la vallée vers l'est, longue, très droite, correspondait exactement à leur route.

Il faisait froid, davantage que la veille. Depuis leur départ de la ferme ils se suivaient sans parler. Florent qui marchait devant n'oubliait pas l'assassin de l'homme en noir. Dans ce paysage d'hiver, surtout après que la neige avait recommencé de tomber, il était difficile de déterminer si telle ombre collée contre un bosquet de frênes correspondait à une touffe de sureaux ou à un cavalier embusqué. Il en allait de même des rochers et des buissons ponctuant le paysage sur la pente des collines.

Bientôt la neige les obligea à cligner des yeux. Un vent du nord froid et brutal descendait avec des claquements de fouet à travers les sapinières des coteaux et rabattait de grosses volées de flocons qui se plaquaient sur leur visage et leur poitrine. Il devenait illusoire de surveiller les alentours. La seule perspective rassurante dans tout ça était que si quelqu'un les guettait, les conditions étaient les mêmes pour lui.

Peu après, le chemin remonta. Un bois formait une tache noire sur la droite. Le vent soulevait la neige accumulée sur les arbres et provoquait de grands tourbillons qui raclaient la lande. Puis toute cette neige retombait et venait combler le fossé. De l'autre côté, le vent l'accumulait en congères contre les murets qui encerclaient des champs à l'abandon remplis de chardons encore bleus luisant comme des améthystes dans la lumière pâle, presque blafarde.

Un peu plus loin apparurent les ruines éventrées d'une bergerie dont il ne restait que trois murs et un morceau de toit. Les poutres effondrées étaient couvertes de ronces noires qui flottaient par paquets comme des drapeaux dans les sautes du vent. De grands sureaux jaunes sortaient tout ébouriffés des fenêtres aux huisseries arrachées. Une plaque en tôle ayant servi à rafistoler la toiture cognait contre un arc en pierres avec un bruit lugubre.

« Même si on devait s'abriter là, je réfléchirais à deux fois ! cria Dominique à l'oreille de Florent dont il s'était rapproché depuis le bas de la côte.

– Tu as raison. Il vaut mieux chercher autre chose ! répondit Florent en hurlant à son tour. On va d'abord passer le col. Après, on sera à l'abri du vent. Davantage qu'ici, en tout cas. »

Plus ils montaient, plus le vent redoublait de violence. Il levait toujours de grandes écharpes de neige qui traversaient le chemin. Vers les bois il secouait les branches avec un acharnement de damné. À plusieurs reprises Florent en entendit craquer quelques-unes qu'on voyait ensuite s'abattre contre les troncs en soulevant des nuages blancs. Tout ce mouvement créait devant eux une barrière opaque où même les objets les plus proches paraissaient se diluer dans l'incertitude. Cet air secoué de rafales sentait l'eau et la pierre à fusil. À ces odeurs s'ajoutaient celle de l'herbe détrempée et, venant des bois, des senteurs un peu âcres de champignons et de mousses.

Les renseignements de Mesureur étaient précis. Il avait indiqué le lieu et l'heure auxquels Lombardi serait accessible. Ça tombait par hasard ce jour-là, mais seulement ce jour-là. Le lendemain, ce serait un peu plus compliqué et ensuite il faudrait attendre quinze jours avant que ne se présente la même occasion. Or, parvenir sur place avant le soir dans cette tempête de neige serait difficile. Sauf si, une fois passé le col dont ils approchaient, le vent soufflait moins violemment. Sinon, il leur faudrait trouver un abri car il deviendrait hors de question de continuer dans de telles conditions. Ils seraient bientôt fixés : le col était tout proche, de gros rochers couverts de neige montaient la garde de chaque côté.

Ce fut au moment où l'alezan posait le sabot sur la crête que Florent entendit siffler la première balle. Instinctivement, il se baissa sur l'encolure de son cheval, se retourna, vit tomber Dominique et ressentit une violente douleur dans la poitrine quand le deuxième coup de feu claqua. L'alezan avait fait un écart. Florent, déséquilibré, tomba à son tour dans un monceau de neige. Dominique était étendu immobile à une dizaine de mètres de lui. Son cheval s'enfuyait au galop dans la descente. L'alezan avait fait quelques pas et restait au milieu du chemin, regardant avec un air de totale incompréhension dans la direction où se trouvait son maître.

Malgré la douleur qui lui déchirait les côtes, Florent essaya de bouger un peu. Tant qu'il était dans ce fossé, il était plus ou moins à l'abri. Il lui faudrait pourtant en sortir s'il voulait récupérer ses pistolets restés dans ses sacoches de selle. Il agrippa des deux mains des touffes de thym qui dépassaient de la neige et s'en servit pour ramper vers la route et le cheval. Au moment où il allait se mettre debout au prix d'un effort considérable, une autre balle siffla à quelques centimètres de son visage. Le vent emporta la détonation vers la vallée dans les tourbillons de la neige. Toujours à plat ventre, Florent souffrait beaucoup. Portant la main à son côté, il la retira rouge de sang. Sans arme et dans cette position, il était paralysé, et l'autre avait tout son temps pour le viser encore. C'était une question de minute. Peut-être était-il déjà en train d'ajuster son tir. Florent essaya de calculer d'où il avait pu tirer. Selon toute vraisemblance, le coup venait du bosquet de fayards qui crépitaient dans le vent à quelque distance des rochers du col. En levant légèrement la tête, il regarda tout autour. Il lui semblait voir une tache plus sombre au milieu des hêtres. Elle pouvait aussi correspondre à un tronc plus gros que les autres. Cependant il la vit nettement bouger. Sans doute l'homme se préparait-il à le tirer comme un lapin dans l'axe du fossé.

Il se dit qu'il n'avait qu'une chance minime : que l'alezan comprenne ses ordres et lui apporte ses armes... Il se souvint d'une vieille astuce de dresseur de chevaux. Il siffla doucement entre ses dents. Le cheval releva légèrement la tête. Florent siffla de nouveau. Cette fois l'alezan secoua les oreilles. Il avança un sabot puis l'autre et fit quelques pas vers son cavalier. Florent espéra que l'autre ne prêterait pas attention aux sifflements qui, vu la violence de la tempête, devaient heureusement se perdre. Sinon il allait abattre l'alezan. C'était un risque à courir. Il siffla encore. De plus en plus intrigué, le cheval vint vers lui. Parvenu au bord du fossé il s'arrêta à un mètre cinquante de Florent et secoua la tête très fort tout en soufflant bruyamment par les naseaux.

Il fallait maintenant aller très vite. Pourrait-il se relever ? La question était oiseuse. Dans quelques secondes l'autre se serait déplacé et lui-même se trouverait dans sa ligne de mire.

Il serra les dents, rassembla ses forces et, dans un mouvement désespéré qui lui déchira la poitrine, il réussit à se mettre debout. Une fois contre l'alezan, il ouvrit sa sacoche de selle et prit un des pistolets. Le second était de l'autre côté, inaccessible. Cela ne faisait qu'un coup. Il regarda vers les fayards où il ne distingua plus l'ombre de tout à l'heure. Il chercha alentour, crut discerner une masse sombre sur la crête vers la droite. Ce n'était qu'un gros cade que le vent secouait.

Le simple fait de tirer sur le pommeau de la selle lui arrachait une douleur telle qu'il n'était pas envisageable de monter à cheval. Il essaya en vain de se rassurer en sentant la crosse du pistolet dans sa paume. Rester à l'abri de l'animal n'était pas une solution car il n'était aucunement libre de ses mouvements.

Comme pour régler le problème, un nouveau coup partit du bois de fayards et une balle vint se ficher entre les pattes avant de l'alezan en faisant gicler la neige tout autour. Le cheval fit un écart et bondit vers le col. Florent, déstabilisé, retomba lourdement dans le fossé. Au moins ce type devait aimer les chevaux. Il lui aurait été en effet très facile de tirer un peu plus haut et d'abattre l'animal. « Ça ne l'a pas empêché de te tirer dessus ! » pensa Florent.

À présent au bout de son bras étiré devant lui il tenait son pistolet et celui-ci était chargé. Cela ne l'avançait pas beaucoup. Il était peu probable que le type s'expose maintenant qu'il le savait armé. Florent ne voyait qu'une solution : que l'autre le croie mort ! Pour cela, il fallait prendre un risque énorme.

Il vit que son sang avait souillé la neige sur une grande surface. Il bondit. Un brusque crochet l'amena à un mètre de l'endroit précédent. Un nouveau coup de feu résonna. La balle le frôla sans l'atteindre. Une fois sur le sol, un bras étendu, l'autre qui tenait l'arme replié près du corps, il demeura parfaitement immobile, les yeux fermés. De là où il était, le type pouvait croire cette fois être parvenu à le tuer. Le menton enfoncé dans la neige, Florent entrouvrit légèrement les paupières. Il voyait juste un amas de flocons devant ses yeux mais en les relevant un peu il distingua le bois de fayards. Il n'y avait plus qu'à attendre sans bouger malgré sa blessure qui, dans cette position, le faisait terriblement souffrir. Après deux minutes il vit apparaître la tête d'un cheval à la pointe du bois de hêtres puis son cavalier. Celui-ci pointait un fusil dans la direction de Florent qui ne bougeait pas plus qu'une pierre. Depuis un moment la lumière était plus vive et il ne tombait plus que de rares flocons. Le vent lui-même paraissait avoir perdu de sa virulence et se contentait désormais de feuler dans les arbres du col. Le cavalier sortit du bois et avança lentement vers Florent. Quand il allait tirer, ce dernier ne devait pas manquer son coup. Il n'avait qu'une balle. Cela ne changeait rien : l'autre ne lui laisserait aucune chance d'en tirer une deuxième. Il s'efforçait de rester tout à fait immobile. Il craignait surtout que le type, au lieu de venir droit sur lui, ne préfère passer plus loin et n'arrive par-derrière. Il ne fallait pas tirer trop tôt non plus. Sa position n'était pas commode : il devrait lever son bras assez haut et viser, puis ensuite rouler très vite sur le côté au cas où l'autre aurait le réflexe d'appuyer en même temps que lui sur la gâchette. Ne pas tirer trop tôt, ne pas attendre non plus...

Le nez dans la neige, il sentait pourtant toujours les odeurs de la forêt. À quelques centimètres de son visage il vit une sorte de coléoptère grisâtre avec des taches bleues sur les élytres. Accroché à un brin d'herbe, il remuait à peine, déjà condamné et pourtant si beau. À travers ses paupières mi-closes Florent vit le type qui avançait toujours, le canon de son fusil dirigé sur lui, l'index posé sur la gâchette. Le soleil apparut entre deux couches jaunes de nuages au-dessus de la barrière striée d'arbres du col. Ses rayons balayèrent la neige jusque devant Florent, disséminant des poignées d'étincelles. En sentant leur chaleur, l'insecte écarta faiblement les ailes mais resta accroché à sa tige.

Avec l'arrivée du soleil, le vent avait brusquement cessé de souffler. Le silence tout neuf parut presque irréel à Florent. Puis il entendit le crissement des sabots du cheval dans la neige et de ceux de l'alezan qui prenait ses distances avec le nouveau venu.

Florent distinguait mieux celui-ci maintenant. C'était un costaud. Son visage très rouge luisait sous un bonnet fourré de lapin. Il portait un seul gant, son autre main serrée sur la crosse du fusil était nue. Il était vêtu d'un long manteau de drap marron et de bottes de postillon aux semelles épaisses. Florent aurait voulu voir ses yeux dissimulés dans l'ombre du bonnet.

À cet instant l'insecte battit des ailes et s'envola lourdement dans le soleil. Florent y lut un signe. D'un geste impeccable il déplia son bras, lança le poing, ajusta le type dans sa ligne de mire et tira tout en roulant sur le côté. Après son coup de feu, un second venant du fusil le rata de plus d'un mètre sur la droite. Une ou deux secondes il crut avoir manqué l'homme dont le cheval avait bondi en avant dans ce vacarme. Mais il lâcha son fusil qui tomba lourdement sur la neige avec un bruit mat. Florent vit enfin ses yeux qui le regardaient avec beaucoup d'incompréhension avant qu'il tombe à son tour avec le même son étouffé. Une fois à terre il resta complètement immobile tandis que le cheval libéré galopait à son tour dans la descente où avait fui celui de Dominique. Seul l'alezan restait à sa place. Florent aurait voulu aller jusqu'à lui et monter en selle mais il n'en avait pas la force. En roulant sur le côté il avait ressenti une douleur encore plus violente et sa blessure saignait toujours.

Il attendit encore un moment tout en surveillant le type immobilisé sur la neige dans une posture un peu grotesque. Cet homme ne bougerait sans doute jamais plus. À moins que... Florent vit le fusil posé sur la neige à quatre ou cinq mètres de lui. Deux coups ! Il en restait un. Il devait récupérer cette arme avant de pouvoir se reposer. Il éprouvait une irrésistible envie de dormir. Elle était dangereuse et il ne fallait à aucun prix y céder. Il se souleva et essaya de se mettre debout. La fatigue lui parut invincible. Il rampa dans la neige. À un mètre du fusil il s'agenouilla. Un peu plus loin devant lui l'homme ne remuait toujours pas. Le fusil entre ses mains lui donna une force nouvelle. Il vérifia : il restait en effet un deuxième coup. Il se servit de l'arme comme d'une canne et réussit à se mettre debout. Appuyé sur le fusil, la tête lui tournait.

Florent fit quelques pas dans la direction de Dominique. Son frère n'avait pas bougé depuis le début. Son cœur défaillait rien qu'à la pensée de ce que cela pouvait impliquer. Il lui fallait parvenir jusqu'à lui pour savoir... C'était loin : au moins vingt mètres, et il était sans force. Cependant il fit quelques nouveaux pas minuscules dans la neige qui craquait comme du sucre candi. Il eut un rire brutal, vite changé en sanglot, en calculant le temps qu'il lui faudrait pour arriver ainsi jusqu'à Dominique. Il essaya de ne plus penser et de se contenter d'avancer.

Il y serait sans doute parvenu s'il n'avait pas oublié qu'il se trouvait maintenant au bord du fossé. Quand il le réalisa il était trop tard. Un petit pas de plus et son pied s'enfonça. Il perdit l'équilibre et se retrouva enfoui à moitié. De la neige était entrée dans sa bouche et l'étouffait, il toussa puis réussit à se retourner en roulant et put de nouveau respirer.

De là où il se trouvait il ne voyait plus Dominique. Il n'entendait pas de bruit non plus. C'était comme si toutes ses sensations s'étaient évanouies. Au-dessus de lui le ciel était gris, zébré de jaune par le soleil de nouveau voilé et timide. Une lumière glauque, un peu verte vers le col, s'étalait sur la neige. Il perdit connaissance.

Le jour très blanc entrait à flots par le grand rectangle d'une fenêtre coupée à la moitié par un ciel bleu sans nuages. Florent ne vit que cela quand il entrouvrit les yeux. Trop blanc. Trop clair. Il les referma aussitôt. Il entendit des craquements proches. Il n'avait même pas la force de se tourner et ressentait une fatigue considérable. Il rouvrit les yeux. En abaissant un peu les paupières pour éviter la blessure de la lumière, il vit une nouvelle tache blanche très près de son visage. Il se souvint de la neige du col, mais ce n'était pas cela. Il n'y avait pas de fenêtre au col ! En promenant ses mains devant lui, il comprit qu'il touchait du drap, un métis rugueux qui sentait la lavande et fit surgir l'image du grand plateau qu'il avait traversé. Quand ? Il était incapable de s'en souvenir et pas davantage de ce qui s'était passé ensuite. Il avait l'impression d'un gros bloc d'ombre au milieu de toute cette blancheur et redoutait confusément ce qu'il cachait. Il écouta de nouveau. Les craquements venaient d'un feu de bois qui flambait à quelque distance sur sa droite. Il essaya de tourner la tête, il était ankylosé, chaque mouvement déclenchait un élancement douloureux au niveau de sa poitrine. Cela lui remit en mémoire les scènes du col. Il se revit en train de tomber, puis couché sur la neige, puis quand il avait récupéré son pistolet, puis quand il avait réussi à abattre le type. Après ? Il arrivait au bloc noir ! Il recommença, se remémora les différents moments. Il avait le sentiment que quelque chose manquait. Un point, important cependant, se refusait. Il réalisa : c'était lui qui refusait. Et aussitôt le noir se déchira : il vit Dominique parfaitement immobile dans la neige tel un gisant. Ce n'était que trop clair. Toutefois, il essaya encore de se cacher la vérité. Lui aussi, en ce moment, on aurait pu l'appeler *un gisant*. Pourtant il vivait ! Mais tout le temps pendant lequel Dominique n'avait pas bougé après sa chute venait démentir cet espoir. Florent voyait encore son cheval s'enfuir au galop dans la descente après le col. En évoquant le seul mot qui convenait : « mort », Florent ressentait une douleur autrement insupportable que celle qui fouillait la chair de sa poitrine dès qu'il esquissait le moindre geste.

Le feu répandait une bonne chaleur qui venait par vagues jusqu'au lit où il était étendu. Au-dessus de lui le plafond très haut était bordé tout autour de la pièce d'une frise dorée en stuc ornée d'acanthes et de couronnes de laurier. Sur les murs il distinguait une tapisserie bleue et de chaque côté de la fenêtre pendaient de grands rideaux, en chintz, bleu aussi mais très foncé, ourlés de perles. S'il essayait de regarder autour de lui, le mobilier, le parquet, il avait très mal ; il ne bougea plus.

Il entendit, mêlés aux bruits du feu, de petits claquements répétés, comme multipliés par un écho. Cela venait puis s'éloignait un peu. Il comprit que c'étaient des pas et songea à un long corridor aux multiples méandres. Les claquements devinrent de plus en plus nets, s'arrêtèrent brutalement et une porte s'ouvrit avec un grincement. Quelqu'un était entré dans la chambre. Pour le voir il aurait fallu se tourner. Il n'osait pas. Il ferma même les yeux. Par-dessus l'odeur de chêne et de mousse du feu un autre parfum vint jusqu'à lui. Il hésita à la reconnaître puis il devina : « De la violette ! » Il ne savait pas pourquoi, mais cela le rassurait.

Il entendit des pas légers bien différents des claquements de tout à l'heure. Puis une voix demanda : « Pourquoi souriez-vous ? » La voix était décidée, féminine et jeune. Il se trouva bête et résolut d'être sincère : « Je ne sais pas », dit-il. C'était vrai.

« En tout cas, vous allez mieux, constata la voix.
– Vous croyez ? » demanda-t-il innocemment.

Il crut deviner un sourire dans la réponse. « On voit bien que vous ne vous êtes rendu compte de rien depuis huit jours ! »

Il ouvrit brutalement les yeux. « Huit jours ! Je... »

Il fut incapable de poursuivre à cause de la beauté du visage qu'il voyait maintenant au-dessus de lui sur la gauche. Ses yeux si bleus sous un front pâle et les cheveux d'un noir extraordinairement sombre coiffés en bandeaux lui permirent de la reconnaître. Elle avait exactement le même regard que lorsqu'il l'avait croisée à Lavon. Il se souvint de la phrase de Mijane : « Elle s'appelle Claire d'Orièges, c'est une amie. » Il parvint à prendre assez sur lui pour affirmer : « C'est impossible ! Cela ne fait pas huit jours que je suis dans cette chambre...

— Pourtant ce n'est que la vérité. D'ailleurs en comptant bien, huit jours c'était hier. Aujourd'hui ça fait neuf. »

Il rougit violemment. Il pensait à tout ce que cela impliquait. Il balbutia : « Et pendant ces neuf jours, vous...

— Nous vous avons soigné, évidemment. Votre blessure est grave. Quand nous vous avons trouvé, vous aviez perdu beaucoup de sang. Vous étiez inconscient. Vous l'êtes resté jusqu'à maintenant. »

Il se retint de dire : « Il valait mieux ! » Il demanda : « Nous ?

— Delphine et moi », répondit-elle avec simplicité avant d'ajouter : « Désolée, on ne peut pas compter sur mon père pour ce genre de choses. D'ailleurs, il n'est pas là... »

Il remua dans sa tête les différents sens que l'on pouvait donner à ces paroles. Il ne parvint à aucune conclusion probante. Elle avait parlé de son père. Peut-être était-il le seul homme de cet endroit. Il fut stupéfait de remarquer à quel point cette idée lui faisait plaisir.

« Vous ne m'avez pas encore demandé qui je suis.

— Parce que je le sais. Vous êtes le frère de Mijane. Je vous ai croisé à Lavon, vous montiez le même alezan que lorsque nous vous avons trouvé et votre sœur m'a écrit que vous veniez d'arriver juste après mon départ. Mais vous non plus, vous ne m'avez rien demandé encore.

— Je sais aussi qui vous êtes et toujours grâce à ma sœur. Enfin, je connais votre nom... »

Il se tut, brusquement intimidé. Il y eut un de ces silences pendant lesquels, dit-on, un ange passe. Seul le feu, en craquant, le brisa, mais avec légèreté. Florent fit un effort pour s'asseoir et il parvint à remonter dans le lit en prenant appui sur ses coudes.

« Attendez, il vous faut un oreiller », dit-elle.

« Elle est très maternelle », pensa Florent qui se récria aussitôt : « Non merci ! »

Cela le gênait terriblement mais il était trop tard. Elle avait couru jusqu'à un placard et l'ouvrait. Alors qu'elle revenait, il dit : « Ce n'était pas la peine : je vais me lever. Si vous me dites où sont mes habits...

– Vous lever ? Vous n'y pensez pas !

– Mais si. Je vous assure. Où sont-ils ? »

Elle inclina légèrement la tête. Elle était vraiment très belle. Elle parut réfléchir. Elle dut réaliser qu'il parlait sérieusement. S'il avait eu ses habits, il se serait levé aussitôt. Elle avança les mains. « Attendez ! Je vais demander à Delphine de vous les apporter. »

Très vite elle sortit de la chambre. Au moment où elle passait la porte, il l'appela : « Madame ! » Elle se retourna, surprise. « Oui ?

– Vous reviendrez, n'est-ce pas ?

– Bien sûr ! » fit-elle en éclatant de rire. Elle ajouta : « Vous pouvez m'appeler Claire si vous voulez. Sinon dites plutôt *mademoiselle* que *madame*. »

Lorsqu'elle eut refermé et tandis que son pas s'éloignait dans le corridor, il songea qu'il aurait dû lui dire de l'appeler Florent mais il savait n'avoir aucune présence d'esprit.

Un moment plus tard on frappa à la porte. La femme qui apportait ses vêtements était de petite taille, extraordinairement ronde et rouge de figure, mais dans ses yeux on lisait une grande bonté. Il comprit qu'il s'agissait de la dénommée Delphine et se demanda s'il devait la remercier de l'avoir soigné. Il n'osa pas. Elle déposa les habits sur le lit et le regarda. « Vous êtes sûr que vous pouvez vous lever ? Mademoiselle est très inquiète. Hier encore...

– Hier c'était hier ! Je vous assure que je me sens très bien. Je me demande comment j'ai pu rester huit jours dans ce lit.

– Vous ne vous êtes pas vu quand vous êtes arrivé ! Vous ne voulez pas que je vous aide ?

– Non ! Je vous assure, dit-il en rougissant.

– Quand vous serez prêt, agitez cette sonnette et je viendrai. »

Elle montrait une chaînette qui pendait au mur et devait communiquer avec quelque lointain mécanisme.

Dès qu'elle eut quitté la chambre il rejeta le drap qui le couvrait. Il vit aussitôt qu'il était très amaigri. Il portait une espèce de chemise de nuit vaste et blanche dont il imagina qu'elle appartenait au père de Claire d'Orièges. Il l'ôta et réussit à enfiler sa propre chemise. Ce faisant, il vit qu'il portait un énorme pansement sur le flanc gauche, retenu par une large bande de toile qui faisait le tour de sa poitrine. Chaque mouvement de son bras déclenchait une vive douleur. Une fois passée sa chemise, il se cramponna à la tête du lit en noyer. En grimaçant il parvint à se mettre debout. Il dut se retenir au lit car toute la chambre s'était mise à tourner et la lumière de la fenêtre lui faisait horriblement mal aux yeux. Il les ferma et retint sa respiration. Il fallait qu'il s'habille, qu'il retrouve ce que sottement il nomma *sa dignité*, avant de rire de cette hyperbole. Son ironie lui fit du bien. Ayant rouvert les yeux, il constata que la pièce ne tournait plus. Il négligea la douleur et réussit à s'habiller.

Cela lui donna la force de faire les quelques pas qui le séparaient de la fenêtre. Il dut cligner des yeux car le grand jour l'éblouissait encore. La vitre était couverte d'une légère buée qu'il effaça de la main.

Il se trouvait dans une pièce située en hauteur. En effet, les arbres dénudés d'un grand parc qui s'étendait sur la gauche lui apparaissaient largement en dessous de la fenêtre. La hauteur était encore plus considérable à l'aplomb de celle-ci où d'énormes rochers blancs dans lesquels étaient fichés de maigres arbustes couleur bronze dominaient un précipice dont le bas de la fenêtre empêchait Florent de voir le fond. En fait, toute une vallée commençait là et il distinguait dans le lointain les confins d'une grande forêt qui la couvrait jusqu'à un horizon très clair à l'est où s'élevait le soleil du matin.

Il fut aussi frappé par l'épaisseur du mur où s'ouvrait la fenêtre. Vu la hauteur, il devait s'agir d'une énorme bâtisse. Il corrigea aussitôt intérieurement : « Ça ressemble davantage à un château. On se croirait dans les étages de Beaumont. Mais ici c'est plus grand encore. » Ce qui l'impressionnait le plus était le ciel. Dès qu'on portait le regard au-dessus de l'horizon, on était pris de vertige. Ce ciel était comme une illustration parfaite de l'infini. Même le soleil paraissait s'y noyer, comme s'il eût été jeté dans une eau bleue qui en éteignait la lumière matinale.

Un détail permit à Florent de se raccrocher à la réalité. Sur un des arbres du parc dont les branches nues paraissaient dorées comme celles d'un saule, se tenait un gros oiseau roux figé dans une pose hiératique. Un rapace, buse ou milan, en plus grand. Malgré son immobilité il représentait un signe de vie tangible dans toute cette évanescence du ciel et des lointains du monde. Florent trouva sa présence rassurante. Il tendit même la main jusqu'à la vitre, comme s'il eût voulu toucher son image. Aussi loin que portait sa vue, le pays était entièrement couvert de neige. Elle avait dû continuer à tomber pendant les jours qu'il avait passés ici depuis...

À cet instant une douleur lui serra le cœur. Car cette idée qu'il venait d'avoir – la neige, l'autre jour – mettait cruellement en lumière la seule question qu'il avait refusé de se poser et a fortiori de poser. Il s'en voulut terriblement de cette faiblesse. Comment avait-il pu ?... Il traversa très vite la chambre en dépit de sa souffrance et, saisissant la chaînette, il tira dessus avec violence, déclenchant un lointain carillon dont les notes parurent s'égrener à des distances incommensurables. Ce geste brutal eut pour effet de le calmer.

Peu après on frappa et la dénommée Delphine entra. Elle s'exclama : « Comme vous êtes pâle !

– Ce n'est rien ! dit-il avec force. J'ai une question à vous poser : qu'est-il advenu de mon frère ?

– Ah, c'était votre frère... », répondit-elle avant d'ajouter aussitôt : « Vous demanderez ça à mademoiselle, elle ne va pas tarder à venir. »

Puis elle alla jusqu'au lit, remonta les draps qu'il avait rejetés, tira la courtepointe et ramassa la chemise. Ensuite elle sortit, elle paraissait fuir. Il était atterré : cette fuite était une réponse.

Trois minutes plus tard Claire d'Orièges entra. Elle devait s'attendre à son air bouleversé.

« Dites-moi ce qu'est devenu mon frère.

– Nous ne savions pas que c'était votre frère...

– Qu'est-il devenu ? » demanda-t-il de nouveau avec véhémence avant d'ajouter : « Excusez-moi.

– Il est mort, dit-elle en détournant les yeux. Je croyais que vous le saviez. »

Il revit en un éclair le corps de Dominique. Il serra les dents et regarda la jeune femme.

« Vous avez raison : je l'ai su dès que c'est arrivé. J'ai refusé la vérité.

– Nous agissons tous souvent ainsi, dit-elle avec douceur. Et nous avons raison.

– Je ne sais pas... En tout cas c'est ainsi que j'ai agi. Pardonnez-moi mais j'ai tant de peine, nous étions très liés.

– Mijane m'avait parlé de vous deux et elle m'avait aussi raconté ce qui était arrivé à votre frère.

– Quand je pense que la mort qu'il a cherchée longtemps l'a rattrapé alors que peut-être une nouvelle vie pouvait commencer pour lui. »

Il revoyait la soirée à la Gaillarde et entendait les rires de Dominique s'entretenant avec la fille de Mesureur. « Quel gâchis ! » pensa-t-il en revenant vers la fenêtre d'où il contempla à nouveau le paysage infini à travers ses larmes.

Claire d'Orièges vint près de lui. Comme il s'appuyait contre la croisée et posait son front sur son bras, il sentit sa main toucher son poignet. Ce geste était d'une infinie douceur, d'une grande amitié. Il en frissonna. Quand elle retira ses doigts il dit à voix basse : « Merci. » Puis, un ton plus haut : « Est-ce que vous avez prévenu Mijane et ma mère ?

– Nous n'avons pas pu, répondit-elle. Il est tombé beaucoup de neige depuis. Nous sommes coupés du monde. J'ai essayé d'envoyer quelqu'un au Revest-du-Bion il y a une semaine. Il est revenu une heure après : il y a des congères de trois mètres de haut sur tous les chemins.

– Si je vous entends bien, je suis bloqué ici ?

– Exactement », répondit-elle avant d'ajouter avec un petit sourire mi-figue mi-raisin : « Vous le regrettez ?

– Certes pas ! s'exclama Florent. Je sais ce que je vous dois !

– Vous ne nous devez rien, rétorqua-t-elle.

– Si ! Je vous dois la vie. C'est peu de chose en soi, mais beaucoup pour moi...

– Ce n'est pas à moi que vous devez la vie sauve. C'est Adrien Mesureur qui vous a découvert et qui est venu chercher de l'aide chez nous.

– Ah bon ! fit Florent surpris. C'est vrai que je ne me souviens de rien. Il faudra que je dise merci à cet homme.

– Vous le verrez sans doute quand vous pourrez quitter cette maison. Et ça dépend de la neige. Elle n'a cessé de tomber qu'avant-hier.

– Vous avez dit *maison* ? J'ai le sentiment que c'est plus grand que cela ici.

– Peut-être...

– Et quel est le nom de cette demeure ?

– Saint-Esprit. Fief des d'Orièges depuis... quelques lustres.

– Vous m'avez parlé de votre père...

– Oui : Charles d'Orièges. Dixième du nom, fit-elle sur le ton du jeu. Mais mon père n'est pas ici : il est parti pour Vaison-la-Romaine où nous avons des terres et hélas de mauvais fermiers, trois jours avant la tempête de neige. »

Ce qu'elle disait signifiait qu'elle était seule à Saint-Esprit avec Delphine et le *quelqu'un* qu'elle avait dit avoir envoyé. Il ne put s'empêcher de demander :
« Vous êtes seule ici avec vos domestiques ?

– Oui. En dehors de Delphine, il y a Léon, l'homme que j'ai voulu envoyer au Revest. Un vieux serviteur. »

Florent, troublé, se demanda pourquoi décidément

il avait posé cette question saugrenue et surtout pourquoi la réponse lui faisait de nouveau autant plaisir.

« Où avez-vous mis mon frère ? questionna-t-il.

– Nous l'avons enterré au petit cimetière du hameau abandonné qui est juste sous Saint-Esprit et porte d'ailleurs le même nom. Comment faire autrement ? ajouta-t-elle en s'excusant presque.

– Vous avez bien fait. Pouvez-vous m'y conduire ?

– Maintenant ?

– Oui, maintenant. »

Elle le regarda, parut peser le pour et le contre, se décida finalement. « Comme vous voudrez. Mais il va falloir vous couvrir. »

Il fut de nouveau touché de la sentir si attentionnée, presque maternelle. Toutefois il n'oubliait pas le rôle de sa beauté dans cet émoi qui le gagnait quand elle parlait. À présent qu'il se sentait presque d'aplomb sur ses jambes, ce visage d'ange aux yeux si bleus, cette peau très blanche et ces cheveux aile de corbeau lui paraissaient un spectacle de plus en plus ravissant. Il remarqua qu'elle était aussi grande que lui et vêtue avec simplicité mais non sans élégance. Il y avait aussi entre elle et cette demeure un accord qu'il ressentait confusément, bien qu'il n'en connût que cette pièce emplie de lumière. Même la hauteur d'où Saint-Esprit paraissait dominer la vallée lui semblait en accord aussi avec une certaine élévation de pensée et de sentiment qu'il ne pouvait manquer de relever dans ses paroles et ses inflexions de voix, comme dans le moindre de ses gestes, frappés de noblesse.

« Pour vous faire plaisir, je mettrai donc le manteau que je portais.

– On a dû le ranger dans la penderie. Delphine est une personne très méticuleuse. Suivez-moi. »

Peut-être avait-elle finalement remarqué son émoi ?

Elle avait employé un ton badin qui faisait oublier toute gêne. En la suivant il se rendit compte qu'il marchait mieux, même si la tête lui tournait encore et malgré la douleur à la poitrine.

Ils suivirent un long couloir aux murs lambrissés qui avait l'air de traverser la bâtisse tout entière ; tout au bout, une fenêtre répandait une lumière très éblouissante. Leurs pas claquaient sur le sol carrelé. L'écho s'en répercutait au loin. Ils n'atteignirent pas l'extrémité du couloir car elle vira brusquement à gauche où s'ouvrait un escalier assez large qui descendait en tournant vers les profondeurs du château. Florent s'aperçut que la chambre où il avait passé huit jours se trouvait au deuxième étage.

Pour finir ils débouchèrent dans l'entrée. Une lourde porte la fermait mais par des baies placées de chaque côté, on voyait qu'elle donnait sur une immense terrasse et au-delà sur le parc où il remarqua de nombreux buis taillés qui lui rappelèrent Lavon. Comme à Lavon, on ressentait une impression de noblesse ancienne, de racines enfoncées profond dans la terre, solides, capables de résister aux tempêtes. Par contre, à la différence de Lavon où les jeux de la pénombre faisaient tout le charme, ici la lumière dominait. Elle venait de partout, illuminait le moindre recoin, faisait briller violemment l'or des stucs et des moulures. Elle éblouissait aussi quand on essayait de fixer le ciel par ces grandes fenêtres : la réverbération de la neige vous brûlait les yeux. À cause de cette clarté Florent ne put s'empêcher de penser au plateau lavandier qu'il avait traversé dix jours plus tôt – il lui semblait que c'était hier.

La jeune femme était allée vers une porte située sous les premières volées d'escalier. Elle l'ouvrit : « Regardez donc si votre manteau est dans cette penderie. »

Elle-même se saisit d'une houppelande chinée au col et à la capuche bordés de fourrure. Elle chaussa une paire de bottes assez hautes comme celles des postillons, enfila des gants en peau retournée et noua un cache-col. On ne voyait plus guère que ses yeux que Florent trouva ainsi fort émouvants. Son manteau de route à lui était pendu à un cintre et impeccablement nettoyé.

« Prenez les gants de mon père qui sont sur cette étagère.

– Vous croyez ? » fit-il. Toutefois il obéit.

Il constata qu'elle avait raison quand elle ouvrit la porte et qu'un air très froid entra brutalement. Elle le regarda avec l'envie visible de lui faire remarquer qu'à l'avenir il ferait bien de la croire. Il lui offrit la victoire : « Vous aviez raison. Je n'aurais jamais cru qu'il fasse aussi froid. C'est ce soleil qui m'a trompé.

– Cela arrive souvent à Saint-Esprit. Nous sommes en altitude, savez-vous ? »

Tout en la suivant sur le chemin déneigé, il lui répondit : « Non ! Je dois même vous avouer que j'ignore presque totalement où je me trouve ! Dans mon souvenir j'ai été blessé entre Saint-Vincent et Noyers-sur-Jabron. Mais il est clair qu'ici nous ne nous trouvons pas dans la vallée...

– En effet ! Saint-Esprit est dans la montagne de Lure, pas très loin du sommet et au nord-est de ce Revest-du-Bion où il semble que vous ayez eu des démêlés... »

Il s'arrêta, stupéfait, et la regarda. Elle rougit légèrement. « Vous avez beaucoup parlé pendant votre délire. »

Ce fut son tour d'être gêné. Il choisit de s'en sortir par une pirouette : « J'espère tout de même ne pas avoir révélé de secret d'État.

– Je ne sais pas, fit-elle en jouant le jeu. De toute façon cela importerait peu. Ni mon père ni moi, et encore moins Delphine, ne nous occupons de politique.

– Ah ! Vous savez donc qu'il s'agit de politique.

– C'est vous qui avez parlé de *secret d'État*.

– Exact, reconnut Florent.

– Mijane m'a aussi raconté certaines choses. Mais je vous l'ai déjà dit : cela n'a pas d'importance pour nous. Nous avons assez de soucis avec Saint-Esprit ! Regardez ! »

En parlant, ils étaient parvenus jusqu'aux premiers buis après avoir traversé la terrasse et descendu un escalier. Suivant le geste de la main de la jeune femme, Florent se retourna. Il fut saisi en voyant l'immense façade dressée vers le ciel avec ses hautes fenêtres, certaines à meneaux, et ses tourelles couvertes d'ardoises que la neige coiffait tels des bonnets de laine. Les pierres des murs, dorées comme de la croûte de pain, renvoyaient une partie de la lumière réverbérée par la neige et qui explosait sur celle-ci de toutes parts. Saint-Esprit évoquait un de ces châteaux des vieux contes allemands. On s'attendait à voir surgir derrière les haies de buis quelque chevalier errant à la poursuite de l'amour d'une princesse de légende. Pourtant Florent se jugeait trop diminué et trop triste pour jouer ce rôle, même s'il avait le sentiment d'avoir une véritable princesse à ses côtés.

Le parc était enfoui sous la neige. Quelques cèdres bleus apportaient l'unique touche de couleur dans ces laies entièrement dénudées par l'hiver. Avec les buis ils formaient une garde vivante dans un espace minéral où la lumière resplendissant sur la neige animait les ombres des souches et des troncs.

Après avoir traversé le parc dont les allées paraissaient s'étendre fort loin, ils parvinrent à une grille au milieu de laquelle deux piliers en pierre soutenaient un haut portail. De grandes urnes à l'imitation de Rome ornaient les sommets des piliers. Florent vit Claire d'Orièges sortir une grande clé de sa poche.

Passé le portail, on se trouvait en pleine campagne et, dans le lointain, on voyait les pentes de la montagne se mêler au grand plateau que Florent avait traversé lors de son voyage. La neige était ridée par le vent qui l'avait amassée contre le moindre accident de terrain, la moindre pierre, la plus petite souche, jusqu'à des hauteurs considérables. Cela donnait à ces étendues moutonneuses le visage d'une vaste mer nue dont les vagues auraient fini par rogner les aspérités. Au-dessus de tout cela s'étalait un ciel bleu parfaitement pur d'où tombait à foison la lumière du soleil qui fondait dans les milliards de cristaux de neige.

« C'est par là », dit-elle en montrant du doigt un carré de cyprès noirs qui paraissaient fichés dans la neige comme des piquets.

Tout en marchant il voyait son visage de profil et le soleil l'éclairait par-derrière. « Mon Dieu ! Comme elle est belle ! » pensa-t-il. Il la trouvait merveilleusement accordée à la splendeur du paysage. Il se demanda ce qui lui arrivait, surtout en ce moment où ils allaient... Il dut faire effort pour prononcer à voix haute les mots qui le déchiraient.

« C'est là que se trouve la tombe de Dominique ?
– Oui, murmura-t-elle. Nous allons arriver au cimetière. Il y a une petite chapelle juste à côté où l'on dit encore la messe pour Pâques et la nuit de Noël. » Elle parut hésiter puis, encore plus bas, elle ajouta : « C'est aussi là qu'est enterrée ma mère. »

Il lui sut gré de mêler ainsi un peu de sa vie personnelle à la sienne.

Le chemin enjamba par un pont en pierre un torrent

entièrement recouvert de glace et de neige accumulées sous lesquelles on entendait l'eau courir très vite, comme pressée. Des massettes sèches avaient été pliées par le vent et pendaient lamentablement au-dessus de la rive.

Le cimetière était entouré d'un mur en briques pleines abîmé par endroits. La jeune femme poussa un portail modeste et sans serrure en refoulant la neige. Il dut l'aider car elle était épaisse. Ici on n'avait pas déneigé et ils s'enfoncèrent jusqu'aux genoux. Les ombres des cyprès barraient cette blancheur sur tout un côté. En passant devant un mausolée bien plus haut que les simples tombes qui occupaient le pré, il vit qu'un cartouche gravé portait le nom des d'Orièges. La jeune femme se signa. Ils allèrent au bout de l'allée centrale où un grand chêne marquait la limite avec le plateau.

Florent chercha de loin des signes indiquant la tombe de son frère. La neige avait tout recouvert. Claire lui montra une croix en bois plantée à droite de l'arbre et dominant une longue bosse. « C'est là », dit-elle. Elle s'arrêta et Florent marcha encore un peu jusqu'au bord de la tombe. Il n'y avait pas d'inscription sur la croix, mais le fait que quelqu'un l'ait plantée faisait une grande différence avec les morts anonymes. Florent se refusa à songer à ce qui serait arrivé si ces gens n'avaient pas trouvé le corps de Dominique et ne l'avaient pas enterré dans ce coin de terre où même l'idée de la mort ne parvenait pas à ternir la douce paix qui y régnait.

Florent regarda longuement cette tombe où reposait celui qui avait été son frère et surtout son ami.

Il crispait les poings pour étouffer ses larmes en songeant au responsable. Plusieurs fois il s'était demandé quel sort il réserverait à Lombardi, sans trouver de réponse. Maintenant hélas, il en avait une. Il releva la tête et, à travers ses larmes, regarda vers le lointain comme s'il pouvait apercevoir la silhouette de celui qu'il allait tuer.

# 11

On était à la mi-décembre.

Après la visite au cimetière, le désir de vengeance de Florent était tel qu'il fut tenté de s'élancer aussitôt sur les routes malgré sa blessure non cicatrisée et sa faiblesse. Peut-être aurait-il commis cette folie sans les objurgations de Claire d'Orièges et davantage encore l'état des routes. Parfois seul, parfois en compagnie de la jeune femme, il allait aussi loin qu'il pouvait sur des chemins où seul le gel en figeant la neige permettait d'avancer. De ces balades il retira le sentiment de l'admirable beauté de ce pays, la certitude d'être obligé d'y rester jusqu'à un hypothétique redoux et enfin une vive attirance pour celle qui l'accompagnait.

Après avoir marché vers le plateau au milieu de l'immensité blanche, entendu ses pas faire craquer la neige ou les herbes gelées des prairies, après avoir suivi du regard les vols de gros choucas qui remontaient par bandes la vallée du Jabron où ils avaient leurs aires dans des rochers quand la lumière de l'après-midi faiblissait, ce qui arrivait de plus en plus tôt en cette moitié de décembre, après tout cela il rentrait vers Saint-Esprit, le cœur douloureux s'il était seul, enthousiaste s'il était accompagné de Claire d'Orièges. Il voyait alors au bout du chemin le château dont la façade couverte d'or par le couchant précoce paraissait dominer l'espace du plateau et en arrière les vastes étendues de la vallée puis les montagnes qui formaient une sorte de second horizon, tendu comme un fil suspendu entre terre et ciel. Cette vision de l'immense bâtisse et la manière dont elle se mélangeait au paysage qui épousait avec justesse ses proportions s'imprimaient chaque jour davantage dans les yeux et le cœur de Florent, formant une sorte de port d'attache où s'assurer de ses sentiments et de son envie éperdue de vivre. Grâce à elle il pouvait encore croire que le monde tout entier n'avait pas basculé dans l'absurde catastrophe du corps mort de Dominique s'écroulant dans la neige au milieu d'un paysage de paradis terrestre.

Avec les jours qui passaient et ses forces qui revenaient lentement en même temps que son goût de vivre, il en vint à reconnaître que quelque chose d'autre l'aidait dans cette remontée vers la joie. Il conclut que la présence de la jeune femme à ses côtés sur les chemins de neige ou sa compagnie dans les jours gris et les soirs paisibles devant la grande cheminée de Saint-Esprit y étaient pour beaucoup.

« Claire, lui dit-il un jour, vous me redonnez le goût de vivre.

– Il est dommage que vous ayez pensé l'avoir perdu.

– Reconnaissez que j'y ai quelques raisons.

– Certes, Florent. Toutefois je vous dirai ceci : à la mort de ma mère je n'étais plus une enfant. J'avais quinze ans. Elle était pour moi, en plus de ma mère, la plus proche des amies. Toutes les années de ma jeunesse elle avait ainsi effacé les manques que notre isolement avait creusés dans ma vie du fait de l'absence auprès de moi de filles de mon âge. Quand elle est morte, j'ai vu s'ouvrir devant moi un abîme : celui où me précipitait ma solitude désormais évidente. Mon père – Dieu sait cependant qu'il est le meilleur des hommes et j'espère que vous le constaterez vous-même un jour – mon père malgré qu'il m'aime – parfois jusqu'à l'idolâtrie ! – n'avait aucun moyen de combler ce vide. Il s'y est essayé pourtant et de cela je lui garderai toujours une reconnaissance infinie. Il m'a fallu moi-même remplacer cette présence permanente qui ne m'avait jamais fait défaut. En regardant autour de moi, au lieu de me précipiter vers une société dont m'éloigne le goût que j'ai de la vérité, j'ai découvert que ce qui m'entourait avait des vertus magiques. Des murs de Saint-Esprit au plateau, j'ai fini par ne voir dans ces choses dissemblables en apparence que la main du même Créateur. Vous ne pouvez imaginer quel bienfait j'en ai retiré alors. Je n'avais plus le sentiment si pesant de la solitude et de l'éloignement de l'être que j'aimais le plus au monde mais plutôt la certitude que ma mère morte, les plans de Saint-Esprit et la beauté du monde appartenaient au même univers. Le monde ainsi lié aux territoires du cœur me sembla dès lors comme un tout serré sur lui-même dont l'étendue n'était qu'illusion et dont il suffisait d'un regard aimant ou seulement attentif pour en découvrir le noyau vivant. »

Claire avait parlé longuement durant un de ces soirs de Saint-Esprit dont Florent était sûr de ne jamais oublier la saveur douce-amère. Dans le salon du château, pendant que Léon faisait brûler d'énormes souches de mûriers, ils aimaient à partager, dans des conversations profondes comme cette fois-là ou futiles comme souvent aussi, les quelques heures séparant les grands jours illuminés de soleil et de neige des nuits épaisses, criblées d'éclats de glace et d'étoiles.

Ce même soir, après avoir elle-même ranimé le feu

qui se mourait, Claire d'Orièges avait ajouté sur un ton où se lisait la compassion : « Il vous faudra un peu de temps, Florent. Il ne s'agit pas d'oublier car l'oubli est finalement facile, il s'agit de relier. Je ne sais pas si je me fais bien comprendre mais je ressens cela très profondément. »

Il la regardait avec une admiration non feinte. Il dit sur un ton de sincère conviction : « Oh si ! vous vous faites parfaitement comprendre. Et même si au début vos paroles m'ont paru étranges et, pour tout dire, incroyables, je viens de réaliser à quel point ce que vous avez exprimé m'est d'un secours considérable. Car si cela n'ôte sur l'instant aucune douleur, cela permet au moins de ne pas sombrer car on peut y trouver aussitôt, même ténu et fragile, un fil conduisant à un début d'espérance. Je ne sais si vous dire merci est suffisant, pourtant c'est du fond de mon cœur que je vous sais gré de m'avoir entrouvert cette porte.

— Ne me remerciez pas, dit-elle. Ce n'est que parce que moi aussi j'ai retrouvé l'espérance que j'ai pu peut-être me faire comprendre un peu. N'oubliez pas que le chemin est long. Parfois moi-même... »

Elle laissa sa phrase inachevée, s'occupa de nouveau du feu qui n'en avait nul besoin, puis revint s'asseoir et ajouta alors : « Parfois cette espérance me fuit à nouveau. Mais elle revient toujours tout de même... »

Le lendemain, alors qu'ils s'étaient rendus jusqu'à un bosquet de sapins très verts dont l'un comme l'autre aimaient l'odeur de mousse, mêlée d'aiguilles et de résine blonde, la jeune femme dit : « J'espère qu'après coup ce que je vous ai dit hier soir ne vous a pas semblé trop fou.

— Je vais vous avouer une chose, Claire. Je ne sais

si cela en est la seule cause, mais cette nuit a été pour moi plus paisible que les autres. »

Elle parut hésiter avant de lui demander : « Avez-vous toujours les mêmes idées de vengeance ? »

Il crispa les poings : « Plus que jamais. »

C'était un sujet qu'ils avaient déjà abordé plusieurs fois et peut-être le seul sur lequel il n'existât pas d'accord entre eux. Florent avait expliqué les grandes lignes de ce qui s'était passé. Il n'avait rien caché de ses opinions républicaines. Quand il avait révélé ce qu'il savait de Lombardi, elle avait paru manifester le plus vif dégoût pour le personnage. Cela n'était pas surprenant de sa part : on lisait dans les yeux de Claire d'Orièges une noblesse qui ne pouvait accepter les agissements de taupe d'un Lombardi. Même si tout, à commencer par son nom, s'opposait à ce qu'elle rejoignît la lutte de Florent pour la République, l'espèce de grandeur libre qui la portait dans la vie ne pouvait l'amener qu'à considérer avec sympathie un combat destiné à ôter les gouvernes à quelqu'un comme l'Italien.

Cependant, lorsque Florent avait exprimé clairement ce qu'il avait décidé devant la tombe de Dominique : tuer Lombardi, elle s'était récriée : « Non, Florent ! Vous ne pouvez pas faire ça !

– C'est pourtant cela même que je vais accomplir, avait-il dit d'un ton dur. Vous ne voudriez tout de même pas que celui qui a fait mourir mon frère profite indéfiniment de ses crimes ?

– Non, mais... » Elle avait alors paru désemparée, fuyant son regard, et s'était bornée à répéter deux fois : « Je ne peux croire cela. » Puis elle s'était détournée et avait choisi ostensiblement de s'intéresser à un détail : un pichet posé sur une crédence dans la salle à manger du château.

Cette conversation revint à l'esprit de Florent alors qu'il constatait le même regard désespéré en réponse à son « Plus que jamais ! » dans le bosquet de sapins. Cette fois, il ne lui laissa aucune échappatoire : il devait *savoir*.

« Pourquoi l'idée que j'aille venger la mort de Dominique en tuant ce Lombardi dont vous ignorez tout vous trouble-t-elle autant ? »

Elle baissa les yeux, serra ses mains l'une dans l'autre. Il insista : « Pourquoi, Claire ? »

Elle releva la tête, fixa son regard vers les lointains du plateau, sourit un peu et dit d'une voix douce : « Parce que je vous aime. »

Loin au-dessus de la vallée, un vol de corbeaux traversait l'espace. On entendait assourdie l'espèce de conversation que ces oiseaux peuvent avoir entre eux dans la solitude et qui avait déjà frappé Florent. C'était le seul bruit. Même les craquements de la glace travaillée par le soleil étaient complètement étouffés par la neige épaisse.

Pour Florent, à cette seconde, toutes les merveilles du monde amassées sous ses yeux dans cet après-midi d'hiver n'existaient plus, emportées par les simples mots prononcés par Claire d'Orièges. La jeune femme eut un mouvement comme si elle allait fuir après avoir prononcé l'irréparable et en voyant l'air abasourdi, incrédule, de Florent. Au lieu de ça elle fit un pas et ajouta : « Vous comprenez pourquoi je ne veux pas qu'on vous tue ? »

Sans réfléchir, il baissa la tête en signe d'assentiment. Puis, avec une simplicité égale à la sienne, il lui dit : « Claire, moi aussi je vous aime. »

Et il lui tendit les bras. Elle vint vers lui, se blottit contre sa poitrine en frissonnant comme si le froid la saisissait. Mais ses lèvres étaient brûlantes, qu'elle lui offrit alors qu'il plongeait son regard au fond des lacs bleus de ses yeux. Il l'embrassa alors avec la passion retenue d'une âme subjuguée par sa beauté, la hardiesse de ses paroles et l'innocence de cette chair qu'il sentait vivre contre lui.

Les mains nouées l'une à l'autre, ils revinrent vers Saint-Esprit, non plus éloignés comme avant par la distance qui sied aux convenances, mais épaule contre épaule.

Le vol de corbeaux avait fui, on les apercevait au loin, là-bas, au nord, vers les falaises de leurs territoires. Ils dessinaient un fin pointillé au-dessus de la ligne des crêtes qui à des lieues de distance barraient l'horizon et où Florent avait eu dès les premiers jours l'impression que s'y cachaient des forces hostiles. Cela ne reposait sur rien : si quelque hostilité le menaçait, c'était à l'est où Lombardi régnait à coups de malversations, de prévarications et d'assassinats. Peut-être cet étrange sentiment que lui inspiraient les montagnes du nord n'était-il qu'un fond de décor qui rendait encore plus aimable le pays autour de Saint-Esprit. Et ce n'était pas seulement ce paysage et ce château qui lui faisaient fondre le cœur quand il y pensait. Il s'était beaucoup interrogé depuis quelques jours sur cette attirance. Aujourd'hui elle lui apparaissait dans toute son évidence, aussi limpide que le nom qu'elle portait dans la réalité : Claire. En se le répétant, alors qu'il tenait sa main un peu tremblante dans la sienne, il eut tout à coup une envie enfantine de crier ce nom, de le faire connaître à tous, peut-être même aux oiseaux noirs qui disparaissaient peu à peu dans les lointains du nord.

Sous le petit bonnet en feutre que portait Claire d'Orièges, ses cheveux, dérangés par la brise qui venait de se lever comme ils entraient dans le vallon au bout duquel la pente remontait vers Saint-Esprit, flottaient sur le col de fourrure. L'éclat du jour, exalté par la neige, faisait briller le noir magnifique que Florent avait remarqué la première fois qu'il avait vu la jeune femme quitter Lavon au grand galop. Une douleur vint ternir un peu la joie qu'il éprouvait. Comment avait-il été possible qu'en si peu de jours tant d'événements se soient produits, qu'il ait couvert autant de lieues et qu'un tel malheur soit brutalement venu obscurcir sa vie ? Et maintenant l'attendait une tâche amère qu'il devait accomplir quoi qu'il lui en coûtât. Car la révélation des sentiments de Claire et son propre aveu ne pouvaient en aucun cas changer le sens des mots qu'il avait prononcés : il *devait* aller jusqu'à Sisteron et là, sans hésiter et ensuite sans remords, abattre Lombardi. S'il ne le faisait pas, son monde n'aurait plus de sens. Dès lors, comment y entraîner Claire d'Orièges ? Car maintenant, il n'était plus question de la quitter – « Sauf le temps de... », pensa-t-il avant de chasser aussitôt cette idée. Il serra sa main.

« Qu'avez-vous ? demanda-t-elle, inquiète. Vous êtes tout pâle !

– Rien de grave. Je songeais seulement au cadeau merveilleux que me fait le destin aujourd'hui.

– C'est exactement ce que j'étais en train de penser. Mais je n'osais rien vous dire.

– Il faut oser *tout* me dire. »

Elle hésita quelques secondes. « Êtes-vous sûr de ne rien me cacher, Florent ? Vous aviez un air fort sombre, il y a quelques instants. »

Il se mordit les lèvres. « Vous vous doutez de ce à quoi je pensais..., admit-il.

– Hélas oui, je crois le savoir. Je vous en prie, ne laissons pas cela gâcher nos premiers moments. »

Il tourna le regard vers elle, surpris par l'espèce de gaieté de ton de ses dernières paroles. Quand ses yeux rencontrèrent les siens, il n'y lut rien des pensées noires qu'il craignait d'y avoir semées, mais bien au contraire un éclat de rire enfantin alors qu'elle l'enlaçait de nouveau et lui offrait ses lèvres.

Florent caressa lentement les beaux cheveux noirs. Il fut frappé du contraste entre ce noir et la blancheur extrême de la neige sur laquelle ils se découpaient.

Réfugiés dans le salon, ils observèrent la venue du soir derrière la grande fenêtre qui donnait vers l'ouest. Avec la rapidité que l'hiver imprime au passage des heures, aux changements inéluctables de la lumière en cette saison, ils virent se succéder dans un ciel où le soleil avait l'air de tomber, toutes les nuances d'un modeste arc-en-ciel sans gloire apparente mais qui, par l'assemblage des couleurs d'un prisme agité de lueurs, en acquérait une sorte de majesté tranquille. Devant eux, au-delà des massifs de Saint-Esprit, ils voyaient dans ces sous-bois mis à nu auxquels l'hiver avait réduit la forêt, des mouvements de lumière sourde, puis très vive, des éclats posés sur la neige, des escarbilles dorées que les rayons du couchant faisaient lever bien en avant de l'immense et somptueux brasier en lequel le soleil transformait les lointains du monde.

Dans le salon, cette lumière venue d'un kaléidoscope de ciel, de neige et de glaces fracassées allumait des lueurs violentes sur le tapis de haute lice, les lames cirées des parquets, les meubles aux formes parfaites, et pour finir éclatait sur les miroirs, avant de venir mourir, avec la résignation des choses fugaces, sur les plages vert et grenat, dans l'entrelacs des armures et des palmes d'une grande tapisserie d'Aubusson couvrant le mur opposé à la fenêtre devant laquelle ils se tenaient et qui représentait le combat de Tancrède et de Clorinde. Dans ce foisonnement illusoire des batailles de tissu pointait cependant une vérité profonde qui exaltait le cœur de Florent quand il y lisait la trace d'un temps d'honneur et de bravoure dont il semblait que la fin fût pourtant consommée. La crainte que les engagements politiques qu'il avait pris n'aboutissent un jour à hâter cette fin le troublait.

La nuit arriva bientôt. Dans le salon où ils n'avaient pas quitté l'embrasure de la fenêtre, la pénombre les rapprochait davantage. Derrière les vitres les derniers feux du couchant allumaient encore des incendies sur la neige mais ils s'éteignaient presque aussitôt, comme mouchés par l'ombre qui venait. Dans ce moment, malgré la dureté du froid et de la glace qui allaient régner bientôt sur la nuit, s'exprimait comme une tendresse.

Loin dans le fond de la maison on entendait des bruits de vaisselle et de casseroles venus de la cuisine où Delphine s'activait pour le repas du soir. En dehors de cela, un silence de feutre paraissait absorber tous les sons. Claire et Florent se taisaient, attentifs à ce silence où ils entendaient battre leur cœur. Se méfiant des illusions, il le rompit : « La nuit sera belle.

– Mais froide, horriblement froide. Regardez comme déjà la neige brille sur le chemin que nous avons suivi. »

Florent voyait en effet les lueurs rouges qui tombaient du ciel de l'ouest faire luire la neige qui avait un peu fondu dans l'après-midi et formait de petits lacs de givre sur la couche épaisse d'un blanc à présent nacré.

Dès que la nuit aurait entièrement occupé l'espace, le froid s'emparerait de ce monde encore en sursis pour un moment et le figerait sous une poigne de fer. Toutes les vies seraient alors menacées par les mâchoires d'acier de la glace. Même les torrents qu'on entendait encore un peu sur les flancs du plateau ne chanteraient plus guère dans ces heures où un froid de banquise saisirait le pays jusqu'aux grandes montagnes bleues dont on distinguait vaguement les contours dans le lointain. Ce serait alors comme si le monde entier était pris dans une gangue, réduit à l'impuissance, sans mouvement, sans élan. La lumière, froide elle aussi, d'une lune de métal se mêlerait à celle, minérale et indifférente, des milliards d'étoiles pour couper au scalpel les ombres et les flous qui resteraient seuls à animer un peu un paysage limité au dessin strict, à l'épure sans tremblement qui était la négation de la vie.

Delphine vint annoncer que le repas était prêt. Un moment plus tard, elle entra dans la salle à manger, alluma les lampes, brisa la magie et commença d'autorité à mettre la nappe.

Après le repas ils se retrouvèrent dans le grand salon où l'on avait allumé du feu. Blottis l'un contre l'autre ils se racontèrent leurs vies avec cette foi et cette passion dont l'amour lustre les événements les plus banals. Cette découverte d'eux-mêmes les rapprochait encore. Florent parla de Beaumont, de sa mère, de Lavon et beaucoup de Mijane, celle-ci était comme un lien subtil entre eux qui rendait crédible, pour une fois, la croyance des amoureux qu'ils étaient *faits* pour se rencontrer, que cela *devait* arriver.

Le temps passa lentement, les minutes et les secondes battues par l'horloge Harper à mécanisme qui se trouvait sur le manteau de la cheminée et jetait des éclats d'or dans les lueurs du grand feu vers les miroirs où s'allumaient des frisures d'argent quand les flammes montaient. Les bruits domestiques avaient cessé dans les entrailles du château. Delphine avait dû aller se coucher. Léon, qui vivait dans un petit bâtiment près de l'entrée, aussi. Ils restaient seuls, comme isolés du monde. Cette solitude partagée devenait une force qui permettait de faire face à la nuit, à la glace, à l'hiver. Même la pénombre occupant la pièce au-delà du cercle du feu leur paraissait amicale et emplie de chaleur douce. Mais ce n'était peut-être que par contraste avec celle qui brûlait leurs mains quand elles se serraient, leurs bouches quand ils s'embrassaient. La Harper sonna onze coups puis douze et dans le silence qui suivit la dernière de ces notes ils surent qu'ils devaient eux-mêmes à présent choisir. Florent avait une promesse à tenir, Claire avait compris qu'elle ne devait pas s'y opposer sous peine de lui laisser des regrets qui gâcheraient leur vie. L'un comme l'autre se souvinrent à ce moment qu'il devait *d'abord* partir. Les liens qui s'étaient créés entre eux étaient forts. Y ajouter ceux que leurs corps réclamaient aurait été une faute et une erreur. Quand Florent reviendrait, alors la totalité de leur bonheur leur serait accessible. Aussi, lorsqu'ils furent sortis du salon et que le froid de la grande bâtisse les saisit, ils s'embrassèrent très vite et chacun partit vers sa propre chambre dans des directions opposées.

Florent regarda longuement le paysage qui entourait Saint-Esprit. Autant la chambre était obscure, autant dehors la lumière paraissait tout inonder sur des distances incommensurables. La lune déjà haute dans le ciel traînait autour d'elle des nuées d'étoiles. Celles-ci, par contraste, semblaient jaunes. Les contours des sapins du bosquet se détachaient nettement. À cet endroit Claire lui avait offert le trésor de sa vie. Dans cette nuit où se mesuraient les ombres redoutables, il avait le sentiment de pouvoir revenir vers ces arbres n'importe quand afin d'y puiser des forces.

Florent avait besoin de ces arbres, de la lumière de la nuit étoilée, de l'abri accueillant des murs de Saint-Esprit. Comment oublier que juste avant que ce bonheur ne lui fût donné, la mort de Dominique avait fracassé toute joie ? Maintenant il devait franchir l'ultime étape. Il essaya de réfléchir à la manière dont il fallait s'y prendre. C'était difficile. D'abord attendre que vienne une de ces périodes de redoux, heureusement fréquentes dans le Sud à ces altitudes. Si les chemins redevenaient praticables, il pourrait quitter Saint-Esprit. Il lui restait une chance minime de profiter des informations données par Adrien Mesureur à la Gaillarde. Sinon, il n'était pas sûr qu'il puisse obtenir rapidement de nouvelles informations aussi précises. Alors il ferait comme toujours : il suivrait son intuition, il tenterait le diable. En tout cas, il ne laisserait pas ce crime impuni. Il en allait de son bonheur même. S'il réussissait, la mort de Lombardi ne rendrait pas la vie à Dominique. Au moins l'équilibre du monde en serait restauré de façon infinitésimale mais réelle.

Le lendemain, comme si le ciel avait pris en compte ses pensées de la nuit, le vent tourna et se mit à souffler du sud une haleine chaude qui balaya tout le plateau.

Dès le milieu de la matinée, la glace des chemins se craquela tandis que la neige fondait dans les endroits exposés au soleil. Une multitude de paquets de neige tomba des arbres. Elle fondait en formant des flaques entre lesquelles réapparaissaient des touffes d'herbes qu'on aurait crues mortes et qui se paraient pourtant de vives couleurs de printemps.

En quelques heures les toits de Saint-Esprit perdirent

les sortes de capuchons dont la neige avait fini par coiffer le faîtage et les tourelles. Une grande quantité d'eau déborda des chéneaux de zinc et vint éclabousser les massifs au milieu desquels les rosiers surgissaient à leur tour. Les buis touffus mirent bien plus longtemps à se dénuder et gardèrent aux fourches des branchettes de petits amas cotonneux que les rayons du soleil très jaune transformaient en fleurs.

Malgré toute l'eau, ils purent emprunter les chemins vers le plateau. C'était le deuxième jour de *leur* vie. La disparition du froid, la lumière qui inondait ce redoux et les paillettes qu'elle faisait miroiter sur la neige, offraient un accompagnement royal à la promenade qu'ils firent épaule contre épaule, jusqu'au bosquet de sapins où ils ne s'arrêtèrent qu'un instant avant de suivre le chemin empierré qui conduisait en direction du plateau. Au bord de la surface dorée qui occupait l'espace jusqu'à l'horizon, ils mesurèrent à quel point leur amour avait de force car celles qui agitaient le monde devant eux ne faisaient que le renforcer, sa beauté paraissant à leur cœur, à ce moment, plus magnifique encore que celle des draperies de diamants qu'étaient devenues les étendues de neige sous le gros soleil d'or qui occupait le ciel.

Le vent du sud soufflait avec une sorte d'exaltation. Il apportait des sons inouïs depuis des jours et des jours, des bruits de glace craquante, de ruisselets coulant dans l'ombre des talus sous la croûte de neige qui maintenant apparaissait à certains endroits feuilletée comme un gâteau trop cuit et s'affaissait, à peine retenue par les tiges sèches et les touffes d'herbes. Il apporta aussi les croassements de nouvelles patrouilles de corbeaux remontant des falaises. Ce n'étaient plus de simples conversations mais des cris de ralliement, comme si une bataille s'était engagée dans les hauteurs du ciel. Ces bruits du monde n'étaient pas comme les jours précédents amortis par la neige cotonneuse. On en entendait maintenant les moindres éclats. Le monde y gagnait en précision, en finesse. Ils prirent davantage encore conscience de ce qui avait changé dans leur vie.

« Comment cela est-il possible ? » demanda Florent. Claire fut surprise. « Que voulez-vous dire ?

— Je me demande comment un tel bonheur a pu arriver... Et ce juste au moment où...

— Je sais que c'est difficile. Essayez de moins y penser. » Aussitôt elle se mordit la lèvre. « Oh non ! Excusez-moi ! Je ne voulais pas dire cela... votre frère. C'est que je suis tellement heureuse ! Je voudrais que vous aussi le fussiez comme moi.

— Je suis heureux, Claire ! Cette douleur n'obscurcit pas mon bonheur. Peut-être même lui donne-t-elle encore plus de poids, si c'est possible. »

Il chassa ces pensées et la regarda. De petites étoiles d'or se posaient sur ses cheveux puis venaient troubler de fines irisations le bleu paisible de son regard. La lumière ourlait les contours de son visage, glissait sur ses joues et ses lèvres, avant de se répandre sur ses épaules et sa poitrine. Dans ce moment Claire semblait un tableau italien, une image étourdissante de la beauté.

Florent comprenait ce qu'elle avait voulu dire. Elle devait redouter de le perdre même si elle admettait qu'il veuille venger la mort de Dominique. Et peut-être aurait-elle essayé encore de le convaincre si, le pressentant, il n'avait doucement posé un doigt sur ses lèvres en disant : « Ne parlez pas, Claire. Ne me dites rien. »

Elle ferma les yeux, soupira. Puis elle secoua la tête et dit : « Vous avez raison ! Ne gâchons pas ces heures qui nous sont accordées et qui sont si belles. »

Le redoux parut s'accentuer encore dans l'après-midi. Mais vers quatre heures, le vent du sud tomba brutalement et tourna au nord. Il fit de nouveau terriblement froid.

Dans la soirée, alors que la nuit était déjà installée, toute l'eau qui avait débordé se figea de nouveau. Des chandelles de glace pendaient même des chéneaux du château. Sur les chemins les flaques de la fonte des neige brillaient comme des miroirs reflétant la lumière des étoiles. Celles-ci étaient innombrables. Même la lune très blanche ne parvenait pas à atténuer leur éclat de gemmes.

Ce retour du gel avait aussi figé dans un silence minéral tous les bruits que le redoux avait réveillés. Mais malgré la dureté de la glace, il y avait dans tout ça une immense paix dont Florent ne pouvait profiter. Déjà sa décision était prise, il lui fallait passer à l'action. Tant qu'il lui resterait à accomplir cette mission, il lui serait impossible de vivre librement son amour avec Claire. Il y avait trop d'arrière-pensées, trop d'incertitudes. Même non exprimé, cela gâtait les projets qu'il leur était arrivé de faire. Florent avait décidé d'agir dès cette nuit. Les risques étaient considérables. Pour descendre du plateau en pleine obscurité avec ce gel qui était en train de tout reprendre, il lui faudrait beaucoup de chance.

Leur soirée devant le feu égrena des heures admirables pendant lesquelles il oublia presque ce qui l'attendait. Cela valait mieux, tant il lui répugnait de cacher ses projets à Claire. La jeune femme affichait tous les signes du bonheur et Florent se dit qu'au moins il emporterait d'elle une image qu'aucun nuage ne viendrai ternir. Ils se séparèrent vers minuit au même endroit que la veille et avec la même résolution tranquille.

Dans sa chambre il alla jusqu'à un petit secrétaire et écrivit pour Claire une lettre simple et brûlante où il lui exposait les raisons de son départ. Il la plia et la déposa sur la tablette du secrétaire. Puis il souffla la bougie. La lune éclairait la pièce et dehors on y voyait presque comme en plein jour. C'était exactement ce qu'il avait escompté. Il lui restait à attendre, ayant choisi de laisser passer une heure pour que tout le monde fût endormi à Saint-Esprit.

Il entendit un coup lointain sonner à l'horloge du salon. Il alla jusqu'à l'armoire où l'on avait rangé ses affaires depuis son réveil, prit ses sacoches de selle et son manteau et, avec le plus de précautions possible, il ouvrit la porte et écouta. On n'entendait aucun bruit. Il commença de descendre l'escalier. Dans l'entrée il se dit que ce ne serait pas une bonne idée de sortir par là car il était impossible de faire pivoter la lourde porte sans qu'elle grince. Il se dirigea vers la cuisine où, avec mauvaise conscience, il rafla toutes les provisions qu'il put entasser dans ses sacoches. Après s'être assuré que le même silence de plomb régnait dans toute la bâtisse, il passa dans une resserre dont la porte basse débouchait par un nouveau couloir sur les communs et plus loin les écuries. Des œils-de-bœuf percés le long de ce corridor parvenait une lumière blafarde. Une nouvelle porte lui donna accès à une pièce plus obscure, quoique éclairée elle aussi par une minuscule lucarne et qui sentait le grain et la paille. De grands coffres à avoine s'y trouvaient et sur des chevalets de bois étaient pendus des harnachements. Il reconnut sa selle. Léon l'avait graissée. Il la porta sur l'épaule et entra dans l'écurie. Tout en avançant il prononça des mots sans suite ni sens pour attirer l'attention des bêtes.

En dehors de son propre cheval, il y avait là la jument de Claire et le superbe étalon noir avec lequel elle était venue à Lavon. Quand il entra dans sa stalle, l'alezan grommela un peu. Les deux autres chevaux ne bronchèrent pas. Florent caressa l'encolure de l'alezan pour le rassurer, puis il lui passa la bride. Au moment d'attacher la sangle de la selle, il posa son front contre le cuir et respira profondément. Il était encore temps de changer d'avis. Cette liberté de choisir un destin ou un autre était vertigineuse. Elle était aussi illusoire. Se serait-il respecté s'il en avait usé ? Il tira sur la boucle de la sangle.

Il avait craint que les fers de l'alezan ne résonnent sur les pavés de la cour devant l'écurie, mais la neige était encore épaisse à cet endroit alors que le reste de la cour scintillait de glace. Il suivit les bâtiments des communs en tenant le cheval par la bride. Parvenu à l'autre extrémité de la cour, il s'arrêta, écouta et n'entendit aucun bruit en dehors de la glace qui craquait dans les abreuvoirs. Il eut beau regarder avec attention, il ne distingua aucune lueur aux fenêtres du château. Celui-ci paraissait totalement désert sous la lumière froide de la pleine lune. Ses tourelles se découpaient avec précision sur un ciel translucide piqueté de milliards d'étoiles. Il n'y avait pas un souffle d'air. Tout paraissait comme suspendu dans la clarté laiteuse.

Florent s'avança jusqu'à dépasser le petit bâtiment où habitait Léon. De son propre aveu, le vieux domestique dormait peu. Cette fois il devait avoir trouvé le sommeil, la maisonnette était obscure et parfaitement silencieuse. Florent croisa tout de même les doigts et continua. Il arriva bientôt sur le chemin qui menait à l'entrée principale. Juste avant d'y parvenir, il estima qu'il ne risquait plus rien et monta à cheval.

Contrairement à ses craintes il restait suffisamment

de neige sur le chemin pour que la glace ne soit pas un problème insurmontable. Il avait d'ailleurs grande confiance dans les mérites de l'alezan qui semblait tout guilleret.

Juste avant de passer à côté de la grille, Florent se retourna et regarda Saint-Esprit. Il pensa à Claire, endormie dans ses hauts murs splendides. Puis très vite il lança l'alezan sur le chemin du plateau.

## 12

Depuis dix minutes, Saint-Esprit avait disparu derrière la pente. Lorsqu'il s'en était aperçu, Florent avait éprouvé un sentiment désagréable, comme si à partir de là il se trouvait seul au monde. La neige avait beaucoup fondu et de larges plaques de glace couvraient le chemin. L'alezan commença de renâcler et Florent dut s'écarter pour aller chercher un passage sur la droite au milieu d'un champ où la neige était épaisse. Il avait craint à cet instant d'être obligé soit de renoncer, soit de devoir descendre dans la vallée à travers la forêt, ce qui aurait compliqué énormément sa tâche. Il avait été soulagé en constatant que la couche de neige, même très durcie, était malgré tout suffisante pour permettre l'avance du cheval.

Son atout principal était la lune énorme pendue aux étoiles. Il faisait très froid. La neige craquait comme du verre sous les sabots de l'alezan. Autrement le silence était impressionnant, seulement rompu par ces craquements et ceux des arbres travaillés par le gel.

Deux pins encadrèrent la lune au début d'une vaste forêt très sombre qui remontait vers la crête. Loin vers le nord, elle projetait ses lueurs sur de nouvelles crêtes et des pentes plus considérables qui paraissaient brûler. De grands précipices s'ouvraient vers la vallée sur des fonds très sombres. Le chemin, après avoir suivi la lisière de la forêt, descendait vers ces gouffres en tournant autour des rochers.

Bientôt Florent se retrouva dans l'ombre. C'était dangereux et très impressionnant d'avancer ainsi dans cette obscurité tout en voyant au loin un tel flamboiement de lumière. Il se demanda de nouveau s'il allait pouvoir continuer car l'alezan glissa deux ou trois fois sur le verglas. Il se préparait à obliquer de nouveau vers les prairies quand, après un lacet, il vit que la lune éclairait la route couverte de neige. Il laissa à l'alezan l'initiative de la marche. Il se mit alors à songer à ce périple nocturne qu'il avait entrepris, poussé par une impérieuse nécessité. Il en mesurait les risques et même aurait admis facilement qu'il s'agissait d'une vraie folie. Malgré cela il ne ressentait aucun regret. Bien au contraire, depuis qu'il était parti il éprouvait une sorte de tranquille assurance. Elle lui venait sans nul doute du sentiment d'avoir agi selon sa conscience. Dès lors, tous les risques étaient justifiés. Ce n'était surtout pas la pensée d'avoir *abandonné* Claire qui aurait pu le troubler à ce moment car c'était aussi pour elle qu'il agissait. Certes, ce qu'il se préparait à accomplir ne changerait pas toute l'injustice des hommes en un grand bouquet de fraternité – ce mot dont abusaient parfois les amis de Florent comme si c'était la clé de tout avenir. Toutefois cet acte, malgré sa dureté, apporterait un peu de justice, un moment celle-ci prendrait le dessus. Et surtout : Lombardi ne pourrait plus nuire, ni envoyer des assassins sur la piste de jeunes gens généreux et innocents comme Dominique...

Y penser raviva aussitôt la rage de vengeance de Florent. Fort opportunément, à cet instant l'alezan trébucha et il dut se maintenir au pommeau de sa selle.

C'était comme d'ouvrir les yeux et de reprendre contact avec la réalité.

Les lacets se succédaient et la pente s'accentuait. Ils longeaient de gros buissons où l'on voyait des amas de neige suspendus aux branches épineuses et que piquetait une multitude de baies rougeoyant sous la lune. Il eut à cet instant des pensées de Noël et se demanda combien de temps en séparait. Il ne savait plus très bien quel jour on était. Le 15 ? Le 19 décembre ? Il recalcula. C'était idiot. Que lui arrivait-il ? On était le 20 décembre et il le savait parfaitement. Ils en avaient parlé le matin même avec Claire. Il se demanda ce qui avait provoqué son oubli. La fatigue déjà ? Peut-être... Mais cela pouvait aussi être mis sur le compte de l'espèce de féerie que la neige, la nuit, la lune composaient sur ce chemin tournant sans cesse sur lui-même, cerné d'ombres fantasmagoriques qui n'étaient qu'arbres ou rochers et paraissaient des géants ou des gnomes. Même le silence participait à ces illusions, la neige, craquant sous les sabots de l'alezan, finissant par créer une sorte de mélopée très étrange.

La nuit était assez avancée quand il parvint à un carrefour. Le ciel se décolorait légèrement vers l'est. Il n'était pas encore arrivé dans la vallée. Un chemin venu de la gauche coupa le sien. Il reconnut celui par lequel avec Dominique ils avaient rejoint la route de Noyers. Florent s'arrêta. Il faisait froid, un petit vent coupant s'était levé depuis quelques minutes et le murmure des pins déchirait maintenant le silence. Remontant le col de sa veste il se demanda s'il devait ou non aller jusqu'à la Gaillarde. Certes, il aurait plaisir à revoir Mesureur. Mais on était encore en pleine nuit. Le temps de gagner la ferme, ce ne serait même pas le petit jour. Et rien ne disait que cet homme ait de nouveaux renseignements sur Lombardi. À la fin Florent dut convenir qu'aucune de ces raisons ne l'empêchait d'aller à la Gaillarde. Mais comment y retourner *seul* et comment affronter le regard de la jeune femme et encore davantage ses questions ? En s'éloignant Florent ressentit un peu la même impression de vide que lorsque Saint-Esprit avait disparu. Devant lui la route descendait brutalement vers la vallée.

Une heure plus tard le jour commença de poindre. L'aube s'annonçait terne et sans gloire par une couleur blanchâtre qui peu à peu se diffusait sur le velours de la nuit et avait l'air de la manger par en dessous. Dans cette zone, les étoiles s'éteignaient l'une après l'autre. La lune basculait maintenant vers le sud-ouest en abandonnant les derniers feux de la lumière d'argent qui avait illuminé la nuit. Bientôt elle disparaîtrait derrière la forêt. Avec le vent, des odeurs mêlées de neige et de sous-bois venaient de celle-ci. On était encore dans ces heures où une sorte de tendresse se répand sur le monde, même dans la nuit la plus rude. Les heures aussi où s'amollissent les plus solides décisions. Florent avait trop connu de ces faiblesses du matin pour s'y laisser prendre encore. Comme on voyait de mieux en mieux et que la neige paraissait compacte, il poussa le cheval qui partit au grand trot.

Un quart d'heure plus tard il atteignit le col où avait eu lieu le drame. Son cœur se serra. Il ne fallait surtout pas s'arrêter. Sans hésiter il poursuivit son chemin, les yeux fixés sur l'horizon où se trouvait Noyers-sur-Jabron.

Il y parvint alors que le jour était complètement levé et qu'un soleil pâle commençait à monter au-dessus d'un pays toujours couvert de neige.

Alors qu'il approchait de Noyers il trouva une fontaine qui chantonnait encore malgré le gel. De grosses larmes de glace pendaient sur les côtés d'une vasque d'où l'eau avait débordé. Mais celle-ci coulait encore par le canon de bois fiché dans le rocher. On voyait tout autour dans la terre gelée les traces multiples du bétail et de fers de chevaux. L'attention de Florent fut éveillée. Il ne devait plus oublier désormais qu'il était entré dans le territoire de Lombardi. Cette considération était par certains côtés inquiétante mais ne l'empêchait pas de ressentir une certaine excitation. Celle qui précède les batailles.

Lombardi venait de se réveiller. Dans l'encadrement de la vitre, le jour venait. Il serait froid. Il se leva. On n'entendait aucun bruit. Il était tôt. Pas pour lui car c'était son heure. Il était matinal. Une force. Il n'en tirait aucune gloire et ne s'en sentait aucunement responsable : le destin ! Il pensait que ce dernier menait toute chose. On ne changeait rien à ses décisions. À peine arrivait-on parfois à se glisser dans les interstices et à agir pour soi-même. C'était cela la véritable gloire : parvenir à vaincre la marche du destin. Tout au moins croire qu'on le pouvait, avoir un instant cette illusion. Car Lombardi était lucide. Il savait parfaitement, et ce depuis un bout de temps, qu'il n'y avait rien à espérer de mieux que ces instants. Alors, il en tirait parti. Sinon, pour des gens comme lui, à quoi bon vivre ? À tout le monde il fallait une carotte pour avancer ! À lui aussi, il n'était pas dupe. La sienne c'étaient ces miettes de pouvoir qu'il grappillait. Des miettes ! Seuls les autres, ceux qu'il dominait et qui tremblaient devant lui, s'imaginaient que sa puissance était considérable. Se lever tôt n'était pas son unique force. Il savait également jauger ses actes, sa situation, son avenir. Dans celui-ci il ne distinguait qu'un espoir : avoir enfin une vraie capacité d'action. Pas simplement sur son domaine, ce coin de terre, ni même ce district. Non ! Il voulait plus. Il croyait encore que la politique pouvait donner cette vraie puissance. Un jour, après des années d'efforts où la morale n'avait guère sa place, on arrivait à commander enfin. Cela n'avait rien à voir avec la richesse. Celle-ci, Lombardi l'avait. C'est même ce qui avait été le plus facile à obtenir, à sa grande surprise. Dès qu'il l'avait voulu – et avait agi en conséquence –, l'argent avait afflué. Bien sûr, là non plus, il ne fallait pas s'encombrer de moralité. L'argent, c'était la boule de neige. Quand elle avait commencé à rouler, elle s'augmentait toute seule par son simple mouvement. Il suffisait de l'empêcher de se fracasser. Ce qui n'était pas difficile. Un simple jeu, parfaitement ennuyeux au demeurant.

Il ressentit le froid du carrelage. Il se trouva stupide, debout ainsi au milieu de cette pièce dans laquelle l'aube faisait entrer une lumière maladive. Comme s'il avait encore besoin de faire le point ! Il avait fait le tour de toutes ces questions de multiples fois. Il n'y avait rien à ajouter. Il s'habilla.

Son secrétaire avait laissé un dossier sur son bureau. Il ouvrit la chemise, feuilleta quelques pages et la referma. À quoi bon ? Cela aussi était réglé. Ce fermier serait chassé et ce n'étaient pas les menaces proférées au cabaret de la route de Gap qui changeraient sa situation. Avant même qu'il approche du domaine, des dizaines de gens, et pas seulement les hommes de Lombardi, l'auraient arrêté. Pour lui-même d'ailleurs, il valait mieux qu'il laisse ses menaces au stade de promesses d'ivrogne ! Qu'il parte et abandonne cette terre de Grand-Maison qui encochait bêtement celles de la Campane.

Lombardi chassa facilement ce type de son esprit. Il n'était aucunement dangereux. Ce n'était pas le cas de *l'autre*, de celui qui avait échappé à l'embuscade où Joseph, le cocher, avait été tué. Lombardi l'avait appris trois jours après. Ironie du sort, c'étaient deux gendarmes qui avaient découvert son corps dans la neige. Depuis, Lombardi avait obtenu des détails. Il semblait que le cocher avait rempli une partie de sa mission. D'après les traces, un des deux hommes était mort lui aussi. L'autre, blessé, avait été emporté dans une voiture. Par qui ? Vers où ? Malgré la toile d'araignée de son réseau, Lombardi n'avait pas encore réussi à le savoir. Pourtant, cela avait une grosse importance. On ne pouvait se permettre de vivre avec la menace d'un ennemi lâché dans la nature et faisant le projet de vous tuer à la première occasion. Car ce que Lombardi appréciait le plus dans sa position était d'avoir les coudées franches. Depuis une semaine il avait l'impression que ce n'était plus tout à fait le cas. Et il n'aimait pas cela.

Une demi-heure plus tard, il avait déjeuné – café sans sucre – et il écoutait son secrétaire.

« Je suis désolé, monsieur, nous n'arrivons toujours pas à savoir où est cet homme.

– Désolé ? Vous êtes *désolé*, Kurt ? Vous savez que c'est un mot que je déteste ! Dites-moi que vous êtes incapable de le trouver. Ça, oui, je le comprendrai. »

Le jeune homme resta immobile, tête basse, à quelques pas du bureau. « Il est si jeune ! pensa Lombardi. Il faudra qu'il apprenne... Peut-être se souviendra-t-il qu'on ne doit jamais être *désolé*, en effet. Toujours avoir raison ! Il n'y a que les autres qui peuvent avoir tort ! »

« Et que comptez-vous faire ? demanda-t-il à voix haute.

– J'ai posté des hommes aux entrées du domaine. D'autres surveillent toujours les routes par lesquelles il peut arriver. Ils ne le connaissent pas mais savent du moins que son cheval porte trois balzanes...

– Balzane trois, cheval de roi ! fit Lombardi. Et s'il a changé de cheval ?

– Là, évidemment... mais sinon ça tient debout ! Il ne doit pas y avoir tant de cavaliers que cela à vouloir approcher de Sisteron à cette saison avec un cheval qui porte un tel signe de reconnaissance. »

Il avait parlé d'un ton très convaincu. Il croyait à son idée. C'était lui qui avait pris l'initiative d'interroger sur le cheval du type les hommes qui l'avaient laissé échapper au Revest-du-Bion. Lombardi fut moins cassant : « Après tout vous avez peut-être raison. Surveillez ce cheval. Surveillez le domaine. Et n'oubliez pas que cet après-midi je vais en ville et ce soir à Saint-Just comme d'habitude.

– Deux hommes vous suivront partout. Ils seront invisibles. Ce soir, c'est moi qui conduirai la voiture à la place d'Alfred.

– Bien, Kurt, ça c'est bien. C'est comme cela que je veux que vous me parliez. Bon, laissez-moi un moment. Je vais aller voir ma femme, sinon elle va encore se plaindre. À ce propos : avez-vous fait ce que je vous ai dit ?

– Bien sûr, monsieur. En principe c'est dans quinze jours. J'en saurai davantage demain. »

Puis il s'inclina mais il n'y avait plus d'inquiétude dans son regard.

Vers cinq heures de l'après-midi, au moment où Lombardi venait de rentrer de la ville et se trouvait de nouveau dans son bureau, Kurt entra après avoir frappé. Il avait un léger sourire que son patron remarqua aussitôt.

« Vous avez l'air content, ce soir. De bonnes nouvelles ?

— L'homme en question a été vu ce matin de bonne heure à Noyers-sur-Jabron. À une fontaine peu avant le bourg.

— Trois balzanes ?

— Trois, monsieur. Notre homme l'a suivi dans Noyers puis...

— Puis ?

— Il l'a malheureusement perdu deux lieues après.

— Dommage ! Pourquoi l'a-t-il perdu ?

— Lui était à pied. Et l'autre s'est mis à galoper vers Sisteron. Avec cette neige !

— Cela fait un moment qu'il vous échappe. Cela ne date pas d'aujourd'hui. Je vous avais dit qu'il était dangereux !

— En effet et je crois que pour ce soir vous devriez annuler votre sortie à Saint-Just.

— Vous plaisantez ? Vous voulez dire que vous n'êtes pas capable d'assurer ma sécurité contre un homme seul ?

— Non, je ne dis pas ça, monsieur. Parfois un excès de prudence vaut mieux...

— Il ne s'agit pas de prudence... Il *faut* que j'aille à Saint-Just.

— Je comprends, monsieur. Alors, je vous l'ai dit : je serai sur le siège du cocher. En plus, nos deux hommes nous suivront tout le temps.

— Je vais lire ces rapports et après, j'irai me rafraîchir. Nous partirons vers sept heures comme d'habitude. »

Quand le jeune homme l'eut quitté, Lombardi s'assit à son bureau. La lumière déclinait et il y voyait à peine, mais il ne voulait pas allumer sa lampe. Il jeta un coup d'œil vers les dossiers de Kurt. Dès le début, cela l'agaça. Ce soir il pensait à autre chose. En fait cette journée s'était mal passée. Même dans les affaires qu'il avait discutées au cours de l'après-midi, il n'avait pas obtenu les résultats qu'il escomptait. Ce n'était pas grave. Il reviendrait à la charge d'une autre manière et cela marcherait.

Ce matin non plus, cela ne s'était pas bien passé avec Claudia. Pourtant il s'était efforcé d'être aimable pour lui donner une chance. Mais elle refusait de l'écouter et d'envisager de partir pour l'Italie. Malgré les *arrangements* qu'il avait proposés. Une sacrée bonne fortune pourtant pour celle qu'il avait autrefois ramassée dans le ruisseau. De cela même, elle paraissait ne pas vouloir se souvenir ! Elle ne voulait pas lui « laisser le champ libre », comme elle hurlait à tue-tête – ce qui lui était insupportable car il aimait le silence et la discrétion – et prétendait que l'argent ne l'intéressait pas, ce qui était évidemment un mensonge très enfantin.

« Oui, je lui ai laissé sa chance ! pensa-t-il. Dommage pour elle qu'elle ne sache pas la saisir ! Il ne reste plus qu'une solution : l'accident ! » Selon Kurt, tout était prêt. Tant mieux : Lombardi en avait assez.

En plus, alors qu'il espérait passer une soirée calme avec Marietta, Kurt avait annoncé que ce type était réapparu. Lombardi ne se faisait aucune illusion. Pour avoir abattu Joseph ce gars-là était drôlement fort. Le cocher n'était pas n'importe qui.

Lombardi avait confiance en Kurt. Mais après avoir

accordé sa confiance il fallait envisager le cas où elle serait trompée. Cela revenait toujours à la même chose : « Aide-toi, le ciel t'aidera ! » Il alla vers un placard aménagé dans le mur au fond de la pièce, près du lit de camp. Écartant les draps empilés à cet endroit, il fit apparaître une petite porte. Il sortit la clé de sa poche. Il tira de la cache une paire de superbes pistolets : des Wilkinson à crosse d'argent et d'ivoire dont l'acier bleu guilloché luisait. Il les glisserait à sa ceinture tout à l'heure quand il partirait pour Saint-Just. Sous son habit, ils seraient invisibles.

Ce geste le rasséréna. Il alluma sa lampe.

Florent avança encore de quelques mètres dans le bois de bouleaux. Il estima se trouver à peu près à l'endroit où Mesureur lui avait conseillé d'attendre.

Le soir approchait à grands pas. Déjà les ombres qui s'étaient considérablement allongées commençaient à se rejoindre. Avec le déclin de la lumière et ces ombres couchées, la terre elle-même paraissait grise. Après le bois une pente douce couverte de thym et ponctuée de cades énormes conduisait jusqu'à la route Château-Arnoux. Au nord le couchant rougissait déjà les pierres de la Citadelle de Sisteron. À l'est les Alpes avaient été englouties, tôt dans l'après-midi, au milieu d'immenses nuées grises.

Florent se demanda s'il verrait suffisamment à l'avance la voiture de Lombardi. Il conclut par l'affirmative. En effet, le coin était bien choisi. Depuis le bois on voyait entre les arbres blancs une longue ligne droite qui sortait de la ville. Ensuite la route zigzaguait un peu entre des chênes avant de reprendre sa direction rectiligne à un quart de lieue et de filer à nouveau, comme tracée au cordeau, entre deux rangées de peupliers.

Au niveau du virage la voiture devrait ralentir et il y avait un bosquet à cet endroit. Mesureur avait raison : le lieu était parfait. Restait une part d'incertitude : les indications qu'il avait données sur les déplacements de Lombardi étaient-elles toujours d'actualité ? À cette question il était impossible de répondre. Si c'était le cas, la voiture passerait à l'heure prévue. « Sinon, pensa Florent, tout sera à recommencer. » Mais il avait confiance. On était le 20 décembre. Mesureur avait assuré que, ce soir-là, Lombardi se rendrait à son pavillon de Saint-Just. Comment l'avait-il su ? Probablement par le réseau de relations qu'il paraissait avoir dans le secteur. Était-ce dû au seul fait qu'il soit républicain ? Peut-être savait-il simplement que l'autre passerait là à telle heure ce jour-là parce que c'était un rite, une habitude et qu'il l'avait appris par une banale indiscrétion de domestique. Y avait-il d'autres raisons ?

Florent n'avait aucune envie de se livrer à des supputations sans grand intérêt. Il était maintenant très sûr de lui. Toutes les questions qu'il s'était posées depuis son départ de Beaumont sur le sens de sa mission et la manière de l'accomplir s'étaient peu à peu réduites à néant. Il ne restait que la vengeance, la réparation. De quelque façon qu'on l'appelât, cela revenait au même. Il était là, à guetter, pour venger la mort de Dominique. Cela était devenu à ses yeux une justification bien suffisante.

Il n'avait donc plus qu'à patienter, emmitouflé dans son manteau, le col remonté jusqu'aux oreilles à cause du vent glacé qui soufflait depuis le milieu de l'après-midi. Il y avait ici très peu de neige. Il se souvint quand elle avait disparu, trois lieues après Noyers-sur-Jabron.

Juste après un petit col, la végétation était réapparue. Il ne restait que des plaques, comme ici. Cela lui avait manqué.

Il se demanda une nouvelle fois s'il était au bon endroit. Le temps que la voiture dont il apercevrait les lanternes de loin parvienne jusqu'au virage, et lui serait déjà au bord de la route. Le seul risque était que l'autre arrive beaucoup plus tard que prévu et qu'il fasse nuit noire. Alors, malgré les lumières, ce serait difficile de savoir s'il s'agissait bien de Lombardi. Étant donné ce que lui-même s'apprêtait à faire, il valait mieux ne pas se tromper... Il serra les rênes. Il avait froid aux mains. L'alezan était parfaitement immobile.

Vers sept heures il ne restait du soleil rouge qu'une bande à l'ouest. Au-dessus, le ciel était jaune. Dans le bois de bouleaux l'ombre avait gagné mais en bas, après les cades, la route était toujours bien visible, éclairée par les derniers rayons du jour.

Florent se redressa sur sa selle. Si Mesureur avait dit vrai, la voiture arriverait bientôt. Il scruta la route dans la direction de Sisteron où la Citadelle se dressait comme une flamme. Il eut l'impression d'un mouvement au bout du ruban. Il se méfiait. À deux reprises des charrettes étaient passées sur la route avant de couper dans les champs pour rejoindre leurs fermes. Cette fois il lui sembla que des lumières clignotaient. Or les charrettes n'ont pas de lanterne !

Il regarda avec beaucoup d'attention et découvrit que quelque chose bougeait à deux cents mètres en avant des lumières. Il lui fallut quelques secondes pour découvrir qu'il s'agissait d'un cavalier. S'il était avec Lombardi, un autre devait suivre la voiture. C'était classique. Cela se vérifia peu après, renforçant les chances que ce soit bien la voiture de l'Italien. Car qui se ferait escorter ainsi ? Florent ne se faisait pas d'illusion. Il n'avait jamais imaginé que ce type se baladerait sans protection après ce qui était arrivé. D'un autre côté, cela lui compliquait la tâche. Il fallait changer son plan qui consistait à attendre la voiture et à venir de face sur la route pour stopper les chevaux. Là, il faudrait laisser passer le premier cavalier. Et il ne serait sûr qu'il s'agissait de Lombardi qu'après avoir vu sur la portière les armes de comte décrites par Mesureur. Il devrait donc agir extrêmement vite. En outre, il allait bientôt faire nuit. Il descendit à travers le thym jusqu'à un grand bosquet de viornes au début du virage. Entièrement caché par le feuillage, il attendit. Dix minutes plus tard le pas d'un cheval résonna sur la route et il vit passer le premier cavalier qui paraissait transi et jetait des regards distraits de chaque côté du chemin. Comme prévu, l'alezan ne broncha pas. Le cavalier disparut dans la courbe de la route. Trois minutes interminables s'écoulèrent avant que Florent n'entende rouler les roues de la voiture et ne voie apparaître les lanternes. Un homme blond tenait les rênes. Un fusil très court était posé en travers de ses genoux. Les armoiries sur la portière prouvaient que c'était bien la voiture de Lombardi.

Florent poussa l'alezan des talons. Le cheval avança sur la route. Il cria : « Jetez ce fusil ! »

Le jeune homme le regarda d'un air incrédule puis tira sur les guides pour arrêter la voiture avant de se saisir de son arme. Juste avant qu'il n'ait eu le temps de la pointer, Florent tira sur la crosse. Le jeune homme la lâcha et secoua sa main qui saignait.

« Descendez de là et filez ! » cria Florent.

L'autre parut se demander quoi faire. Puis il vit que le fusil était tombé dans la poussière du côté de Florent.

Sa main saignait pas mal. Il la serra avec l'autre et prit sa décision qui, à voir à quelle vitesse il sautait de son siège et s'enfuyait, consistait à l'évidence à sauver sa peau.

Tout ce vacarme avait effrayé les chevaux de la voiture qui piétinaient et piaffaient. À l'intérieur, rien ne bougeait.

« Lombardi, sortez ! » cria Florent.

La portière s'ouvrit aussitôt et l'Italien parut. Malgré les circonstances, Florent lui trouva belle allure. Il se tenait très droit et regardait le jeune homme avec un air légèrement surpris. Calmement il demanda : « Que voulez-vous ?

– Vous êtes bien Domenico Lombardi ?

– Oui, fit-il avec un léger sourire. Et vous-même ?

– Cela n'a pas d'importance, dit Florent.

– Que voulez-vous, à la fin ? Et où est Kurt ?

– Si vous parlez du type qui menait votre voiture, je crains qu'il n'ait détalé comme un lapin. Si ça se trouve, il est déjà à Sisteron !

– Les gens courageux sont rares de nos jours », fit l'Italien qui semblait avoir du mal à cacher sa déception. À cet instant un bruit de galop lui redonna le sourire. Il leva la main et dit sentencieusement : « Heureusement il en existe encore ! »

Florent comprit que les hommes d'escorte arrivaient. On ne voyait plus très loin. Il lui restait peu de temps. Il demanda : « Vous tenez à la vie ? »

L'Italien haussa les épaules et répondit : « Évidemment ! Comme tout le monde !

– Vous avez un moyen de sauver la vôtre... bien menacée actuellement. »

Il montrait du regard son pistolet braqué dans la direction de Lombardi.

« Que me voulez-vous donc ?

– Je n'ai pas le temps de vous l'expliquer. » Le galop des autres se rapprochait. « Jurez-moi de laisser tranquilles ceux qui dans cette région luttent pour la liberté.

– C'est comme ça que vous appelez les républicains, n'est-ce pas ?

– Jurez, Lombardi ! Et aussi de faire libérer les deux marchands de grains qui moisissent à la forteresse à cause de vous.

– Faudrait prouver ça !

– Pas le temps non plus ! Jurez ou je vous tue.

– Vous croyez donc à ma parole ? Qui vous dit que même si je jure...

– Rien ! Mais alors je reviendrai vous tuer. Déjà, en ne le faisant pas tout de suite, je trahis la mémoire de mon frère. Je peux reculer une fois mais pas deux. Alors... jurez !

– Trop tard ! » triompha l'Italien.

À cet instant des branches craquèrent un peu en arrière de Florent. Celui-ci talonna l'alezan qui fit un écart. Une balle passa à quelques centimètres du jeune homme. Il vit le cavalier et le canon de son pistolet qui fumait alors qu'il lançait son cheval vers Florent. Ce dernier tira. La détonation résonna à travers la profondeur des bois comme dans une caverne. L'homme tomba en avant en faisant un bruit sourd sur le tapis de feuilles mortes. Son cheval resta immobile, tournant juste la tête dans la direction de celui qui arrivait à fond de train sur la route. Florent avait utilisé ses deux pistolets et il n'avait plus le temps de recharger. Il repéra la seconde arme de l'homme qu'il avait abattu, passée en travers d'une sangle au pommeau de sa selle. Il poussa l'alezan qui comme toujours paraissait comprendre le moindre de ses ordres. Il réussit à se saisir du pistolet. Mais le type était déjà sur lui et il n'avait aucun moyen de tirer. Il se pencha sur son encolure et lança son cheval à travers les broussailles. Il eut l'esprit de rester presque couché en traversant le bosquet. Ce que ne fit pas le second cavalier. Il faisait noir à cet instant dans les fourrés. Il allait trop vite. Il ne vit pas la branche de bouleau qui formait pourtant comme une barre blanche sous laquelle Florent était passé. Frappé à la gorge il poussa un cri de nouveau-né avant de s'écrouler à son tour. Le cheval affolé partit au grand galop. L'homme avait son pied coincé dans l'étrier. Le cheval le tira à travers bois comme un sac de pommes de terre. Il paraissait mort. Florent bénit sa chance et revint vers Lombardi. L'Italien était toujours debout sur le marchepied de sa voiture. Mais il avait à présent deux pistolets en main.

« Et maintenant ? dit-il, sarcastique. Vous me demandez toujours de jurer ?

– Plus que jamais ! se força à claironner Florent.

– Il me semble que j'ai l'avantage des armes ! affirma Lombardi en montrant du regard ses deux pistolets. Vous n'avez qu'une balle ! »

Il y eut un bruit de branches, un froissement de feuilles dans le bosquet de bouleaux. Une voix s'éleva, fine, mais aussi très ferme.

« Je ne crois pas », dit Claire d'Orièges.

Florent, en se retournant, la vit alors comme une apparition dans l'ombre du soir avec laquelle se confondait son étalon noir. Lombardi demanda d'un ton sec : « Qui êtes-vous ?

– Qu'importe ! fit Claire. Mais vous voyez, ce pistolet que je pointe sur vous nous met à égalité.

– Vous ne tirerez pas ! fanfaronna l'Italien.

– Croyez-vous ? »

Il ne devait pas en être sûr car il demanda : « Qu'allons-nous faire maintenant ?

– Nous rien. Mais vous, vous allez jeter vos armes.

Et après, ma foi, vous jurerez ! Vous voyez bien qu'on y revient », dit Florent.

Lombardi eut une grimace de dépit. Lentement il abaissa un pistolet. Il parut encore délibérer avec lui-même quelques secondes puis dit avec regret : « D'accord », tout en abaissant sa deuxième arme.

Il y eut alors comme la détente d'une grande tension mais à cet instant il releva son bras et tira dans la direction de Claire d'Orièges. Elle avait fait un écart juste avant. Le coup de feu résonna comme le tonnerre. La balle était passée à un mètre de la jeune femme. Lombardi allait tirer de nouveau alors que Florent levait son arme. À ce moment, les chevaux effrayés par le coup de feu s'emballèrent. Florent n'eut pas le temps de tirer à son tour. Lombardi essaya de se retenir au cadre de la portière et de les ajuster de nouveau. Il ne s'aperçut pas à temps que les chevaux affolés entraînaient la voiture sur le bas-côté. La portière s'accrocha en venant buter dans le premier chêne et se rabattit sur Lombardi avec une violence extraordinaire. Il tomba tandis que la voiture filait.

Florent lança l'alezan vers lui et sauta de cheval, bien décidé à finir le travail.

Lombardi était couché contre le chêne dans une posture curieuse, comme replié sur lui-même. Il regardait fixement dans la direction de Florent et de Claire d'Orièges qui l'avait suivi. La voiture disparut à ce moment dans une légère brume bleue qui avait envahi la route en avant de l'ombre. Un peu de sang coulait des lèvres de l'Italien. Il eut un discret sourire.

« Vous n'auriez pas tiré ! affirma-t-il. Elle oui ! Pour vous défendre, comme vous pour elle. Mais vous n'auriez pas tiré pour sauver votre propre peau.

– Est-ce que cela compte ? demanda Florent.

– Peut-être... Parce que moi j'ai tiré et sans ces

chevaux je vous aurais tués tous les deux. Cela fait peut-être en effet une différence. »

Il hoqueta légèrement. Un souffle froid passait à travers les bouleaux et repoussait la brume. Lombardi ajouta : « Vous voulez toujours que je jure ? Je crois que c'est inutile. Après tout, j'aurais mieux fait de ne jouer qu'aux cartes.

– Que voulez-vous dire ? demanda Florent.

– Rien ! Vous ne pouvez pas comprendre. Et je n'ai plus le temps de vous l'expliquer. » Il frissonna et dit encore : « Il fait froid ce soir. »

Puis il retomba, le visage dans les feuilles mortes. Florent, qui s'était penché sur lui, dit doucement : « C'est fini. Il ne nuira plus à personne.

– C'était bien ce que vous vouliez ? demanda Claire d'une voix douce.

– Oui, sans doute. » Il hésita. « Maintenant je ne sais plus. On aurait peut-être pu... »

Puis il parut se rendre compte que tout cela était fini. Il se tourna vers la jeune femme, lui sourit, vint vers elle et prit ses mains entre les siennes avant de les embrasser.

« Comment m'avez-vous retrouvé ? demanda-t-il.

– Je vous ai suivi. Croyez-vous donc que je n'avais pas compris que vous alliez quitter Saint-Esprit ? »

Tout en embrassant encore sa main, il sentit contre sa joue le froid de l'acier de son pistolet. Il songea : « Y aura-t-il un jour un monde dans lequel les femmes comme elle n'auront plus besoin de prendre les armes ? »

Comme si elle devinait, elle serra la sienne dans sa sacoche de selle et caressa les cheveux de Florent.

« Que fait-on de lui et des autres ? questionna-t-elle.

– Laissez cela ! Le jeune type qui s'est enfui tout au

début arrangera ça. Nous avons beaucoup mieux à faire.

– Quoi donc ?

– Vivre, Claire ! Vivre ! »

Il sauta sur l'alezan puis jeta un regard sur le cadavre de Lombardi. Bientôt le procureur Charles retirerait sa plainte contre les marchands de grains. Un jour peut-être, le monde serait meilleur. Un jour, sans doute...

Florent haussa les épaules car à ce moment la fine brume bleue apportait jusqu'à lui un léger parfum de violettes. Une fois à cheval, il rapprocha l'alezan de l'étalon noir.


Ils traversèrent le bois et, profitant du peu de lumière qu'il y avait encore sur la crête, alors que la vallée plongeait dans la nuit, ils suivirent un chemin parallèle à la route de Château-Arnoux qui passait à l'ouest de Sisteron au-dessus des faubourgs de la ville.

Ensuite ils rejoindraient la vallée du Jabron et passeraient la nuit dans une auberge à l'écart de Noyers que Florent avait repérée en venant.

Demain ils seraient à Saint-Esprit. Il lui tardait de retrouver la neige.

*Du même auteur :*

## Aux Éditions Albin Michel

LE JARDIN DES HESPÉRIDES, roman, 1994.
HAUTES TERRES, roman, 1996 (Prix Charles Exbrayat).
BLANCHE DES SOLITUDES, roman, 1997.
LES GARRIGUES ROUGES, roman, 1998.
HURLEBOIS, roman, 1999.
VENGEANCE D'AUTOMNE, roman, 2000.

*Le roman du Canal du Midi*
1. LES HOMMES DU CANAL, roman, 2001.
2. LES BELLES DU MIDI, roman, 2001.

LES CENDRES DE JUIN, roman, 2002.
MALETERRE, roman, 2003.
LE MAS DES PEURS, roman, 2004.
L'INCONNUE AUX CHEVEUX ROUGES, roman, 2006.

## Chez d'autres éditeurs

LE VASTE MONDE, roman, Laffont, 1989 (Prix Terre de France/La Vie, Prix Cinélect).
L'OFFRANDE DU SUD, roman, Laffont, 1991.
LES LARMES DE LA VIGNE, roman, Seghers, coll. « Mémoire vive », 1991.
MAX SAVY, LE LONG CHEMIN, Inard, 1992.

Composition réalisée par IGS-CP

*Achevé d'imprimer en mai 2007 en France sur Presse Offset par*

La Flèche (Sarthe).
N° d'imprimeur : 41628 – N° d'éditeur : 85762
Dépôt légal 1re publication : mai 2007
LIBRAIRIE GÉNÉRALE FRANÇAISE – 31, rue de Fleurus – 75278 Paris cedex 06.

31/2145/6